FVA

Andreas Heidtmann

Bei den Minderen Brüdern

Roman

FRANKFURTER VERLAGSANSTALT

»Keiner werde Erster genannt.
Alle sollen einfach Mindere Brüder heißen.«
Franz von Assisi

»So, therefore, the belief comes in through
electricity to the people, whatever.«
Jimi Hendrix

I

Kein zweites Hemd

Das Zimmer mit Blick auf die Reste des alten Stadtwalls hätte mir gefallen, wäre es kein Internatszimmer gewesen. Gleich hinter dem Wall öffnete sich die Lippestraße, deren Lichter am frühen Abend herüberschienen. Geschätzte Entfernung: unendlich. Pater Heribert hatte mir an der Pforte ein Faltblatt überreicht, das, wie ich fürchtete, jede Form von Glück hinter den Mauern des Konvikts untersagte. Immerhin, die Fenster waren nicht vergittert. Dass der sparsam möblierte Raum wenig Einladendes bot, traf meine Stimmung und sagte mir: Du bist hier nur Gast.

Über dem Bett hing ein Porträt des heiligen Franz von Assisi: *Giovanni Bernardone, geboren im Jahre 1181, Begründer des Ordens der Minderen Brüder.* Mit einer Heftzwecke hatte jemand, der vor langer Zeit hier gelebt haben musste, einen Zettel darunter befestigt, auf dem in akkurat geschwungener Schrift stand: *Nehmt nichts mit auf den Weg, keinen Wanderstab und keine Vorratstasche, kein Brot, kein Geld und kein zweites Hemd!*

Sicher hätte Pater Heribert mir erklären können, wie dieser Anspruch zu verstehen war. Es gehörte jedenfalls nicht zu den Aufgaben der Franziskaner, vor den Klostermauern um Almosen zu bitten. Oder ohne Proviant durch die Gegend zu ziehen. Dabei hätte es mich beeindruckt, wenn die Patres täglich mit Klingelbeuteln durch die Fußgängerzone gepilgert wären.

Zu den Büchern, die ich aus meiner Tasche zog, gehörten Trotzkis *Permanente Revolution*, Sartres *Wörter* und ein zerlesener Band mit amerikanischer Lyrik. Als Letztes die Briefe Mozarts oder genauer, seine Briefe aus Paris, die Rebecca mir überlassen hatte. Womöglich dachte sie, ich könnte meinen Stil daran schulen. Mehr versprach ich mir von den Gedichten, *die einer schrieb, bevor er im 8. Stockwerk aus dem Fenster sprang.* Ich hatte nur die Möglichkeit, mich aus dem zweiten Stock zu stürzen, was mir anschaulich bewies, dass in Amerika einfach alles besser war.

Abgesehen von Büchern, Noten und meinem Tagebuch enthielt meine Tasche vor allem zu wenig Wäsche. Nicht mal ein zweites Hemd, was Giovanni Bernardone vermutlich gefallen hätte. Ich würde von Zeit zu Zeit mit der Vestischen ans Ende der Welt fahren, wo Jimi Hendrix neben der stillstehenden Kuckucksuhr meines Zimmers auf einem Poster Gitarre spielte, und mich nach und nach mit allem Nötigen eindecken, für Wochen oder Monate, je nachdem wie lange meine Mutter in der Kurklinik benötigte, ein weniger trauriger Mensch zu werden. Ein Mensch, der seine Tage nicht im Halbdunkel verbrachte, sondern sich entsann, was Leichtigkeit bedeutete. Der sich allmählich wieder an den Sinn eines Lebens erinnerte, zu dem ein Haus, ein Garten mit Hollywoodschaukel und das abendliche Fernsehprogramm gehörten. Was alles vernünftig klang, obwohl ich selbst nicht hätte sagen können, warum jemand in ein solches Leben zurückkehren sollte.

Ich hatte Rebecca versprochen, ihr zu berichten, wie

sich der Ortswechsel auf meinen Leidenspegel auswirkte. Vorher nahm ich das Kreuz von der Wand und verstaute die bronzene Figur in der Schublade des Schreibtisches. Auf keinen Fall durfte ich die Ritter Sport vergessen, ohne die Pater Albert das Telefon nicht freigab. Es war ein Tipp von Felix Schiller, an dessen Zimmertür der Satz stand: *Komm ruhig rein, du störst sowieso.* Wahrscheinlich war es ein Handicap, dass ich nicht Pater Alberts bevorzugte Sorte Sahne-Mocca hatte auftreiben können, sondern nur eine dunkelblaue Ritter Sport Nugat.

Das Treppenhaus gab jedem Schritt ein kleines Echo. Licht fiel durch wandhohe Fenster. Für Wunder blieb wenig Raum. Geblendet vom Weiß, durfte man an eine friedvolle Zukunft glauben. Im Kellergeschoss existierte vielleicht noch ein altes Gewölbe mit Reliquien für jene Patres, die nichts vom Geist der Erneuerung hielten.

Vor dem Gemeinschaftszimmer, das Pater Heribert *Clubraum* genannt hatte und zu dem eine Bücherecke, ein Kickerautomat und ein Fernsehgerät gehörten, sah ich eine Dreiergruppe, aus der Siggi Kinzel winkte. Er galt als bester Langläufer der Schule, obwohl er regelmäßig unter der Raucherrobinie stand. Bisher war ich ihm aus dem Weg gegangen, denn mir gefiel sein Lachen so wenig wie sein nervöses Blinzeln. Manchmal erkannte ich aus den Augenwinkeln, wie er seinen Oberkörper zurückbog, als wolle er mit dem offenen Mund Regen aus der Luft fangen. Ich nickte und beschleunigte meinen Schritt, doch ehe ich an ihm vorbei war, fragte er: Sagt man nicht *Guten Tag*, wenn man neu ist?

Guten Tag, sagte ich.
Wie?, fragte Siggi Kinzel. Das ist alles?
Schönen guten Tag, sagte ich.
Na, geht doch! Siggi Kinzel zupfte an meinem Hemd, dem einzigen, das ich hatte. Zog die Camelschachtel aus meiner Brusttasche. Dass er einen halben Kopf größer und zwei Klassen über mir war, gab ihm offenbar das Recht dazu.
Ich sehe schon, du wolltest Zigaretten spendieren, sagte er.
Klar, sagte Louis neben ihm.
Ein bescheidener Auftakt, sagte Siggi Kinzel und reichte die Camelschachtel an Louis weiter.
Er weiß sicherlich noch gar nicht, dass es sich gehört, einen kleinen, na, wie sagt man ...
Obolus?, fragte Arne, der Jüngste der drei, der ein Sunkist-Päckchen in der Hand hielt. Geschmacksrichtung Orange.
... *Obolus* zu entrichten, wenn man in den Clubraum will.
Ihr habt eine beneidenswerte Fantasie.
Wir werden dir die Regeln nur *einmal* erklären, sagte Siggi Kinzel.
Leider will ich in keinen Clubraum, sagte ich.
Blitzschnell griff Siggi Kinzel nach der Ritter Sport und fragte: Jemand Schokolade?
Nugat!, rief Louis und senkte den Daumen.
Mir fielen Filmszenen ein, in denen Kämpfer à la Bruce Lee ihre Gegner spektakulär ausschalteten. Natürlich war es mir – ganz im Sinne Giovanni Bernardones – angenehmer, die Dinge friedlich zu regeln.

Na, troll dich und schieb Pater Albert die Schokolade in den Arsch, sagte Siggi Kinzel.
Aber gern, antwortete ich und sah zu, dass ich weiterkam. Ich konnte nur hoffen, dass ich mich nicht jedes Mal, wenn ich am Clubraum vorbeikam, auf Siggi Kinzels Spielchen einlassen musste. Auf Dauer hätte es mir den Aufenthalt mehr verdorben als Heilige an der Zimmerwand oder tägliche Vaterunser.
Und noch was ..., rief Siggi Kinzel mir hinterher.
Ich drehte mich um und beobachtete, wie er die Klinge seines Taschenmessers ausklappte. Umständlich begann er, sich die Fingernägel zu säubern.
Bin schwer beeindruckt!
Genau, sagte Arne, wir spendieren dir auch gern eine Maniküre.
Wenn er's darauf anlegt, sagte Louis.
Ich leg's darauf an, euch mitzuteilen, dass ihr Arschlöcher seid, sagte ich.
Pater Albert saß über ein Kreuzworträtsel gebeugt und blickte nicht auf, als ich ins Foyer trat. Nie wäre ich auf die Idee gekommen, dass ein Pater sich mit so banalen Fragen wie *Honigsaft mit drei Buchstaben* oder *Anderes Wort für waagrecht mit zehn Buchstaben* abgab. Das Kreuzworträtsellösen war in jedem Fall eine unbedenklichere Leidenschaft als das Horten von Schokolade und stand wahrscheinlich nicht im Widerspruch zum Gebot der Genügsamkeit.
Unser Neuer, sagte Pater Albert, als ich mit einem Räuspern vor ihm Halt machte. Dabei schaute er über den kantigen Rahmen seiner dunklen Brille. Ehe ich meine Bitte vorbringen konnte, hob er seinen Kreuz-

worträtselstift wie einen kleinen Dirigierstab in die Luft und sagte: Ausgang bis 19 Uhr, danach nur noch Einlass an der Klingel.

Nein, nein, sagte ich.

Oh doch, sagte er.

Ich wollte nur telefonieren ...

Sag mal, fragte er, du spielst doch Klavier? Er senkte seinen Stift aufs Heft und las: *Halbton unter c mit drei Buchstaben.* Mir kommt da nur *h* in den Sinn.

Wie wäre es mit *ces*?, fragte ich.

Ces?

Eine Tonart mit sieben Vorzeichen.

Quinque minuta, sagte er und schob mir den schwarzen Telefonapparat hin. Deutete in eine Nische, wo man sich geschützt wähnen konnte, aber davon ausgehen musste, dass jemand, der es darauf anlegte, jedes Wort mitbekam. Meine Ritter Sport Nugat ließ sich mit etwas Glück bei nächster Gelegenheit einsetzen. Ich kramte den Zettel mit Rebeccas Telefonnummer hervor und drehte mich so, dass ich in Richtung Wand sprach, dabei jedoch Pater Albert im Blick behielt. Man konnte nie wissen. Es war beruhigend, dass er sich wieder seinem Kreuzworträtsel zuwandte. Am Ende boten vielleicht auch schlichte Formen des Rätsellösens einen Weg zu geistiger Erkenntnis. In jedem Fall hätte ich eine Frage beisteuern können, die selbst für einen Pater nicht schwer zu beantworten gewesen wäre: *großes Gefühl mit fünf Buchstaben.*

Distanzen

Ich hatte keine Ahnung, wie viele Geräusche es auf der Welt gab, aber das, was an mein Ohr drang, hörte sich an, als wäre ein Großteil von ihnen in der Telefonleitung versammelt. Schloss ich die Augen, stand ich in einem Dschungel. Dabei führte die Verbindung durch eine übersichtliche Region, fern jeder Wildnis, fünfhundert Kilometer zwischen Rebecca und mir. Dazu eine Grenze, die das Land teilte. Ich nahm an, dass sich entlang der Leitung Scharen von Horchposten formierten, um Wort für Wort zu sortieren und jede Nuance einzufangen. War Sehnsucht verdächtig? Summende Gerätschaften protokollierten jeden Laut und schufen aus dem endlosen Strom der Telefonsätze ein großes Epos der Nichtigkeit.

Ich war erleichtert, als sich aus der Ferne eine Stimme meldete. Es hätte mir um einiges besser gefallen, wenn es Rebeccas Stimme gewesen wäre und nicht die ihrer Schwester. Ins schwächer werdende Rauschen rief ich meinen Namen.

Rebecca übt gerade, antwortete Maren.

Wir sind verabredet, sagte ich.

Sie lässt sich ungern stören.

In diesem Fall wird sie sich freuen.

Sagst du.

Weil sie auf meinen Anruf wartet.

Besser, du probierst es später noch mal.

Ich muss sie *jetzt* sprechen!
Wahrscheinlich bricht sie heute ihren eigenen Rekord im Klavierspielen.
Ich bildete mir ein, Maren blickte bei ihren Worten ungeniert auf ihre Fingernägel, die sie kirschrot lackiert hatte. Oder schwarz. Sie waren lang genug, um jedem zu signalisieren, dass mit ihnen kein Instrument, schon gar keins mit Tasten, zu bedienen war. Es klackte in der Leitung, und tatsächlich war ich im selben Moment allein mit den Geräuschen. Ein Zittern durchlief meine Hand, und ich musste achtgeben, mich nicht heulend in die Ecke zu werfen.
Das waren kurze fünf Minuten, sagte Pater Albert.
Die Technik, sagte ich.
Gibt es überhaupt ein Stück in Ces-Dur?
Ich denke schon, sagte ich, um nicht sein Wohlwollen zu verspielen. Allerdings beschäftigten mich andere Fragen als die nach einer entlegenen Tonart, die allenfalls für Harfenisten von Interesse war.
Mit Ces-Dur, sagte ich, sind Sie den höheren Sphären ein Stück näher als mit jeder anderen Tonart!
Da ich fürchtete, vor dem Clubraum wieder auf Siggi Kinzel zu treffen, wandte ich mich zum Ausgang. Ich konnte an der Franziskanerkirche vorbei zum Markt gehen und von dort zur Lippe, um die Zeit bis zum nächsten Anrufversuch zu überbrücken. Leider empfing mich vor dem Konvikt ein scharfer Wind, der Schübe von Nässe mit sich führte. Alles, was ich trug, war mein Baumwollhemd, das wie ein Frotteetuch den Regen aufsog. Bei Kaiser's durchstöberte ich das Süßwarenangebot nach Ritter-Sport-Sorten. Ich war

mir nicht sicher, wie viele es gab, neun oder zwölf, angefangen von der hellblauen Vollmilch bis zur Joghurtvariante in Weiß, aber ausgerechnet die von Pater Albert bevorzugte Sahne-Mocca-Tafel fehlte. Verrückt! Ich kaufte eine Schachtel Camel, filterlos, und reihte mich an der Kasse ein.

Nass geworden?, fragte jemand und stellte zwei Flaschen Korn aufs Warenband. Ich verschwand aus der Neonhelle in den stürmischen Novemberabend. Tatsächlich war es wie auf einen Schlag dunkel geworden, oder ich hatte über das Stöbern im Süßwarenregal jedes Zeitgefühl verloren. Gleich nebenan leuchtete das Schaufenster des Buchladens König. Mein Geld reichte bedauerlicherweise nicht für eines der ausliegenden Bücher. Das Wort *Nobelpreis* schmückte die Cover des Autors Saul Bellow. Mir gefiel Reiner Kunzes Titel *Die wunderbaren Jahre*. Mick, der einen Besuch angekündigt hatte, konnte geradewegs in ein Geschäft gehen und ohne viel Aufhebens Zigaretten oder ein paar Riegel Mars unter sein Leopardenhemd stecken, um damit ganz selbstverständlich den Laden wieder zu verlassen. Mit fehlte die Gelassenheit. Ich war kein Aneignungstalent. Also musste ich bis auf Weiteres auf die *wunderbaren Jahre* verzichten.

Inzwischen spürte ich die Nässe bis auf die Haut. Plötzlich empfand ich es als empörend, dass Maren einfach aufgelegt hatte. Vielleicht war der Regen schuld, dass ich ihr Verhalten erst jetzt im triefend nassen Hemd als entwürdigend empfand, auch wenn sie nichts für den Regen konnte oder für Leute, die über mein Aussehen spotteten.

Pater Albert löste immer noch Kreuzworträtsel, als wäre es eine Art Denksport, der Trost versprach. Ich fror, und meine Finger zitterten, als ich den Zettel mit der Telefonnummer hervorzog. Dummerweise hatte er Nässe abbekommen, sodass einige Ziffern nicht mehr zweifelsfrei zu erkennen waren.
Dürfte ich noch einmal, Pater Albert?, fragte ich mit Blick zum Telefonapparat und bemühte mich, weder frustriert noch verärgert zu wirken.
Ein Internat ist kein Telefonamt, sagte Pater Albert.
Mir kamen tausend Erwiderungen in den Sinn, eine treffender als die andere und keine sehr diplomatisch. Am Ende entschied ich mich für die einzige Antwort, die funktionierte, und holte die dunkelblaue Ritter Sport hervor. Schob sie vorsichtig auf die Theke, nicht wie ein Angebot, sondern wie etwas, was man kurz ablegt, um es später wieder an sich zu nehmen.
Pater Albert schüttelte traurig den Kopf.
Es ist ein Notfall, sagte ich, Sie wollen doch sicher nicht, dass ich mich aus dem achten Stock stürze.
Das Haus hat nur drei!
Umso schlimmer!
Tria minuta, sagte Pater Albert und streckte zur Verdeutlichung drei Finger in die Luft, was wie ein Schwur aussah.
Gratias!, sagte ich und schnappte den Apparat, um mich in den Telefonwinkel zurückzuziehen. Bei der letzten Ziffer musste ich raten. Doch wenn das Rauschen und Surren etwas verriet, so besagte es, dass es dieselbe Distanz war. Dasselbe Gewoge an- und ab-

schwellender Laute. Vier, fünf Sekunden vergingen, ehe sich eine Stimme meldete. Wie schön, wäre dort, am andern Ende der Wildnis, Rebeccas Stimme gewesen und nicht die ihrer Schwester. Wahrscheinlich hätte ich das Kreuz in meinem Zimmer nicht leichtfertig abhängen dürfen.

Du hast Pech, sagte Maren.

Solange ich nicht wusste, was sie gnädig stimmte, fragte ich: Was übt Rebecca denn?

Etwas mit vielen Tönen, sagte Maren.

Du könntest an ihrer Tür klopfen.

Wäre das nicht unhöflich?

Was hältst du eigentlich von *Somebody to Love*? Wenn uns etwas verband, war es eine gewisse Begeisterung für Queen. Und natürlich für Freddie Mercury und seine unvergleichliche Stimme.

Hast du es mal bei der Telefonseelsorge probiert?, fragte sie.

Na, sagte ich spaßhaft, ich habe ja dich.

Im selben Moment hörte ich ein Geräusch, als falle etwas zu Boden. Gleich darauf ein Türenschlagen. Helle Rufe. Ein Kichern. Dann plötzlich – überraschend klar – Rebeccas Stimme. Obwohl ich im durchnässten Hemd dastand und fror, hätte ich in dieser Sekunde auf ihre Frage, wie es mir gehe, ohne Zögern geantwortet: Wunderbar! Aber Rebecca fragte mich nicht, sondern rief in den hallenden Flur hinein, dass es unmöglich und eigentlich eine Unverschämtheit sei, was ihre Schwester sich herausnehme.

Tut mir leid, sagte sie mit einem Mal sehr nah.

Kein Weltuntergang, sagte ich.

Maren ist einfach in einer Phase ... was soll ich sagen, dreizehn eben!
Bin schon zu alt, um mich daran zu erinnern.
He, wie lebt es sich unter den Erleuchteten?
Glück sieht anders aus, antwortete ich und bedauerte, dass ich die Gelegenheit verpasst hatte, zu sagen: Wunderbar!
So schlimm?, fragte Rebecca.
Ich habe nur drei Minuten, sagte ich.
Jetzt grimassiert sie auch noch!
Dreizehn eben.
Ich werde dich auf jeden Fall besuchen!
Spätestens an der Pforte wirst du scheitern.
Pessimist!
Augenblick mal, sagte ich, da im Hintergrund Pater Albert mit seinem Stift aufs Holz zu klopfen begonnen hatte. Das rhythmische Ticken machte mich nervös, allerdings konnte ich schlecht sagen: Lassen Sie das bitte mal, ich habe ein dringendes Gespräch zu führen. Pater Albert deutete auf die Uhr im Foyer. Es war einfach Pech, dass ich nicht die richtige Ritter Sport gefunden hatte. Ab sofort würde ich jeden Laden, den ich aus welchem Grund auch immer betrat, zuerst daraufhin sichten, ob er die Sorte Sahne-Mocca führte, und falls ja, das Angebot für Pater Albert aufkaufen. Andererseits war es kein Drama, sich sein Leben in Briefen zu erzählen. Ohne die vielen Briefabende vergaß man wahrscheinlich irgendwann seine Wünsche und die des anderen und wusste nicht mehr, warum man zusammen war.
He, fragte Rebecca, bist du noch da?

Wir lassen uns etwas einfallen, sagte ich.
Wie lange musst du bleiben?
Keine Ewigkeit.
Komm, flüsterte sie, küss mich!
Pater Alberts Stift klopfte ungeduldig, und ich rief aus meinem Winkel: Eine Sekunde noch, Pater Albert!
Wir könnten natürlich auch heute Nacht im selben Augenblick aneinander denken!
Das können wir, sagte ich. Wie immer Rebeccas Vorschlag zu verstehen war und woher immer wir wissen wollten, wann der gemeinsame Moment gekommen war.
Die Verbindung brach ab, als wäre das *Aneinanderdenken* das Stichwort für die Gesprächsunterbindung. Kein Rauschen mehr, kein letztes *Bis bald*. Was ich ans Ohr presste, war ein beliebiges Stück Plastik.
Pater Albert sah nicht von seinem Kreuzworträtselheft auf, als ich den Apparat zurückstellte. Dorthin, wo es noch andere Schalter gab, bis hin zum Tastenfeld, mit dem er Verbindungen in geistliche Welten aufbaute oder profane Gespräche kappte. Die Ritter Sport war vom Tresen verschwunden. Gut so. Ihr Verschwinden verriet immerhin, dass Pater Albert einen Rest an Anpassungsfähigkeit bewahrt hatte. Obwohl er sicher schon Ewigkeiten an der Pforte saß und in stiller Verzweiflung Rätsel löste, die keine waren. Wer immer ihm diese Buße auferlegt hatte.

Feurich

Wer so gläubig war, dass er ein Gebet nicht als Strafe empfand, konnte unter den Patres glücklich werden. Selbst wenn er hin und wieder gegen Regeln verstieß. Es war kein Unglück, zu spät zu kommen oder auf dem Zimmer zu rauchen, wenn man bereit war, drei oder mehr Vaterunser zu beten. Das Strafmaß variierte, doch es bedurfte keiner in Stein gemeißelten Ordnung. Dabei schien es niemanden zu wundern, dass all den ins Nichts gemurmelten Gebeten eine läuternde Wirkung zukommen sollte. Man hatte uns von einer Glaubensgemeinde berichtet, die täglich dreihundert Vaterunser betete. Freiwillig. Insofern konnten wir uns nicht beklagen.
Es gab gravierendere Verstöße als Zuspätkommen. Am Ende der Skala drohte, rein theoretisch, der Verweis. Ich zweifelte nicht, dass Siggi Kinzel die Liste der Regelverletzer anführte. Dafür musste man mehr riskieren, als im Clubraum Bier zu trinken oder sich im Flur eine Zigarette anzuzünden. Sein Vater leitete den Bau eines Atommeilers in Südamerika und war vor einer Generation Schüler im Internat gewesen, das er seither, so gut er konnte, unterstützte. Schwer vorstellbar, dass man Siggi Kinzel dorthin verbannte, zumal auf seiner Schultasche ein gelber Button mit der Aufschrift klebte: *Atomkraft? Nein danke.*
Ich war zum Glück nicht zu spät, obwohl ich noch ein

paar Sätze ins Tagebuch geschrieben hatte. Zwei, drei Patres sprachen mit gedämpfter Stimme, während die meisten schon in stiller Konzentration auf ihre Teller blickten. Felix Schiller hatte mir einen Platz freigehalten, weit ab von Siggi Kinzel. Ich dankte ihm, während ich mich setzte. Die allabendlichen Katastrophen der *Tagesschau* blieben den Versammelten erspart. Fast bedauerte ich, dass zur Ausstattung des Speisesaals kein Fernseher gehörte. Man musste schon mit dem Bild an der Wand vorliebnehmen, auf dem Jesus unter den zwölf Aposteln beim Abendmahl saß.

Lukas Hadick fiel die ehrenvolle Aufgabe zu, das Tischgebet zu sprechen. Auswendig. Mir war klar, dass mein Aufenthalt beendet sein musste, ehe ich an die Reihe käme. Weil ich mir nur merken konnte, was mir wichtig war, würde es mir nie gelingen, ein mehrstrophiges Gebet auswendig zu sprechen. Ich hätte allenfalls die Zeilen eines Songs wie *Me and Bobby McGee* aufsagen können, wo es im Grunde auch um Freiheit und Besitzlosigkeit ging. Es war etwas verwegen, anzunehmen, die Patres ließen sich im Falle eines Falles auf eine Version in englischer Sprache ein. Zur Not konnte man den Song ins Lateinische übersetzen. Wenn man Orte wie New Orleans und Kentucky durch La Verna und Perugia ersetzte und ein passendes Wort für *Mundharmonika* fand.

Lukas Hadick hatte schon seinen Platz neben Pater Heribert eingenommen und wartete auf das Startzeichen. Diejenigen, die leise miteinander gesprochen hatten, verstummten. Das erste Mal seit hundert Jahren faltete ich die Hände. Rebellion sah anders aus, zugegeben, doch letztlich war mein Händefalten nur eine Konsequenz daraus, dass meine Mutter in einer Kurklinik und ich im Refektorium eines Konvikts war.

Wenn ich Lukas Hadick schon einmal gesehen hatte, musste ich es wieder vergessen haben. Von den Schuhen bis zum gescheitelten Haar wirkte er unscheinbar. Abgesehen von den Ohren, die, als wären sie der Entwicklung vorausgeeilt, vom schmalen Kopf abstanden. Wenn alles gutging, würde er vom bedauernswerten Quartaner zum geachteten Athleten werden und durch rapides Wachstum die körperlichen Proportionen wieder herstellen.

Sein Gebet erinnerte an ein Lied, dessen Refrain zu häufig wiederkehrte. Leider hatte ihm niemand erklärt, dass man nicht jede Wiederholung im gleichen Tonfall sprechen sollte. Ob jemand zuhörte, war den Gesichtern am Tisch nicht anzumerken. Nach dem hingemurmelten Amen sah Pater Heribert in meine Richtung und sagte: Wir freuen uns, einen neuen Schüler in unserer Gemeinschaft begrüßen zu können – Ben Schneider aus der Obersekunda.

Ich fand die offizielle Vorstellung ein wenig überraschend und bemühte mich, nicht allzu verblüfft auszusehen. Pater Heribert ergänzte: Vor allem freue ich mich, dass er, wie ich hoffen darf, unser musikalisches Leben bereichern wird. Der Flügel im Musikzimmer hat ihm gefallen, und mich hat beeindruckt, was er darauf gespielt hat! Auch an der Orgel unserer Kirche wird er zu hören sein. Lieber Ben, herzlich willkommen!

Alter, sagte Felix Schiller und stieß mich unter dem Tisch an, toller Einstand!
Ich dankte Pater Heribert mit einem Nicken. Natürlich wäre ein Auftritt der Crazy Hearts spektakulärer gewesen als eine Andacht mit Kirchenorgel, egal, ich war ab sofort ein berühmter Mann im Kloster, nicht ganz wie Franz von Assisi, aber es hatte geklungen, als wäre ich nahe daran. Und das nur, weil ich Klavier spielte. Oder Orgel.
Rechts von mir saß Wolf Kanne, der offenkundig stark erkältet war und schon während des Gebets wiederholt seine Nase hochgezogen hatte. Geradezu ungeniert. Während er seine Suppe aß, atmete er schwer und schien sich nicht weiter darum zu sorgen, dass gelbe Schlieren aus seiner Nase rannen und in die Suppe tropften.
Schon mal was von Taschentüchern gehörte?, fragte ich leise.
Wolf Kanne drehte sein gerötetes Gesicht her und sagte: Wir reden hier nicht bei Tisch!
He, du Spinner, sagte ich.
Im nächsten Moment riss er seine Hand hoch, als säße er im Klassenzimmer, und sah in Pater Heriberts Richtung, um dann, als der herschaute, zu rufen: Ben Schneider hat mich beschimpft!
Wir hören dich auch, wenn du nicht schreist, sagte Pater Heribert.
Er hat *Spinner* gesagt!
Ich sagte: Ob er kein Taschentuch hat, habe ich gefragt.
Felix Schiller sagte: Es ist wirklich nicht schön, wie Wolf Kanne beim Essen schnauft.

Pater Heribert sagte: Ich darf wohl erwarten, dass wir die Mahlzeit friedlich zu Ende bringen. Wenn Wolf erkältet ist, rufen wir einen Arzt. Und nun, eine gesegnete Mahlzeit. Oder möchtest du dich vorher schon zurückziehen?
Ich habe Hunger, sagte Wolf Kanne.
Also gut, schön, dass du *Appetit* hast, sagte Pater Heribert.
Wolf Kanne rief: Ich habe so was von *Appetit*, Pater Heribert!
Mir war noch nicht klar, wie ich die Zeremonie mit einem Dutzend Patres und drei Dutzend Schülern Tag für Tag durchstehen sollte. Über Wochen. Schlimmer stellte ich mir nur noch vor, zu Gast beim berühmten Abendmahl zu sein, das an der Stirnwand des Speisesaals zu sehen war. Obwohl dort keinem die Nase tropfte. Und keiner als Kleindealer à la Siggi Kinzel auftrumpfte. Immerhin saß Judas mit einem Geldsäckchen unter ihnen. Und neben ihm blitzte in einer mysteriösen Hand ein Messer auf.
Kannst du dir vorstellen, fragte Felix leise, alles, was du verdienst, abzugeben und nur ein Taschengeld zu behalten, um dir Pfefferminzbonbons oder eine Busfahrkarte zu kaufen?
Ich mag keine Pfefferminzbonbons, sagte ich.
Sicher gehst du auch lieber zu Fuß, sagte Felix.
Aus der Gruppe der Patres sah jemand mahnend auf, und ich nickte freundlich, nahm einen Löffel von der Suppe, die eigentlich nicht viel außer Wasser und kleinen Linsen enthielt. Dafür aber überraschend scharf gewürzt war.

Sie nennen ihr Linsengericht *Aqua et ignis*, erklärte Felix, und ich war mir nicht sicher, ob es wieder nur ein Scherz war.

Wie schön, flüsterte ich.

Dabei behielt ich für mich, dass ich die Suppe, so dünnflüssig sie war, in Ordnung fand, genauso wie das Brot. Wolf Kanne brach Stücke von der Kruste ab, bis sein Teller mit Krümeln übersät war. Wahrscheinlich würde er als Nächstes seinen Zeigefinger in den porig-feuchten Laib wühlen. Ich war bereit, die Gebetszeremonien und allen Aufwand hinzunehmen, solange es dieses Brot gab. Man hätte aus dem Inneren kleine Kugeln kneten können, um sie sich genüsslich in den Mund zu schieben. Es war mir egal, dass ich Leonardo da Vincis Abendmahlgruppe im Blick hatte. Die Jünger tranken Wein, während die Schüler Tee tranken oder, sofern sie alt genug waren, ein halbes Glas Bier bekamen. Meinen Vater hätte es erstaunt, dass es, ausgerechnet im Konvikt, zu den Mahlzeiten Bier gab. Er übertraf in seiner Genügsamkeit zweifellos die Mönche. Auch er bezog nur ein Taschengeld, wenn man bedachte, dass er sich von seinem Lohn selbst nichts gönnte, seine Schuhe drei Jahre trug, seine Hemden sieben Jahre, seinen Mantel zwanzig Jahre, bis meine Mutter es nicht mehr mitansehen konnte und ihm drohte, seinen Mantel, den sie einen *Fetzen* nannte, wegzuwerfen, damit er sich einen neuen zulegte. Während die Patres verführbar waren – selbst Pater Heribert sah man gelegentlich rauchen –, benötigte mein Vater weder HB-Pausen noch Ritter Sport. Er war der größte Franziskaner nach Franz von Assisi. Er brauchte nicht mal Gott!

Beim Hinausgehen sagte Siggi Kinzel zu mir: Ich habe noch was Feines. Dabei hob er einen Riegel in Stanniolpapier.
Besten Dank, sagte ich.
Du verpasst was!
Gern verpasse ich was.
Louis sagte: Für dich machen wir einen Sonderpreis.
Wir sind einfach zu großzügig, sagte Siggi Kinzel. Zückte sein Taschenmesser und tat, als müsse er seine Fingernägel säubern.
Ich hatte die Wahl zwischen Musikzimmer und Clubraum, zwischen Tagebuch und Mozarts Briefen. Nichts lag mir ferner, als mit den anderen den Kickerautomaten zu umlagern. Ich hätte auch mit Siggi Kinzel rauchen und Freundschaft schließen können. Stattdessen stieg ich durchs Treppenhaus hinauf, wo ich mir mit jeder Stufe leichter vorkam. Erreichte das Musikzimmer im obersten Geschoss. Öffnete die Tür. Der Raum lag in weichem Dämmerlicht. Der zwischen schweren Wolken schimmernde Mond stand über dem Dachfenster. Leise fing das Fensterglas den Regen ein. Natürlich hätte man einen langsamen Beethoven-Satz anstimmen können oder ein Nocturne, doch ich entschied mich für einen weniger klassischen Einstieg. Probierte einige Takte im Stil der Crazy Hearts. Überließ mich den Rhythmen. Suchte im freien Spiel nach brauchbaren Motiven, wobei ich nicht davon ausging, dass mir gleich am ersten Tag hinter den Klostermauern ein neuer Song einfiel.
Es war vermutlich die erste Rockimprovisation an einem Ort, an dem sonst nur Psalmen und Fürbitten

erklangen. Rollende Bässe und dissonierende Läufe scheuchten die Geister aus den Nischen. Der Flügel gab eine erstaunliche Klangfülle her. Vorsorglich nahm ich die Dynamik etwas zurück. Niemand sollte sich durch die Fulminanz in seiner abendlichen Meditation gestört fühlen. Es gab keinen Grund, sich zu beschweren, solange ich Tag für Tag und Abend für Abend den Flügel an die Grenzen seiner Möglichkeiten führen konnte. Schön fand ich den Namen *Feurich*, der in silbrig schimmernden Lettern über der Tastatur prangte.

Als ich mich nach dem letzten Akkord aufschwang, hörte ich aus der Dunkelheit ein beifälliges Klatschen. Es klang verloren in der Weite des Raums. Ich stoppte, spähte ins Halbdunkel und hoffte auf die Hilfe des Mondes. Dort, wo ich niemanden vermutet hatte, sechs, sieben Schritte entfernt, erkannte ich die Umrisse einer Gestalt.

Nicht erschrecken, sagte sie.

Pardon, sagte ich.

Natürlich, wer seine Meditationen in ein Musikzimmer verlegte und Stille erwartete, war am falschen Ort. Fortan musste er auf Rock-Songs, Chopin-Etüden und donnernde Oktaven gefasst sein.

Ich bin Pater Vincent!, sagte die Gestalt. Lass dich nicht verwirren, ich sitze öfter hier.

Nicht der schlechteste Platz, sagte ich.

Wenn man so alt ist wie ich, darf man sich manches herausnehmen. Obwohl ich jedes Mal etwas bedauere, nicht im Refektorium zu sitzen. Andererseits fehlt es mir an nichts. Was ich vermissen würde, wäre das Zwielicht. Siehst du?

Pater Vincent hob seine Hand und deutete zum Mond, der gerade wieder heller hervorleuchtete. Es musste am bleichen Licht liegen, dass er mir fremdländisch vorkam. Die Augen auffallend schmal, der Bart weiß und am Kinn spitz zulaufend. Sicher hatte er alle Kontinente der Welt durchstreift und war in Wahrheit ein Nomade.
Im Alter, sagte Pater Vincent, wird selbst der Umtriebigste sesshaft. Du musst im Übrigen keine Bedenken haben, wenn du improvisierst. Dein Spiel ist mir willkommen. Außerdem bleibt mir der Rest der Nacht.
Pater Vincent reckte seinen Hals und hob sein Gesicht wieder ins Mondlicht, als sollte ich ihn besser betrachten können. Tatsächlich sagte er vollkommen ernst: Du wirst mein Alter nicht erraten!
Anscheinend legte er es darauf an, dass man ihn seines Alters wegen bewunderte. Dabei erweckte er nicht den Eindruck, als habe er noch ein langes Leben vor sich. Ich wollte keineswegs unhöflich sein, blickte zu den Tasten des Flügels, die ich nicht zählen musste, und sagte: Achtundachtzig.
Sehr schmeichelhaft, sagte er.
Neunundneunzig, sagte ich.
Hundertzwei, sagte Pater Vincent.
Ich sagte: Das reicht für drei Leben.
Das wären kurze Leben.
Ich hatte Freunde, die damit auskommen mussten. Gern hätte ich ihnen von meinen Jahren abgegeben.
Vielleicht werden Sie ja gar nicht sterben.
Ich bete natürlich auch für deine Mutter, sagte Pater Vincent. Wie ich überhaupt alle in meine Meditation

einschließe. Ohne dieses Licht hätte ich nicht die Kraft, Winter für Winter zu überstehen. Ich kann mich an Jahre erinnern, in denen ich nicht so unbeschwert war wie jetzt. Sieh mal!
Pater Vincent löste sich mit verblüffender Wendigkeit aus seinem Schneidersitz und richtete sich unter dem Dachfenster auf. Balancierte auf einem Bein. Streckte seine Arme aus und sagte: Ich hatte Tage, in denen ich mich nicht einen Millimeter rühren konnte. Nicht weil Gicht mich plagte oder Migräne mir zusetzte. Es war die Seele. Jetzt traue ich mir sogar das Stehen auf einem Bein zu, was natürlich ein Risiko ist, denn bei einem Sturz werden meine morschen Knochen brechen. Genauso wichtig wie ein wenig Gymnastik für den Körper ist die tägliche Frage: Wozu das alles? Quid te felicem facit? Je schneller du gute Antworten findest, umso jünger ist dein Geist. Wenn dir nichts mehr einfällt, gehen die Lichter aus. Aber nun, ich danke dir für dein Spiel, es bereichert mich, es gibt mir eine weitere Antwort auf die Frage, wozu? Und bitte, miss den kleinen Erschwernissen des Alltags nicht zu viel Bedeutung bei, Pater Albert hat seinen Lebenssinn im Kreuzworträtsellösen gefunden. Es muss zwanzig Jahre her sein, dass er mir einmal einen Tango am Cello vorspielte. Dass er beim Biertrinken kein Maß hielt und Naschereien aus der Küche stahl, brachte ihm anspruchslosere Dienste ein. Sehr bedauerlich. Wenn die Pförtnerloge auch keine unmenschliche Strafe ist. Zumal ihm das Gehen schwerfällt. Ich denke, er hat sich damit abgefunden, als gewissenhafter Hüter des Telefons auf praktischer Ebene zu dienen. Ob er sich

für die Heiligkeit dort oben noch interessiert, bezweifle ich. Da geht es ihm wie dir. Obwohl das Kreuz an der Wand seiner Kammer noch hängt. Wie auch immer. Ich wünsche dir eine angenehme Nacht!

Sehr leise zog ich die Tür ins Schloss und stieg die Treppe hinunter. Meine Lippen brannten, als wirke die wässrige Suppe mit ihren scharfen Gewürzen nach. Auf dem Absatz stoppte ich, blickte hinaus zum Mond, der kurzzeitig als volles Rund über den fernen Giebeln sichtbar war. Wolken glitten wie zerklüftete Raumschiffe vorbei. Darüber Sternenpunkte. Von dort konnte man auf die Erde als einen ins Dunkel geworfenen Planeten hinabsehen und sich unerheblich vorkommen. Alles verlor sein Gewicht.

In den alten Autos

Ich war der Letzte im Clubraum und hätte mich auf mein Zimmer zurückziehen können, wären mir nicht immer neue Bücher aufgefallen, die mir lesenswert schienen. Dass sich auf manchen Staub gesammelt hatte, hinderte mich nicht, sie aufzublättern. Was immer sich hinter der *Philosophie der Materie* oder dem *Wesen des Christentums* verbarg. Ich wusste, dass Pater Heribert ein kompliziertes Verhältnis zur Obrigkeit hatte, und schloss nicht aus, dass er das religiöse Ritual als Spiel betrachtete. Mutmaßlich war er zur falschen Zeit auf Gott gestoßen und hatte zu spät erkannt, dass alles mehr oder weniger Bluff war. Fortan lebte er als aufgeklärter Nichtgläubiger in der Rolle des Paters, zugegeben, eine verwegene These, auf die ich nicht mein letztes Hemd verwettet hätte.
Beim Rundgang hatte er mit Blick zum Bücherregal erklärt, es gebe drei Arten von Schülern, die sich danach unterschieden, wie sie ihre Zeit im Clubraum verbrachten. Die Suchenden, die Spielenden und die Selbstvergessenen. Die Suchenden sah er als die Leser. Die Spielenden zogen den Kickerautomaten vor, und die Selbstvergessenen versammelten sich vor dem Fernsehgerät oder hörten die Charts im Radio.
Hätte ich mich, anstatt zu lesen, auf mein Zimmer zurückgezogen, hätte ich nicht gehört, wie etwas gegen die Scheibe schlug. Es konnte ein zufälliges Geräusch

sein. Oder eins, das mich meinte. Das Fenster gab nichts preis, sondern zeigte nur mein Spiegelbild. Ich löschte das Zimmerlicht. Draußen, ein Stück unterhalb der Fensterbank, winkte jemand. Er stand auf Zehen und streckte seine Hände herauf, die nicht ganz bis an die Fensterkante reichten. Ich hätte mich gern getäuscht, doch der, der dort auf dem schmalen Rasenstück stand, trug ein lila Jackett. Und schwenkte die Arme. Sicher wäre es klüger gewesen, niemanden über meinen neuen Aufenthaltsort zu informieren. Zumindest hätte ich klarstellen sollen, dass ich nichts von Besuchern hielt, die mir spätabends auflauerten. Ich öffnete das Fenster einen Spalt und rief mit gedämpfter Stimme: Du hier?

Mick lachte schräg und sagte: Ich bitte um Aufnahme in den Bettelorden!

Geht's noch lauter?

Nee, sagte Mick, jetzt bleib mal entspannt.

Ich bin entspannt!

Stell dir vor, sagte Mick, wir fahren durch die Gegend, und plötzlich sagt Lina, was ist eigentlich mit Ben, dem Unglücksvogel? Genau, sage ich, der hockt hinter meterdicken Klostermauern und fristet sein Dasein unter einsiedlerischen Mönchen, und da ruft Alex: Mensch, wie können wir nur so kaltherzig sein und ihn seinem Schicksal überlassen?

Was man im Allgemeinen *Fehleinschätzung* nennt, sagte ich.

Was man im Allgemeinen *Geistesblitz* nennt, sagte er.

Und jetzt?

Aufbruch, Flucht, Errettung!

Es war offensichtlich, dass Mick es ernst meinte und sich nicht ohne Weiteres abwimmeln ließ. Ich klemmte *Das Wesen des Christentums* zwischen Fenster und Rahmen, ließ mich über die Brüstung hinunter und landete im feuchten Gras.

Gratulation, sagte Mick.

Fragt sich nur, wer mir zurückhilft.

Es regnete, wenn auch schwach, ein Nieseln, das überall dort, wo es als Silberschimmer durch die Lichtkegel der Straßenlaternen fiel, schöner aussah, als es war. Ich trug, da ich keinen Ausflug geplant hatte, nur mein Hemd. Niemand außer uns war in der Lippestraße unterwegs. Die Schaufenster waren erleuchtet, als gäbe es irdisches Leben.

Du zitterst ja, Alter, sagte Mick und streifte seine Jacke ab, um sie mir über die Schultern zu legen. Auch ein lila gestreiftes Jackett schützte vor Regen. Noch vor einer halben Stunde hätte ich alles darauf verwettet, nie in meinem Leben in einer solchen Glimmerkostümierung durch eine Straße zu laufen. Zum Glück durch eine, in der uns nur der Regen begleitete. Der steinerne Bug der Franziskanerkirche ragte als dunkler Koloss in die Einkaufsstraße. Drei elegante Damen in Persianer blickten aus einem Schaufenster, in dem der Winter schon angebrochen war und einen Haufen Styroporkügelchen herangeweht hatte.

Wir bogen zum Markplatz ein, wo der Wind leise pfiff. Vor dem noch erleuchteten Hotel Koop sah ich Alexanders Opel. Vom Fuchsschwanz, der traurig an der Antenne hing, rann der Regen auf die Rallyestreifen. Neben Alexanders Wagen schimmerte Kuddels orangefarbener Käfer. Wir alle hatten gestaunt, als er wenige Tage nach seinem achtzehnten Geburtstag mit *Clementine* am Schwanenteich aufgekreuzt war. Es hieß zwar, die Prüfung in Lippfeld sei die leichteste der Welt, da der Fahrlehrer, Herr Gläsner, jede Straße mit seinen Schülern abfahre, doch immerhin durfte auch hier niemand Gas und Bremse verwechseln. Der Käfer war ein Geschenk seines Vaters, der ihm aus New York 5000 Dollar zur Volljährigkeit geschickt hatte, was umso verblüffender war, als Kuddel nach all den Jahren, in denen sein Vater nichts von sich hatte hören lassen, zur Überzeugung gelangt war, er sei längst tot. *Clementine* war der leuchtende Beweis, dass sein Vater lebte.

Ich nahm es in jedem Fall als ein Zeichen ungeschmälerter Freundschaft, dass sie alle gekommen waren, um etwas Abwechslung in mein vermeintlich tristes Leben zu bringen. Dabei hätte ich die Tristesse durchaus vorgezogen und lieber im Clubraum gelesen, als im Regen auf dem Dorstener Marktplatz die Lippfelder Schwanenteichrebellen zu begrüßen.

Hätte nicht sein müssen, sagte ich zu Mick, während Alexander aus dem Kadett sprang, um mir mit großem Aufwand High Five zu geben.

Keine Ahnung, welchen Sieg wir feierten.

Es war vernünftig, dass Kuddel und Vickie sich nicht der Nässe aussetzten. Durchs heruntergelassene Fenster klopfte ich ihnen sacht auf den Kopf. Vickie griff meine Hand und flüsterte: Halte durch!

Er sah schon mal besser aus, sagte Kuddel.

Ein Jägermeister könnte natürlich helfen, sagte ich.

Kuddel ist seit einer Woche trocken!

Shocking news, sagte ich. Mir kam das Wort *trocken* übertrieben vor, da es unterstellte, dass Kuddel, nur weil er gern und regelmäßig Jägermeister trank, Alkoholiker sei. Was er, im Grunde genommen, natürlich war. Spätestens wenn Vickie nicht mehr neben ihm saß, gewann das Jägermeisterthema für ihn wieder an Brisanz. Ich nahm mir Zeit, auch zum beigefarbenen Benz hinüberzugehen, um Jessica und Gabi Hallo zu sagen. Ihre Begleiter, die auf der Rückbank saßen, wirkten wie ihre abendliche Beute.
Glückwunsch, sagte ich.
Wir hätten noch einen Platz frei, sagte Jessica.
Man durfte staunen, dass ihr Vater, der an der Nikolaus-von-Flüe-Grundschule unterrichtete, ihr seinen alten Mercedes überließ. Mick sagte immer noch Schwägerin zu ihr, obwohl es fast ein Jahr zurücklag, dass Jessica mit seinem Bruder befreundet gewesen war.
Na los, rief Alex und startete den Motor. Im Fonds hatte ich schon seine Schwester entdeckt, die zwar immer noch so atemberaubend aussah, dass ich im Normalfall Bedenken gehabt hätte, sie anzusprechen, doch inzwischen konnte ich sie als Teil der Crazy-Hearts-Formation betrachten. Jedenfalls sorgte sie mit ihren Schminkkünsten dafür, dass wir uns auf die Bühne trauen konnten, ohne auszusehen, als kämen wir aus einer Gegend, in der die Zeit stehengeblieben war. Ich schätzte es, wenn sie uns glimmernde Sternchen ins Gesicht malte und unsere Augen geheimnisvoll dunkel färbte.
Du Armer, sagte Lina und berührte mit den Lippen meine Wange.

Dürfte ich mein Jackett zurückhaben?, fragte Mick.
Nichts lieber als das, sagte ich.
Es sieht wie vom Flohmarkt aus, sagte Lina.
Es *ist* von Flohmarkt!
Wir fuhren über den Marktplatz, wo der Turm der St.-Agatha-Kirche als grünes Schimmern ins Nieseln ragte. Bogen in die Ursulastraße und passierten die Schulpforte, die unglaublich verlassen wirkte, wenn man wusste, dass hier morgens Scharen von Schülerinnen in einer Wolke hin und her stiebender Worte standen und Straße und Gehweg belagerten.
Wohin es ging, war mir egal. Ob zum Blauen See oder zum nächsten Rastplatz. Alexander sagte: Ich wäre glücklich, solche Freunde zu haben.
Ich stelle es mir deprimierend vor, sagte Lina, unter all den Mönchen, die nichts vom Leben verstehen. Nur beten. Und Regeln befolgen.
Ich nickte und wollte niemanden mit der Nachricht enttäuschen, dass das Franziskaner-Konvikt kein Ort der Finsternis war. Neben uns auf der Lippebrücke tauchte Kuddels *Clementine* auf, und Vickie winkte vom Beifahrersitz. Mick kurbelte das Fenster herunter und stimmte ein Jubelgeheul an, während Alex und Kuddel auf die Hupen schlugen. All das hätte Aufsehen erregt, wenn außer uns jemand auf der nächtlichen Straße unterwegs gewesen wäre. Mir war klar, dass ein Rennen zwischen zwei alten Autos nicht halb so aufregend war wie Demokrits Satz: Es gibt nur Atome und leeren Raum. Aber sollten die anderen glauben, sie täten mir einen Gefallen, wenn sie mit mir durch die Nacht jagten! Ich würde beizeiten Pater Heribert fragen müssen,

was er von Feuerbachs Entzauberung hielt. Das, was ich gelesen hatte, war so einleuchtend, dass ich mich wunderte, warum nicht jeder Religion als eine Form von Illusion begriff. Als *Entzweiung des Menschen mit sich selbst.* Als eine Art schöpferischen Akt des menschlichen Geistes.

Der Blaue See war nicht blau und nichts im Vergleich zu einem Ort, der Sehnsucht weckte. Unendlichkeit sah anders aus. Die Laternen der nahen Straße warfen gelbliches Licht auf die gekräuselte Oberfläche. Am Ufer ragten die Bäume wie Scherenschnitte gegen den Himmel. Mick hatte sich eine Stuyvesant angezündet und suchte einen Radiosender, der akzeptable Musik spielte. Immer wieder fing er Schlagerfetzen ein und drehte gleich weiter. Alle hatten ihre Fenster heruntergekurbelt, rauchten, und aus jedem Wagen drang ein anderer Song mit an- und abschwellenden Rhythmen.

Dieser See sollte nicht Blauer See heißen, sagte Alexander, sondern Scheißsee.

Ich dachte daran, dass es vom Ufer des Sees nicht weit zum Waldfriedhof war, wo Jan-Henri zwischen Rentnern ruhte und uns weder hörte noch sah. Während Mick an seiner Stuyvesant zog, fragte ich ihn leichthin: Erinnerst du dich, dort drüben, an unsere kleine Abschiedsvorstellung für Jan-Henri zwischen all den traurigen Engelsfiguren und Grabsteinen?

Als dir meine Gitarrensolos noch gefielen?

Jan-Henri hat mir einen Karton mit Büchern vermacht, sagte ich, darunter sogar Gedichte, solche, die man lesen kann. Dass er die Sachen gut fand, sieht man an

den vielen Ausrufezeichen. Eigentlich sind es gar keine besonderen Gedichte.
Jetzt bin ich aber gespannt, meinte Lina.
Ich sagte: *Wir waren ruhig, hockten in den alten Autos, drehten am Radio und suchten die Straße nach Süden ...*
Klingt wirklich nicht besonders, sagte Alex.
Straße nach Süden gefällt mir, sagte Lina.
Ich sagte: *Einige saßen da wie tote Filmstars und warteten auf den richtigen Augenblick, um zu leben ...*
Mick riss die Wagentür auf, sprang ans flache Ufer und begann wild zu tanzen. Stoppte. Streckte seine Arme in den Himmel und schrie: *Einige saßen da wie tote Filmstars und warteten auf den richtigen Augenblick, um zu leben.* Dann rannte er zu einer kleinen Landzunge, wo sich eine Schar Enten niedergelassen hatte, und scheuchte sie mit einem Klatschen auf.
Der übliche Anfall, sagte Alex.
Na los, ihr toten Säcke!, schrie Mick.
Ja, er dreht durch, sagte Lina leise.
Vickie rief aus dem Käfer: Solche Anfälle hat er früher schon gehabt. Aber es wird schlimmer.
Mick hüpfte in seinem lila Jackett am Ufer herum und fing in seinen Handflächen die aus den Zweigen tropfende Nässe auf. Fuhr sich mit den feuchten Händen durchs Gesicht. Ohne Frage, es fiel schwer, ihn lustig zu finden. Jessica und Gabi waren mit ihren Freunden ausgestiegen und probierten zögernd, wie zur Aufwärmung, ein paar Schritte zum Rhythmus, der aus ihrem alten Benz schallte. Ich blieb, wo ich war, lehnte mich zurück und zog an meiner Camel. Sollten sie zu *Dancing Queen* tanzen. Oder so tun, als tanzten sie.

Sollten sie sich wie tote oder wiederauferstandene oder durchgedrehte Filmstars aufführen. Ich hatte mit all dem nichts zu tun.
Worauf wartet ihr?, rief Gabi.
Ja, genau, sagte Alex.
Tatsächlich stieg auch er aus und schritt wie ein Schwergewichtler auf die Gruppe zu. Fing an, sich langsam im Takt zu bewegen. Dabei erinnerte er an jemanden, der auf einem klebrigen Grund Mühe hatte, seine Schuhsohlen vom Boden zu heben. Lina schob mich vom Rücksitz, als glaubte sie, ich könnte nachts zu Discoklängen an einem gottverlassenen See tanzen wollen. Gehörte sie nicht zu uns, den Crazy Hearts, deren Musik das Gegenteil von Disco war? Meine Bedenken kümmerten sie nicht, während sie mich ans Ufer zog, wo die anderen sich so verhielten, als wären wir nicht am Blauen See in einer traurigen Gegend bei Nacht, sondern auf einer illuminierten Bühne.
Kuddel schaltete die Scheinwerfer seines Käfers ein. Die niedersinkende Nässe verband sich mit dem strahlenden Licht zu glitzernden Effekten. Nebel stieg von der Seemitte auf. Mick lachte wild. Drehte sich. Die Enten flogen schnatternd über Jessicas Benz hinweg. Es klang, als beschwerten sie sich über die stampfenden Beats, zu denen ein paar Verrückte tanzten. Ich nahm einen letzten Zug von meiner Camel, die sich im Regen aufzulösen drohte, und fühlte mich verraten. Es war schwer, zwischen den anderen wie jemand dazustehen, dem das Leben missfiel. Wen interessierte, dass es Popklänge waren und kunstlose Harmonien? Eine Anbiederung. So beglückend unwahr wie Pater Heri-

berts Gott. Im Grunde war es egal, dass vor uns der Blaue See lag, der nur ein umhegter Stausee mit einem betonierten Zufluss war. Wir hatten nur dieses unwirkliche Jetzt, diesen kleinen Moment zwischen dem, was war, und dem, was nie kommen würde.

Stigmata

Das elektrische Licht kam gegen das morgendliche Grau nicht an. Stumm saßen wir im halbleeren Saal. Eine gespenstische Schar. Keiner lachte. Niemand glaubte, dass es bald Tag würde. Nur Pater Burghards Stimme klang, als gäbe es Zuversicht. Er sprach das Morgengebet in Abwesenheit der anderen Patres, die sich zur Frühandacht zurückgezogen hatten. Zu Recht oder nicht traute man uns an einem Samstag um sieben Uhr noch keinen klaren Gedanken zu. Mir fiel es schwer, der schwach modulierenden Stimme zu folgen, die den *Dekalog der Gelassenheit* vortrug. Jede Strophe setzte mit der Formel *Nur für heute* ein. *Nur für heute* möge man sich etwas Gutes vornehmen und niemandem davon erzählen.

Offenbar wusste Pater Burghard nicht, dass mit guten Vorsätzen allein noch nichts gewonnen war. Man musste nicht so weit gehen wie meine Mutter, die den Weg zur Hölle mit ihnen gepflastert sah. Verglichen mit ihrer Weltkenntnis klang der päpstliche Dekalog alltagsfern. Warum auch sollten Heilige besser mit den menschlichen Unzulänglichkeiten vertraut sein als Nichtheilige? Am Nachmittag würden wir meine Mutter in der Abgeschiedenheit der Kurklinik besuchen. Bis dahin hatte ich Zeit, am Feurich zu üben, der besser klang als mein Lippfelder Klavier. Ein Teil der Schüler hatte bereits gepackt. Siggi Kinzel war leider nicht übers Wochenende nach Brasilien aufgebrochen, sondern saß mir schräg gegenüber im matten Licht. Jedes Mal wenn ich zufällig in seine Richtung sah, spielte er mit seinem Messer, an dem Butter klebte. Die wenigen blonden Haare am Kinn machten ihn im Morgengrau zu einer skurrilen Gestalt, die etwas ritterhaft Verwegenes hatte.

Beim Hinausgehen stieß er auf linkische Weise mit mir zusammen und sagte: Sorry, *Piano Man*.

Keine Ursache, sagte ich.

Wie viel schuldet er uns eigentlich?, fragte Siggi Kinzel in Richtung Louis.

Mehr als er weiß.

Er weiß 'ne ganze Menge nicht, sagte Siggi Kinzel.

Ich ersparte mir, das Geplänkel ernst zu nehmen, und setzte ohne Kommentar meinen Weg fort. Nahm Kurs aufs Musikzimmer. Wäre es nicht früher Morgen, sondern Abend gewesen, hätte ich Pater Vincent im Zwielicht antreffen können. Durchs schräge Dachfenster erkannte ich ein paar unruhige Wolkengebilde. Mehr grau als weiß. Es würde kein sonniger Tag. Weder hier noch in Bad Neuenwede. Die d-Moll-Toccata, die ich für mein Spiel in der Franziskanerkirche ausgesucht hatte, klang imposant. Mir gefiel der Wechsel zwischen lichten Figurationen und sich türmenden Akkorden. Dazu passte der Wolkenhimmel, der sich in immer neuer Zerrissenheit zeigte.

Blickte ich vom Flügel auf, sah ich die Franziskusfigur, die in der Mitte des Raums stand. Es war offensichtlich, dass sie die Welt zum Zeugen ihrer Stigmata machte. Natürlich wäre ich ohne Pater Heribert nicht darauf gekommen, dass es ein spätgotischer Franziskus war. Man glaubte ihm das ehrwürdige Alter gern. Sogar die Finger fehlten. Ich hatte mir nicht erlaubt, zu fragen, warum ausgerechnet der bescheidenste aller Einsiedler seine Wundmale in so demonstrativer Weise offenbarte. Mit seinen erhobenen Händen wirkte er beinahe, als habe er vor, zu tanzen. In jedem Fall hatte er Swing.

Ich wusste nicht genau, wie lange ich schon gespielt hatte, als der Klang der Toccata-Akkorde sich änderte. Hallender wurde. Aus den Augenwinkeln sah ich drei Schatten in der Tür. Ohne Eile bewegten sich Siggi Kinzel und seine Begleiter auf die nahe Stuhlreihe zu. Louis setzte etwas neben sich ab, das wie seine Schildkröte aussah. Normalerweise hielt er sie im Terrarium seines Zimmers oder führte mir ihr im Clubraum das eine oder andere bejubelte Kunststück vor, wobei er sie Dorothea rief. Zum Höhepunkt seiner Show, so hatte ich gehört, legte er eine glimmende Zigarette auf ihren Panzer und lockte sie mit einem Blatt Löwenzahn.

Zumindest musste ich zugeben, noch nie vor einer Schildkröte eine Bach-Toccata gespielt zu haben. Unauffällig blickte ich von der Tastatur auf. Sah, wie Arne sich einen Wrigley's-Kaugummistreifen in den Mund schob. Alle drei schauten zu Dorothea, die ihren Kopf aus dem Panzer gestreckt hatte, ganz so, als warte sie auf einen Sonnenstrahl, der zwischen den Wolken hervorkommen müsste.

Leute, sagte Siggi Kinzel, dieses Geklimper geht mir auf die Nerven.

Genau, sagten die anderen beiden.
Wir würden gern mal was anderes hören, *Piano Man.*
Mal was Neues, sage Louis.
Unbedingt war Neues, sagte Arne.
Nur die Franziskusfigur horchte weiterhin still in ihr Inneres, wo die Holzwürmer arbeiteten.
Es musste mich im Grunde nicht kümmern, was Siggi Kinzel an Musikwünschen vorschwebte. Keiner hatte ihn eingeladen. In seiner Anwesenheit Klavier zu spielen, bedeutete in etwa das, was meine Mutter meinte, wenn sie sagte: Perlen vor die Säue werfen. Leider konnte ich nicht mehr so tun, als wäre es möglich, mein Spiel unbeirrt fortzuführen.
Ich suchte ein paar Töne, die nicht aus dem klassischen Repertoire stammten, sondern aus den Schlager-Charts. Dabei half mir die Vorstellung, meine Spielerei der leidenden Schildkröte zu widmen, selbst wenn niemand ihr melodisches Gespür zutraute. Möglich, dass meine vorsichtige Art der Diplomatie nicht ohne Auswirkungen auf meine Zuhörer blieb. Jedenfalls applaudierten Arne und Louis.
Klingt schon besser, sagte Siggi Kinzel.
Sollte das Kinzel-Trio Gefallen an Schlagerseichtheiten finden! Wie angenehm, hätte man Siggi Kinzel mit gefälligen Improvisationen in einen friedlichen Menschen verwandeln können. In einen sympathischen Mitschüler. Auf Dauer konnte es allerdings nicht mein Plan sein, für drei unbedarfte Gäste und ihre malträtierte Schildkröte als Unterhalter zu dienen. Das Tier hatte sich, naturgemäß langsam, in Bewegung gesetzt. Auf dem Panzer waren die eingebrannten Male der

Zigaretten zu erkennen, und ich überlegte, wie viele Vaterunser dafür als Buße angemessen wären.

Dorothea stattet dem *Piano Man* einen Besuch ab, sagte Siggi Kinzel.

Sie ist musikalisch, sagte Louis.

Schön weiterspielen, rief Arne.

Louis lehnte sich zurück und kreuzte seine Arme vor der Brust wie ein Zuschauer, der eine große Show erwartete. Ich nahm nicht an, dass sein Verständnis für Rhythmus weiter reichte als das für spätgotische Skulpturen. Als Dorothea die Hälfte der Strecke geschafft hatte, rief Arne: He, *Piano Player*, schon mal was von Brotherhood of Man gehört?

Save Your Kisses for Me, rief Louis.

Ich kannte Brotherhood of Man. Und natürlich kannte ich *Save Your Kisses for Me*. Es war schwer, von der Gruppe nicht gehört zu haben, deren Mitglieder keine Instrumente auf der Bühne benötigten, sondern sich als zuschauerbeglückendes Gesangsquartett produzierten.

Siggi Kinzel rief: Ein guter Pianomann kann jeden Song!

Aber locker, sagte Louis.

Arne begann rhythmisch zu klatschen und schaute grinsend zu seinen Nachbarn, während ich ein paar Takte Brotherhood of Man spielte. Siggi Kinzel beschränkte sich darauf, mit seinem Fuß zu wippen. Immerhin waren wir an einem Punkt, an dem es musikalisch nicht tiefer gehen konnte. Mit einer kleinen Kadenz brachte ich den Titel zu Ende, drehte mich auf dem Schemel und sagte: Wenn ihr wüsstet, wie

dämlich ihr ausseht. Geht in den Clubraum und legt ein paar Schnulzen auf. Da könnt ihr kiffen, bis euer Hirn nur noch als Tafelschwamm zu gebrauchen ist. Und nehmt euer Maskottchen mit.
Früher oder später drohte Dorothea auf ihrem Weg zwischen die Pedale zu geraten. Mir kam es vor, als sei sie auf der Flucht vor ihren Peinigern.
Los, *Piano Master*, wir wollen mehr hören, rief Siggi Kinzel.
Es fing gerade an, uns nicht zu langweilen.
Arne summte die Melodie von *Save Your Kisses for Me*.
Ich ignorierte die drei und wandte mich meiner d-Moll-Toccata zu. Siggi Kinzel schwang sich auf und näherte sich tänzelnd dem Instrument.
Das ist nicht Brotherhood of Man, sagte er. Spiel nicht diesen Klassikscheiß. Los, spiel *Save Your Kisses for Me*.
Ich tat, als hörte ich ihn nicht.
Save Your Kisses for Me, rief Louis.
Er ist taub, rief Siggi Kinzel und zog sein Taschenmesser hervor.
Sieh's dir einmal genau an, sagte er. Klappte die Klinge aus.
Was hat man dir angetan, dass du so ein Arschloch geworden bist?, fragte ich.
Blitzartig griff er meinen Arm und riss mich vom Klavierstuhl. Ich stieß nach ihm und hätte mich mit etwas Glück gegen ihn behaupten können, wären nicht Arne und Louis dazugekommen. Meine Wange berührte den Fußboden, und vor meinen Augen kroch Dorothea mit ihren Brandmalen vorbei. Aus der Nähe sahen sie wie kleine Krater aus.

Ihr kommt euch großartig vor, was?
Wir *sind* großartig, sagte Louis.
Siggi Kinzel sagte: Schau mal.
Als ich aufblickte, holte er aus und schoss Dorothea durch den Raum.
Das war jetzt nicht nett, sagte Arne.
Louis fragte: Wozu hat sie einen Panzer?
Richtig!, sagte Siggi Kinzel und zielte im nächsten Moment gegen mich. Reflexhaft hob ich meine Arme und spürte einen Stich in der rechten Hand.
Nimm dein blödes Reptil, sagte Siggi Kinzel zu Louis, wir hauen ab!
Ich war zu sehr auf meinen Schmerz konzentriert, als dass ich dem Impuls nachgeben konnte, aufzuspringen und auf die drei loszugehen. Natürlich wäre es nicht mehr als ein Zeichen der Verzweiflung gewesen. Ein sinnloses Anstürmen gegen eine lächelnde Überzahl. Weder klug noch heldenhaft. Während sich die drei aus dem dämmrigen Licht entfernten, summte Louis: *Save Your Kisses for Me*.
An der Tür drehte sich Siggi Kinzel noch einmal um und sagte: Wie war das noch heute Morgen, erinnert ihr euch: *Nur für heute werde ich eine gute Tat vollbringen – und ich werde es niemandem erzählen.* Also, das war wohl eine sehr gute Tat, und ich finde, wir sollten sie auch für uns behalten. Wäre bedauerlich, wenn wir sonst wiederkommen müssten, bye-bye, *Piano Man*!
Vorsichtig befühlte ich die Finger meiner Rechten. Krümmte sie. Spielte fünf Töne in die Luft. Was viermal problemlos gelang. Beim Ringfinger fehlte die Leichtigkeit. Ich sah mir nach, dass ich losheulte.

Ungerührt zeigte die Franziskusfigur ihre Stigmata. Wie seit Jahrhunderten. Wie billig war eine Not, wenn alle Welt daran teilhatte. Während in Wahrheit ein Leiden erst wog, wenn man unter einem Feurich lag und keiner für einen betend auf die Knie sank. Ich lachte laut. Raffte mich auf. Setzte mich an den Flügel. Spielte die Zerrissenheits-Toccata. Ganz egal, ob der vierte Finger schmerzte oder nicht, ganz egal, ob es mir gut oder schlecht ging. Hauptsache, es klang mächtig und weltbewegend. Hauptsache, die stürmischen Toccata-Klänge trugen jedes Empfinden fort.

Schneller muss niemand fahren!

Es kam mir waghalsig vor, zu fünft im Käfer über die Autobahn zu fahren. Jede Windbö sorgte für Turbulenzen, während der Motor auf Hochtouren lief. Wir saßen leicht geduckt, denn dicht über unseren Köpfen wölbte sich der beigefarbene Himmel aus Kunststoff. Mein Vater hielt sich die meiste Zeit rechts, und ich beobachtete durch das kleine Seitenfenster aus dem Fond, wie andere Autos uns überholten. Darunter Limousinen mit Mercedesstern oder BMW-Emblem. Hin und wieder sogar ein Porsche. Wenn ein Wagen an uns vorbeischoss und mit seinem scharfen Luftzug unseren VW Käfer erschütterte, schüttelte mein Vater den Kopf. Er fuhr genau 120 Stundenkilometer und wiederholte von Zeit zu Zeit: Schneller muss niemand fahren!

Neben mir auf der Rückbank saßen meine Tante Marie aus Hamborn und meine Cousine Heike, die vermutlich nur mitfuhr, weil sie nicht wusste, was sie sonst den Samstagnachmittag über allein zu Hause anstellen sollte. Tante Marie war geschieden, und meinem Vater fiel es seither schwer, die Scheidung seiner Schwester nicht hin und wieder halblaut zu kommentieren. Dabei wechselte er zwischen wenig tiefgründigen Varianten wie *Das hätte nicht sein müssen* und *Man kann sich doch arrangieren*. Heute allerdings schwieg er zum Thema Scheidung. Er fuhr 120 Stundenkilometer, was rein rechnerisch bedeutete, dass wir in weniger als einer Stunde in Bad Neuenwede einträfen. Mein Bruder behielt die Route im Blick und suchte im Radio nach den Verkehrsnachrichten, um auf etwaige Staus oder Umleitungen vorbereitet zu sein.

Für meinen Vater, der selten längere Strecken fuhr, glich eine Autobahnfahrt einem Abenteuer voller Unwägbarkeiten. Paul war schon in Amsterdam und Paris, sogar in Rom und Athen gewesen. Mit dem Bulli. Was dagegen war Bad Neuenwede, das gerade einmal hundert Kilometer entfernt lag? Dass es im Käfer noch beengter zuging als sonst, lag nicht nur am knapp bemessenen Raum, sondern auch an meiner Cousine und meiner Tante, die, wie meine Mutter es ausdrückte, etwas *mollig* waren. Es war freundlich und keineswegs abfällig gemeint, denn für meine Eltern war es weitaus bedenklicher, einem Schlankheitsideal zu folgen. Man geriet in den Verdacht, nicht ausreichend zu essen oder doch nicht das Richtige oder gar an einer Krankheit zu leiden. Ich selbst maßte mir nicht an, die Figur meiner Tante zu beurteilen oder die meiner Cousine, mit der ich nur das Nötigste sprach, und eigentlich nicht mal das. In Bedrängnis brachte mich der kniefreie Rock meiner Tante, zu dem sie Nylonstrümpfe trug. Ich gab, so gut es ging, acht, dass unsere Beine sich nicht berührten. Eingeklemmt zwischen Tür und nylonschwarzen Knien, benebelt von einem Haarspray, das einem den Atem nahm, dachte ich für Sekunden daran, am Türgriff zu reißen und auf die Autobahn zu springen.

Ich wusste nicht, was schlimmer war, der Musikzimmer-

überfall des Kinzel-Trios oder die prekäre Nähe auf dem Rücksitz. Mehrmals krümmte und streckte ich unauffällig die Finger meiner rechten Hand. Es funktionierte, wenn auch nicht ganz schmerzfrei. Eine Schwellung war eine Schwellung, auch wenn sie nicht sichtbar, sondern nur tastbar war.
Meine Tante schaute her und sagte: Ich verstehe, wenn du ein wenig nervös bist.
Stört es, wenn ich das Fenster öffne?, fragte ich.
Mein Bruder sagte: Wir müssen die Ausfahrt *Zentrum* nehmen.
Obwohl wir schon eine Weile hinter einem Tankwagen fuhren, entschied unser Vater sich auf den letzten Metern, den LKW zu überholen. Man konnte etwas unruhig werden, wenn man darauf vertraute, der Käfer beschleunige so, dass alle den Eindruck gewannen, es sei ein Überholmanöver. Mühsam krochen wir am riesigen Truck vorbei und kamen auch nicht schneller voran, als hinter uns jemand aufblendete. Erst als unser Vater wieder einscherte, spürte ich, wie sehr ich mich verkrampft hatte. Er sah beim Einschwenken wie ein Motorradfahrer aus, der sich in die Kurve legte. Nur meine Tante Marie blieb gelassen und richtete sacht mit den Fingerspitzen ihre Frisur, die sehr aufwändig mit dem Einsatz von Lockenwicklern kreiert worden war.
Bad Neuenwede hatte auf den ersten Blick nichts, woran man die Stadt hätte wiedererkennen können. Allenfalls wirkte sie etwas aufgeräumter als Gelsenkirchen oder Essen, und die Straßen hatten weniger Schlaglöcher. Die Menschen sahen aus, als wären

schon paradiesische Zeiten angebrochen, aber vor so langer Zeit, dass man es längst wieder vergessen hatte und eigentlich nur durch die Gegend lief, um nicht vor Langeweile zu sterben. Wer wollte, konnte auf einer der Parkbänke Rast machen und sich an den tadellosen Rasenflächen und immergrünen Sträuchern erfreuen. Der Slogan *Stadt ohne Stufen* war sicher allen Gästen sympathisch, die sich zu alt zum Treppensteigen fühlten.

Obwohl die Schilder, die die Kurklinik auswiesen, nicht zu übersehen waren, gab mein Bruder immer wieder Richtungshinweise. Als unser Vater abrupt vor einer Ampel bremste, deren Lichter von Grün auf Gelb sprangen, rief mein Bruder: Das hätten wir noch geschafft.

Es kommt doch nicht darauf an, sagte unser Vater.

Es klang fast so, als habe er es gar nicht besonders eilig, die Kurklinik zu erreichen. Er nahm die Verkehrsregeln allerdings ernster als Paul, der, wenn eine Ampel von Grün auf Gelb sprang, Gas gab, anstatt zu bremsen. Gern erinnerte unser Vater daran, dass er noch nie, solange er Auto fuhr, einen Unfall verursacht habe. Einige Schrammen und Dellen an den Kotflügeln verrieten jedoch, dass nicht alle seine Manöver komplikationsfrei verliefen.

Wir bogen zum Parkplatz ein und passierten im Schritttempo die prachtvoll gestaltete Eingangsfront. Die Anlage musste aus einer Epoche stammen, in der man Serenaden in herrschaftlichen Gärten aufgeführt hatte. Was an ein Stadtschloss erinnerte, wurde von einer Gruppe gläserner Gebäude überragt, die zu

erkennen gaben, dass man in der Gegenwart angekommen war.
So weit wären wir schon mal, sagte unser Vater und schien wirklich etwas erleichtert, auch wenn unser Besuch erst bevorstand. In meiner Jacke steckte, für alle Fälle, ein Taschenbuch aus der Internatsbibliothek.
Die Rezeption gab sich im Gegensatz zur historischen Fassade sachlich und erinnerte mit ihrem Interieur an eine kleine Raumstation. Tante Marie holte alle nötigen Auskünfte ein und verständigte sich mit unserem Vater darauf, zunächst ohne uns aufs Zimmer zu gehen.
Wir nickten, und unser Vater drückte meinem Bruder einen Zwanzigmarkschein in die Hand, damit wir uns einen Kaffee oder eine Fanta bestellten oder uns in der Cafeteria betranken. Jedenfalls griff ich an der Selbstbedienungstheke ein Bier und nahm in Kauf, dass mein Bruder sagte: Muss das jetzt sein? Ich sagte nicht: Wann, wenn nicht jetzt? Die Aussicht auf einen kleinen Rausch stimmte mich versöhnlich. Unsere Cousine ließ vier Stücke Zucker in ihren Kaffee sinken. Aus einem Plastikkännchen goss sie so viel Milch hinzu, dass der Inhalt über den Tassenrand lief.
Oh, Entschuldigung, sagte sie, obwohl kein Grund bestand, sich bei uns zu entschuldigen. Mir war die Lache auf ihrer Untertasse egal. Genauso wenig störte es mich, dass es vom Tassenboden aufs weiße Deckchen tropfte, als sie trank.
Halb so schlimm, sagte mein Bruder, als unsere Cousine anfing, die Kaffeespuren mit ihrer Serviette wegzuwischen.

Wir schauten auf den Parkplatz, und unsere Cousine sagte: Ich bin ja so ungeschickt.
Ich trank von meinem Bier und wünschte mich an den Schwanenteich oder, besser noch, in die Hölle, wo es sicher interessanter war als im Café einer Kurklinik.
Vielleicht hatten wir uns auch nur in ein Gewächshaus voller Tische und Stühle verirrt. Die stattlichen Grünpflanzen in den Kübeln wirkten zu perfekt, um echt zu sein. Wer an den Tischen saß, sprach mit gedämpfter Stimme. Hatte die Wahl zwischen Würfelzucker und Süßstofftabletten. Rührte bedächtig in seinem Kaffee.
Niemand außer mir trank Bier. Kein gutes Zeichen.
Mein Bruder erkundigte sich nach den Plänen unserer Cousine, die, soweit ich wusste, soeben die 10. Klasse beendet hatte. Er tat, als interessierte ihn, ob sie ins Kosmetikgeschäft ihrer Mutter einstieg oder sich für eine Ausbildung als Krankenpflegerin entschied. Er hörte sich wie der freundliche große Cousin an. Mich wunderte, dass sie uns nicht einfach sitzen ließ.
Weil nach ein paar Sätzen niemandem mehr etwas einfiel, zog ich mein Buch hervor. *Abermals krähte der Hahn.*
Mein Bruder hob sein Kinn und fragte: Wo hast du das her?
Heike runzelte ihre Stirn, und ich sagte: Na, im Internat stehen auch Bücher.
Und ausgerechnet solche, sagte mein Bruder.
Ich trank von meinem Bier und las ein paar Sätze, die mir gefielen. Es hieß, dass selbst Goethe das Kreuz als *Jammerbild* empfunden habe. Die kritischen Blicke meines Bruders hinderten mich nicht daran, mir eine

zweite Flasche Bier an der Theke zu holen. Ich konnte nur hoffen, dass sich unser Aufenthalt nicht allzu lang hinzog, sonst würde ich noch eine dritte und vierte Flasche trinken müssen. Was sollte dagegensprechen, den Rest des Tages durch einen Schleier zu erleben? Keine Ahnung, warum man hundert Kilometer Autobahn fuhr, um auf einen Parkplatz zu starren. Auf Autos, aus denen erschöpft wirkende Menschen stiegen. Hin und wieder kamen auch Klinikmitarbeiter in Weiß am Fenster vorbei. Ich prostete ihnen aus meiner Nebelwolke zu. Leicht verschwommen sah ich unseren Käfer, der hellblau zwischen den anderen Fahrzeugen hervorschaute. Man hätte sich hineinsetzen und das Radio einschalten können. Mit dem richtigen Sender wäre der Nachmittag vielleicht noch zu retten gewesen.
Ich glaube, du solltest mal eine Pause einlegen, sagte mein Bruder, als ich die dritte Flasche öffnete.
Klar, sagte ich.
Im Ernst, beharrte Paul.
Wie haltet ihr das nur aus?, fragte ich.
Wir haben doch Zeit, sagte Heike und rührte in ihrem hellbraunen Kaffeerest.
Genau, sagte ich, bis ans Lebensende.
Vermutlich hätte ich mir trotz aller Einwände meines Bruders ein viertes Bier besorgt, aber bevor es dazu kam, tauchten unser Vater und Tante Marie auf. Ihre Gesichter wirkten finsterer als vorher. Sicher wäre unsere Mutter mit ihnen in die Cafeteria gekommen, hätte sie sich dazu in der Lage gesehen.
Unser Vater sprach leise zu meinem Bruder. Tante Marie sprach leise zu unserer Cousine. Alles, was ich

verstand, war, dass man unserer Mutter nicht zu viel zumuten dürfe.

Wir müssen sie schonen, sagte unser Vater.

Aber wir können doch zu ihr?, fragte Heike.

Nur nicht zu lang, sagte Tante Marie und schaute auf die Unordnung auf unserem Tisch: Wir räumen hier erst einmal auf.

Gemälde mit Kurpark

Meine Mutter saß am Fenster, als säße sie Modell für ein Porträt vor der Kulisse des Kurparks. Einige Parkbäume, so hatten wir gelesen, trugen Namen, als wäre es möglich, mit ihnen zu sprechen. Sicherlich gehörte meine Mutter nicht zu den Menschen, die mit Bäumen sprachen. Ihre Haltung erinnerte mich ein wenig an ein berühmtes Gemälde, das in unserer Schulgalerie hing. Eine nicht ganz perfekte Mona-Lisa-Kopie, die man auf dem Weg zum Zeichensaal bewundern konnte.
Das Gesicht meiner Mutter zeigte keinerlei Regung, als wir sie leise grüßten. Vorsichtig zogen wir jeder einen Stuhl heran. Meine Cousine legte behutsam ihre Hand auf den Unterarm meiner Mutter und sagte: Wir freuen uns, dich zu sehen. Im Stillen dankte ich ihr für diesen Satz. Paul und ich konnten nur wiederholen: Wir freuen uns auch! Ich sah ein, dass Heikes Leben – in dem eine solche Zuwendungsfähigkeit existierte – unzweifelhaft Sinn machte. Niemand sonst schien in der Lage, sich mit einer vergleichbaren Unbefangenheit unserer Mutter zu nähern. Während ich nur nicken konnte. Ich hätte mehr Bier trinken sollen. Mein Bruder probierte es auf seine Art und sagte: So ein schöner Ausblick!
Ich sagte: Ja, wirklich.
Da Vinci hätte natürlich einiges an seiner Bildkom-

position ändern müssen. Der Kurpark war keine toskanische Landschaft, doch es gab Bachläufe und Anhöhen. Die Hände meiner Mutter lagen auf der Armlehne ihres Stuhls locker übereinander. Dazu trug sie eine rote Stola. Das Lächeln war, wenn es überhaupt eins war, ein vergessenes Lächeln. Ein trauriges. Ich war mir nicht sicher, ob die Gestalt auf da Vincis Gemälde wirklich lächelte. Von meiner Mutter konnte ich zumindest sagen, dass ihre Mundwinkel zur Andeutung eines Lächelns fähig waren. Auch wenn sie eigentlich nicht im Entferntesten daran dachte, zu lächeln.

Was meine Mutter der Porträtierten voraushatte, war die fein geschwungene Nase. In der Schulversion war die Nase zu markant geraten. Der Mund dagegen zu schmal. Andersherum wäre es besser gewesen. Nicht dass die Nasenspitze meiner Mutter merklich aufschaute, doch sie sah aus, als wäre sie neugierig. Oder habe Sinn für Humor. Und klar: Meine Mutter hatte Sinn für Humor.

Ist dir kalt?, fragte Heike. Strich über den Oberarm meiner Mutter und bewies aufs Neue, dass sie für Situationen, in denen kleine Gesten zählten, mehr Gespür mitbrachte als wir. Ohne sie wären unsere Überlebenschancen gleich null gewesen. Keine Frage, Heike hatte die Fähigkeit, mit einer Abwesenden zu sprechen, jedenfalls bewegte meine Mutter sehr, sehr leicht ihren Kopf. Verneinte.

Paul und ich nickten unserer Cousine aufmunternd zu. Dankten ihr. Uns fielen keine Sätze ein, die Licht in den Nachmittag bringen konnten. Dabei hätte es

erzählbare und erinnerungswürdige Momente gegeben. Doch selbst unser Vater scheiterte häufig daran, unsere Mutter mit aufbauenden Geschichten aus der Vergangenheit auf freundlichere Gedanken zu bringen. Ich hätte den Strand von Zandvoort erwähnen können, wo unsere Mutter auf einem gestreiften Liegestuhl gelegen und eine Sonnenbrille getragen hatte. In der Hand eine Limonade. Dazu ein Strohhalm in Pink. Soweit ich mich entsann. Ich konnte schlecht sagen: Erinnerst du dich an Zandvoort, als du über deine Sonnenbrille geschaut und mit einem pinkfarbenen Strohhalm in deiner Zitronenlimonade gerührt hast?
Ich habe in deinem Regal Johanniskraut und Hagebutte entdeckt, sagte Heike, wie wäre es mit einem Tee?
Meine Mutter drehte ihr Gesicht zu Heike und blickte durch sie hindurch, so wie sie durch mich hindurchblickte, wenn sie auf ihrem Schlafzimmerstuhl saß.
Es scheint sich etwas aufzuhellen, sagte mein Bruder. Halb zu mir, halb zu unserer Mutter.
Sieht fast so aus, sagte ich. Halb zu meinem Bruder, halb zu unserer Mutter.
Wollt ihr auch einen Tee?, fragte Heike.
Immer, sagte ich, obwohl ich lieber noch ein Bier getrunken hätte.
Ja, warum nicht, sagte mein Bruder.
Wir blickten gemeinsam in Richtung Kurpark, wo zwischen Bäumen, die Namen trugen, und Bänken, auf denen niemand saß, steinerne Skulpturen aufragten. Natürlich hätte ein italienischer Maler für den Hintergrund seines Porträts kaum einen sonnenlosen

Novembertag in Bad Neuenwede gewählt. Falls doch, hätten im Wesentlichen Grautöne und etwas Weiß gereicht. Ein Grau für den Himmel, ein Grau für die Landschaft und ein Grau für das Grau hinter dem Grau. Ein paar farbige Kleckse wären für die Regenschirme hilfreich gewesen, unter denen Menschen durch den Park gingen.

Die Geräusche aus der Kochnische hatten etwas Beruhigendes – vom leisen Löffelklirren und Klappern des Porzellans bis zum Brodeln des Wasserkochers. Normalität hatte einen tröstlichen Klang. Warum sollte es keine Gespräche ohne Worte geben? Teetrinken war ein sich selbst genügendes Ritual. Niemand musste Fragen stellen, auf die es keine Antworten gab. Heike setzte die Glaskanne mit dem dampfenden Tee in der Mitte des Tisches ab. Die gläserne Kanne wäre auf einem Gemälde so komisch gewesen wie die abgepackten Stückchen Würfelzucker auf den Untertellern.

Ich nippte an meinem Tee und sah über den Tassenrand hinweg mit Erleichterung, dass meine Mutter sehr langsam ihre rechte Hand von der linken nahm und zur Tasse griff. Sie an die Lippen hob. Vorsichtig in die Flüssigkeit blies und trank. Genauso bedächtig, fast mechanisch, führte sie alle Bewegungen in umgekehrter Folge aus, bis ihre rechte Hand wieder auf ihrer linken lag. Dann blickte sie zu Heike und lächelte. Zumindest regte sich etwas in ihrem Gesicht, das sich als Lächeln deuten ließ. Mein Bruder gab mir verstohlen Zeichen, als sei ein gemeinsamer Erfolg errungen.

Der Tee ist ausgezeichnet, sagte er. Sagte es halb zu Heike, halb zu unserer Mutter.
Unsere Mutter blickte zu mir, sah nicht durch mich hindurch, sondern fragte mit einer mich sprachlos machenden Bestimmtheit: Wie ist das Essen im Internat?
Da ich nicht fähig war, sogleich zu antworten, sprang mein Bruder mir bei: Über das Essen hört man nur Gutes.
Es gibt sogar Bier, sagte ich.
Bens Späße, sagte mein Bruder.
Wir haben einmal ein Kloster besichtigt, in dem es tatsächlich eine Brauerei gab, sagte Heike.
Aber nicht im Internat, beharrte mein Bruder.
Na, antwortete ich, du bist der Experte! Dann sah ich zu unserer Mutter und sagte, wissend, dass es ihr Lieblingsspruch war: Der Klügere gibt nach.
Aber unsere Mutter schien schon wieder in Gedanken vertieft und schaute in die Parklandschaft, wo der Nachmittag sein tristes Schauspiel gab. Ich wäre bereit gewesen, uns vier leuchtende Schirme zu besorgen, unter denen wir bis zum Horizont gelaufen wären. Hinter den letzten Wolken wurde es sicherlich hell. Ich nippte stumm an meinem Tee. Auch unsere Mutter löste ihre Hände wieder von der Armlehne und nahm einen Schluck. Es hatte etwas von einer meditativen Handlung, wobei niemand genau wusste, ob für die nächste Bewegung noch genügend Reserven mobilisierbar waren.
Ich hätte Paul vorschlagen können, die Geschichte seines legendären Wechsels aufs Gymnasium zu erzählen,

der ohne das Insistieren unserer Mutter nicht denkbar gewesen wäre. Frau Eckrath, deren Vater schon Grundschullehrer gewesen war, hatte die Ansicht vertreten, dass ein Schulwechsel meinen Bruder überfordere. Als erfahrene Pädagogin hielt sie unseren Eltern deren Unwissenheit zugute. Allenfalls könne sie den Besuch einer Realschule empfehlen. Alles andere sei unrealistisch. Das Thema ging ihr so nahe, dass sie unsere Eltern zu einer Unterredung gebeten hatte. Ganz nebenbei war zu erfahren gewesen, dass im Vorjahr kein Schüler der Lippfelder Grundschule die Aufnahmeprüfung am Gymnasium bestanden habe. Unsere Mutter habe Frau Eckrath ausreden lassen und erstaunlich unaufgeregt erklärt, dass Paul in jedem Fall das Abitur machen und studieren werde. Unser Vater war innerlich offenbar schon bereit gewesen, Frau Eckraths Empfehlung zu folgen. Dann eben Mittelschule, habe er gesagt. Immerhin sei das ein ungeheurer Bildungssprung, wenn er bedenke, dass er, der im Krieg aufgewachsen sei, nicht einmal wirklich wisse, was Schule bedeute. Daraufhin habe unsere Mutter in Gegenwart Frau Eckraths gerufen: Du spinnst doch! Ins Entsetzen hinein, das sich in Frau Eckraths Gesicht habe ablesen lassen, habe sie erklärt: Der Junge macht Abitur, basta! In späteren Versionen unterschlug mein Bruder gern, dass Frau Eckrath ihn fortan jeden Nachmittag in der Schule behielt, um ihn auf die Aufnahmeprüfung vorzubereiten. Wie schön wäre es gewesen, unsere Mutter mit dem Resümee aufzurütteln: Wer vor einer Frau Eckrath nicht einknickt, knickt vor gar nichts im Leben ein.

Als unsere Tassen fast leer waren und der vorrückende Nachmittag sich als dämmriges Halbdunkel ins Zimmer legte, klopfte es leise an der Tür. Tante Marie steckte ihren Kopf herein und nickte uns freundlich zu, was offensichtlich so viel bedeutete, dass es an der Zeit war, sich zu verabschieden. Wir strichen unserer Mutter zum Abschied fürsorglich über den Arm, als wäre sie ein bedauernswertes Geschöpf ohne Willen, und murmelten etwas wie: *Alles Gute. Bis bald. Es war schön, dich zu sehen.* In ihrer Miene deutete sich eine mildere Variante von Trauer an. Hinter ihr im Park weitete sich die Dämmerung aus. Man benötigte irgendwann keine Grautöne mehr, um den Himmel zu malen, es reichte ein Schwarz, tief schattiert, ganz so, als wären alle Nuancen der Zuversicht aufgebraucht.

You Should Be Dancing

Ich war erleichtert, als auf den Autobahnschildern der Name *Lippfeld* auftauchte. Im Autoradio lief die *Schlagerrallye*, doch hörte man vor allem den Regen, der aufs Wagendach prasselte. Die Scheibenwischer taten ihr Möglichstes und kämpften gegen unseren Untergang an. Die Tachonadel fiel von 120 auf 60, und die scharfe Kurve der Abfahrt schob uns auf der Rückbank zusammen.

Während mein Bruder fuhr, saß Tante Marie auf dem Beifahrersitz – so hatte mein Vater es entschieden. Ich blickte von hinten auf das zittrige Gebilde ihrer krausen Frisur. Sie war die Heldin des Nachmittags. Mit einer Mischung aus unabweisbarer Freundlichkeit und Beharrlichkeit hatte sie unseren Besuch zu ihrem Anliegen gemacht. Sogar erreicht, dass sich ein Arzt gefunden hatte, der uns Auskunft gab.

Wahrscheinlich war Dr. Burmann so alt wie die Klinik selbst. Zum Auftakt hatte er meinen Vater vor übertriebenen Hoffnungen gewarnt: So bald wird Ihre Frau keine Bäume ausreißen! Dennoch sei er optimistisch. *Auf längere Sicht.* Tante Marie hatte gefragt, was das bedeute: *Auf längere Sicht*? Wissen Sie, hatte Dr. Burmann gesagt, das Gras wächst nicht schneller, wenn man daran zieht. Man müsse in Zeiträumen und nicht in Wunschfristen denken. Und zu meinem Vater gewandt: Geduld ist in diesem Fall die beste Therapie.

Wenn alles gutgehe, könne er sich als nächstes Ziel zwei Weihnachtstage im Familienkreis vorstellen. Das wäre ein Erfolg. Zuerst einmal komme es darauf an, auf die therapeutischen Effekte der Kur zu vertrauen. Er sei schon lange genug Arzt, um behaupten zu dürfen, dass sie nirgends besser aufgehoben sei. Neuenwede sei die Perle unter den Kurkliniken. Schauen Sie in den Park!, rief Dr. Burmann und wies mit seinem weißen Kittelarm in die Landschaft. Einer der schönsten Kurgärten weit und breit. Im ganzen Land. Und zu Recht einer der berühmtesten. Bald werde sie hier spazieren gehen. Sich an der Natur erfreuen. Aufleben! Wenn ich einmal poetisch werden darf, *der reinen Wolken unverhofftes Blau* erleben. Das garantiere er. Daran arbeite er wie alle anderen in diesem Haus und darauf dürfe sich jede und jeder verlassen!
Mein Vater schüttelte ihm zum Abschied nicht ohne Rührung die Hand. Tante Marie allerdings hatte die Courage, nachzufragen, wie genau denn die Therapie aussehe, die ja nicht allein in Spaziergängen unter altehrwürdigen Eichen bestehen könne. Nichts sei komplizierter als die Seele des Menschen, so Dr. Burmann. Ich wünschte, wir wüssten mehr. Mensch, Mensch, sagte mein Vater draußen auf dem Gang, so ein toller Arzt. So ein toller Arzt! Tante Marie hakte sich bei ihm ein, und in dem Augenblick geschah etwas Unerhörtes: Mein Vater begann zu schluchzen und heulte ohne Rücksicht auf uns los, als sei alles verloren. Und selbst wenn alles verloren gewesen wäre, war es keine gute Idee, auf dem Gang der Kurklinik Bad Neuenwede zu schluchzen und sich vor uns – einschließlich

meiner Tante und meiner Cousine – ungebremst seinen Gefühlen zu überlassen.
Sollte er, bitte schön, dort heulen, wo keiner ihn sah. Ein heulender Vater war so wenig zumutbar wie eine abwesende Mutter. Niemand konnte wünschen, dass alle Welt in Tränen ausbrach. Komischerweise hatte ich die *Tränen-lügen-nicht*-Schlagerzeile im Ohr und fragte mich, woher Michael Holm wissen wollte, dass Tränen nicht zum Schein vergossen wurden. Gut, die Tränen meines Vaters waren garantiert echt. Er hing wie ein Patient am Arm meiner Tante. Wir hätten ihn in Bad Neuenwede zurücklassen können. In der Perle der Kurkliniken. Aber ohne ihn stand die Welt still. Zumindest die der Lippfelder Baustellen. Er gehörte in sein durch Fleiß geschaffenes Höllenparadies aus Arbeit und Genügsamkeit.
Hätte mein Vater nicht im Gang der Kurklinik hemmungslos geheult, wäre Tante Marie nicht über Nacht in Lippfeld geblieben. Da sie blieb, blieb auch meine Cousine. Es musste mich nicht stören. Tante Marie kündigte an, etwas *Ordentliches* zu kochen, was immer sie darunter verstand, wohl eher keine Ravioli aus der Dose. Weil unsere Vorratsschränke nicht annähernd das hergaben, was sie an Zutaten benötigte, blieben uns zum Glück ihre in Aussicht gestellten Kochkünste erspart. Für mich hätten es nicht einmal Spiegeleier und Bratkartoffeln sein müssen. Ich fand eine angebrochene Tüte Cornflakes. Mit ein paar freundlichen Worten gelang es mir, Heike zu überreden, bei unserer Nachbarin nach Milch zu fragen. Zugegeben: Ich hätte die Cornflakes eher trocken verspeist, als

Frau Jablonski um Milch zu bitten. Irgendeinen Sinn musste es ja am Ende haben, dass meine Tante sich mit meiner Cousine bei uns einquartierte. Sollten sie für ein paar Stunden das Gefühl pflegen, wir seien ohne ihr fürsorgliches Wirken aufgeschmissen.

Als ich nach dem letzten Löffel Cornflakes aufstand – mir schien, ich hatte es lang genug am Tisch ausgehalten –, ließ Heike ihre Gabel auf den Teller fallen und rief: Ich komme mit! Dagmar Berghoff leitete zur Wettervorhersage der *Tagesschau* über, und ich dachte einen Moment daran, wie gut es mir trotz meiner Fingerschwellung ging, wenn ich berücksichtigte, dass der Tagesschausprecherin an der linken Hand zwei Finger fehlten. Natürlich: Sie musste nur ein Blatt Papier halten und keine Tonleitern spielen. Dass Heike nicht den Samstagabend mit ihrer Mutter und meinem Vater vor dem Fernsehen verbringen wollte – Paul hatte schon seinen Rückzug an den Schreibtisch angekündigt –, konnte ich nachvollziehen. Dennoch wäre es die angenehmste Lösung gewesen. Tante Marie meldete sogleich: Das ist eine gute Idee!

Geht nur, sagte mein Vater.

Nur dieses eine Mal hätte er besser sagen sollen: Das kommt auf gar keinen Fall in Frage! Wie sich zeigte, hatte Heike sich zwar für einen Nachmittag in der Klinik, aber nicht für einen regnerischen Abend in Lippfeld eingedeckt. Die Jeansjacke, die wir für sie hervorsuchten, saß so straff, dass es nicht gelang, alle Knöpfe zu schließen. Heike schlug die Ärmel um und schien es amüsant zu finden, in einer Jacke, die ihr nicht passte, neben mir durch den Regen zu laufen. Ich nahm nicht den Weg zum Schwanenteich, denn keiner war so schwanenteichvernarrt, dass er an einem Regenabend im November aufs trübe Wasser starrte und darauf spekulierte, dass jemand vorbeikäme. Die Schwanenteichvariante hätte mich allenfalls davor bewahrt, mit meiner Cousine öffentlich gesehen zu werden. Es blieb, realistisch betrachtet, nur das *California.* Wenn ich Glück hatte, waren Mick und Alexander auf einem ihrer Beutezüge, und niemand, der mich etwas anging, sah mich mit meiner Cousine, die meine alte Jeansjacke trug.

Kannst du flippern?, fragte ich, um nicht wie ein Taubstummer neben ihr zu gehen.

Du kannst es mir zeigen, sagte sie.

Ich hatte nicht den leisesten Schimmer, wie ich den Abend mit ihr durchstehen sollte. Es war grotesk. Mich plagte die Vorstellung, sie hefte sich wie ein Schatten an mich, der mich nie wieder im Stich ließ. Als Schutz gegen die Nässe hatte sie den Jackenkragen hochgeschlagen. Ihr Pony fiel tief in die Stirn. Ihre Nase wirkte im Gegensatz zur verschwenderischen Fülle ihrer Lippen winzig. Oder niedlich. Es hatte Wochenenden gegeben - ohne Frage: sehr lang zurückliegende -, an denen sie mir kaum von der Seite gewichen war. Ich hatte sogar einige Sätze in ihr Poesiealbum schreiben müssen. In meiner Not und im Glauben, dass es in einem solchen Büchlein nicht um Sachlichkeit gehe, hatte ich einen zu freundlichen Ton gewählt. Und das Ganze besiegelt mit: *Dein Cousin Benni.* Manchmal hatte sie sogar versucht, sich auf Spaziergängen, dem Beispiel der Erwachsenen folgend, unterzuhaken, was ich so rücksichtsvoll wie bestimmt abgewehrt hatte. Nichts sah komischer aus, als mit seiner Cousine Arm in Arm zu gehen. Gut, diese Phase war überwunden, sodass ich keine falsche Nähe fürchten musste, doch es war meiner Stimmung in jedem Fall abträglich, dass ich die Schattenvorstellung nicht loswurde.

Das Surfbrett, das über dem Eingang des *California* hing, kam mir angesichts des Novemberregens surreal vor. Es musste aus einer Welt stammen, zu der es keine beschilderten Straßen gab. Ich ließ Heike den Vortritt, eine Höflichkeit, die mich davor bewahrte, sogleich allen Blicken ausgesetzt zu sein. Ein schwacher Effekt, gewiss. Dass die Zahl der Gäste überschaubar war, störte mich nicht. Es hätte eines Wunders bedurft, aus einer Kneipe mit Kalifornien-Flair einen boomenden Treffpunkt zu machen. Die einzige Rettung wäre Freibier oder ein Auftritt von Juliane Werding gewesen.

Direkt unter dem Beach-Boys-Poster saßen Gabi und Theresa mit zwei Gästen, die ich nicht kannte. Theresa hatte ihre Gehhilfe, die wir Krücke nannten, so an die Wand gelehnt, dass man glauben konnte, sie gehöre den Beach Boys. Gut jedenfalls, dass sie nach ihrem Unfall wieder ausging, sofern ein Abend im schummrigen Kneipenlicht eine Form von *ausgehen* war. Zu Heike sagte ich: Bestellst du uns schon mal ein Bier?

Vermutlich hatte ich einiges von Rebecca gelernt, wenn es darauf ankam, die Begrüßung als kleines Schauspiel zu inszenieren, und so beugte ich mich zu Theresa, berührte ihre Wange und sagte: Wow! Wieder unterwegs! Ehe ich mich ihrer Schwester zuwenden konnte, streckte mir Gabi – einer Umarmung zuvor-

kommend – ihre Hand entgegen. Es war mir recht. Sie hatte ihre Lippen schwarz geschminkt, was mir gefiel, wenn ich auch etwas bedauerte, dass sie nicht mehr an das Schattenmorellenrot unserer Kirschbäume erinnerte.
Freigang?, fragte sie.
Und selber?, fragte ich.
Theresa sagte: Und eine neue Freundin hat er auch.
Wie geht's den Crazy Hearts?, fragte Gabi.
Ihr seid so nett, antwortete ich.
Gabi sagte: Wir sind barmherzig.
Viel Spaß noch, sagte ich. Im Grunde konnte ich niemanden beneiden, dem nichts Besseren einfiel, als in einer Kneipe herumzuhängen, die sich *California* nannte und Oldies spielte. Wahrscheinlich würden sie in hundert Jahren noch dasitzen und dasselbe erzählen.
Er kann so süß sein, wenn er sich Mühe gibt, sagte Theresa und spitzte die Lippen.
Ich schenkte ihr einen Kuss durch die rauchige Luft und drehte ab. Wandte mich zur Theke, wo mein Schatten schon zwei Gläser Bier bei Peer geordert hatte.
Ich setzte mich neben meinen Schatten, der wie meine Cousine Heike aussah, und sagte: Dann also cheers!
Freunde?, fragte Heike und neigte ihren Kopf leicht in Richtung Beach-Boys-Poster.
Wer hat schon *Freunde*?
Oh, Mr. Lonely.
Es kostete mich etwas Überwindung, ohne Ironie zu sagen: Nett jedenfalls, dass du mitgefahren bist.
Finde ich auch, sagte sie.

Ich bot meinem nichtrauchenden Schatten keine Camel an, redete mit ihm nicht über Beethovens Sinfonien oder Feuerbachs Thesen oder über Dichter, die sich aus dem Fenster stürzten. Ich leerte mein Glas und rief in Peers Richtung: Noch zwei Bier, bitte. Mein Schatten brauchte etwas mehr Zeit, um sein Glas zu leeren, schaffte es jedoch, ehe Peer die nächsten Gläser vor uns absetzte. Cheers, sagte ich.
Je rascher ich trank, umso weniger sorgte ich mich um meinen Finger, obwohl sich nicht abstreiten ließ, dass eine Schwellung für die Gelenkigkeit nichts Gutes bedeutete. Schon auf der Rückfahrt hatte ich bemerkt, dass die Hitze eher zugenommen hatte. Im Halbdunkel des Wagens war es allerdings nicht möglich gewesen, den Finger anzuschauen, und seitdem es möglich war, verbat ich mir, ihn zu beobachten, da ich kein Interesse an beunruhigenden Feststellungen hatte. Egal, wie ernsthaft meine Sorge war, ändern konnte ich im Moment nichts. Ich wusste, dass zwar auch meine Cousine nichts ändern konnte, selbst wenn sie Krankenpflegerin würde und uneingeschränkt hilfsbereit war, aber da ich doch unentwegt an den Finger dachte, strecke ich ihr meine rechte Hand hin und fragte: Fällt dir was auf?
Was sollte mir auffallen?, fragte Heike.
He, rief ich in Peers Richtung, noch zwei Bier, bitte.
Na, fühl mal, sagte ich und spreizte den Ringfinger etwas ab. Tatsächlich strich sie über die minimal gerötete Partie, schaute mich an und sagte: Vielleicht eine Prellung?
Sicher?

Du könntest den Finger kühlen, sagte sie, und wenn du Glück hast, ist er in zwei Tagen wieder okay.
Es konnte in keinem Fall schaden, wie mir schien, und natürlich hätte ich selbst darauf kommen können. Ich rutschte vom Hocker, lief zur Toilette und ließ Wasser über meine Hand rinnen. Riss aus der Papierhalterung ein halbes Dutzend fasrig-grüner Blätter, hielt sie unter den Wasserhahn und wickelte sie um die Fingerpartie. Es sah grotesk aus und war sicher nicht mehr als ein Notbehelf, doch ich vertraute auf Heikes praktisches Wissen.
Mein Gott, sagte sie.
Deine Idee, sagte ich,
Schon mal an Eiswürfel gedacht?
Hatte gerade keine zur Hand.
Auch wenn ich nicht in bester Verfassung war, es gab kein Zurück. Ich bestellte ein weiteres Bier und staunte, als Heike rief: Für mich auch! Gut, warum sollten wir uns nicht zusammen betrinken und die Ereignisse des Tages vergessen. Spätestens um Mitternacht würden wir gemeinsam von unseren Barhockern kippen.
Ich spürte, wie meine Zunge schon etwas lahm wurde, als ich zu Heike sagte: Deine Mutter hat sich von diesen *Geduld-ist-die-beste-Therapie*-Sprüchen nicht beirren lassen.
Na, sagte sie, wie der geredet hat.
Die Perle unter den Kurkliniken, sagte ich und lachte, obwohl es eigentlich keinen Grund gab, zu lachen.
Du bist nicht mehr nüchtern, sagte Heike.
Perle, sagte ich.
Meine Mutter kann eben hartnäckig sein.

Tut mir leid für dich.
Hast du eigentlich mal darüber nachgedacht, wie komisch es ist, dass ich keine Geschwister habe?
Warum sollte ich?
Oder glaubst du, meine Eltern hätten vor und nach meiner Geburt platonisch gelebt?
Wovon reden wir jetzt genau?, fragte ich.
Tu nicht so, sagte sie. Boxte mich gegen den Oberarm. Nahm einen Schluck aus ihrem Glas. Zur Not würde ich bei Peer anschreiben lassen, denn so schnell und viel, wie wir tranken, würde sich das Geld in meinen Hosentaschen nicht vermehren.
Cheers, sagte ich.
Na, deine Kombinationsgabe ist nicht sehr ausgeprägt, oder?, fragte sie. Also, ich allein, dein Bruder x-Jahre älter als du, dazwischen niemand und danach niemand.
Tja, sagte ich, wollte deine Mutter eigentlich immer schon einen Kosmetikladen eröffnen?
Weißt du eigentlich, wie sehr ich mir immer Geschwister gewünscht habe? In einer schwachen Minute hat meine Mutter mir einmal erzählt, sie sei viermal schwanger gewesen, nach meiner Geburt, viermal! Wir wären heute ärmer als arm. Aus Sicht meiner Mutter. Mich persönlich hätte das nicht gestört, denn ich hätte mich schon reich gefühlt mit vier Geschwistern, aber ich glaube, am Ende sind meine Eltern auseinandergegangen, weil sie darüber unglücklich waren.
Was heißt schon unglücklich, sagte ich.
Ihr seid zu zweit – statt zu fünft. Sage ich mal. Sonst hättet ihr kein Haus und kein gar nichts.

Klingt, als hättest du zu viel Bier getrunken, sagte ich.
Denk mal darüber nach!
Ich denke darüber nach, dass du komische Dinge erzählst.
Meinst du, meine Mutter schwindelt mich an?
It's Saturday night!
Glaub mir, sagte sie, so wird man nicht von Jahr zu Jahr fröhlicher.
He, wir sind ab sofort alle mal fröhlich, rief ich und erlaubte mir ein freundliches Schulterklopfen.
Heike rückte ein Stück von mir ab und sagte: Schlechter Ablenkungsversuch.
Okay, rief ich und hob meine Hände trotz Papierverband, ich gebe mich geschlagen!
Heike sagte: Wahrscheinlich ist heute nicht dein bester Tag.
Peer, rief ich, leg doch mal Deep Purple oder Queen auf. Ich kann dieses ewige Beach-Boys-Geträllere nicht mehr hören. In welchem Jahrhundert lebst du denn?
Ja, stimmt, sagte Heike, ich würde auch lieber Queen oder Bee Gees hören.
You Should Be Dancing?, fragte Peer.
Von mir aus auch *You Should Be Dancing*, sagte ich. Es war klar, dass dieser Abend ein Abend der Kompromisse war. Heike begann auf ihrem Hocker zu wippen. Die glitzernden Discobeats klangen wie aus einem Raumschiff, das sich in eine Nostalgiewelt mit staubigen Postern und verblichenen Revolten verirrt hatte.
Es war im Grunde egal, was aus den Lautsprechern tönte, es war egal, was mein Schatten glaubte und was

die anderen Gäste dachten. Selbst die zu Night-Fever-Stars mutierten Bee Gees konnten mir die Stimmung nicht verderben. Ich hoffte auf die wundersame Heilung meines Fingers und auf die sagenhaften Fähigkeiten eines Dr. Burmann in Bad Neuenwede. Natürlich, mein Verstand hatte gelitten, sonst wäre ich nicht vom Hocker gesprungen, um in der Mitte des Raums herumzuhüpfen. *My baby moves at midnight*, schallte es aus den Boxen. Was kümmerte es mich, ob die Pfiffe, die ich hörte, Hohn oder Ansporn waren? Ob Theresa und Gabi im Dämmerschein lachten oder klatschten? Sie durften sich freuen, dass an diesem Ort fern aller Träume überhaupt etwas geschah. Außer dass man flipperte oder herumsaß und sich die immer gleichen Storys erzählte. Ich sah meine Cousine schwankend auf mich zukommen, griff ihre Hand, um mit ihr zusammen zum funkelnden Discotakt zu tanzen. Wenn es tanzen war und nicht das Gezappel eines Verrückten mit seinem Schatten.

Etüden für die linke Hand

Es war ein tröstlicher Gedanke, dass es Klavierstücke gab, die der linken Hand mehr abverlangten als der rechten. Wie Chopins Etüde Opus 10, Nummer 12, in der die Linke pausenlos auf und ab stürmte, während die Rechte nur ein paar fanfarenhafte Akkorde beisteuerte. Für den schlimmsten Fall hatte Maurice Ravel das *Concerto pour la main gauche* komponiert, nicht aus Freude an der Beschränkung, sondern im Auftrag des Pianisten Paul Wittgenstein, der im Krieg den rechten Arm verloren hatte. Auf einem Foto sah man, wie er mit der Linken in die Tasten des Flügels griff, während sein rechter Jackenärmel leer herabhing. So weit musste es nicht kommen. Mit Sicherheit fanden sich auch linkshändige Werke, die nicht für versehrte Pianisten geschrieben waren.
Ich war mir keineswegs sicher, ob der Schmerz – der am Ende nur eine Art Überempfindlichkeit sein mochte – überhaupt meinen Vortrag beeinträchtigte. Sosehr ich die Schwellung als Handicap *empfand*, es musste nicht bedeuten, dass der vierte Finger zum Problem wurde. Ich hatte gelesen, die Hälfte der Menschheit neige zur Hypochondrie. Es wäre lächerlich gewesen, zu einem Arzt zu laufen, in dessen Praxis Schwerstkranke nach Luft rangen, und über eine kaum sichtbare Rötung am Gelenk des vierten Fingers zu klagen. Ich sah ihn milde den Kopf schütteln, ehe er meinen Fall der Arzt-

helferin übergab, damit sie mir zur Beruhigung eine Salbe auftrug. Trotz allem war es klug, die Rechte weniger zu strapazieren. Bis Schwellung und Schmerz abgeklungen wären. Das Resultat wäre nicht nur eine regenerierte Rechte, sondern eine bestens geschulte Linke und ein technischer Schub, mit dem ich in die Zweihändigkeit zurückkehrte.

Im Dachfenster hatte die Sonne einen erstaunlichen Auftritt. Im alles hervorkehrenden Licht zeigte sich die Skulptur des heiligen Franziskus hinfällig. Vom Schicksal der Jahrhunderte gezeichnet. Eine traurige Gestalt, deren mürber Korpus von Rissen durchzogen war. Sie gefiel mir besser im milderen Licht der Abende.

Wer wollte, konnte bei den rasenden Sechzehnteln der Revolutionsetüde an das ferne Grollen einer Schlacht denken. An einen sich ankündigenden Umsturz. Schon im Original war die Etüde nicht gerade ein Einsteigerstück, dennoch hatte ein gewisser Leopold Godowsky das Werk in einem Anflug virtuosen Größenwahns für die linke Hand umgeschrieben. Der Blick in seine Version war deprimierend. Es hieß, Godowskys kompositorisches Schaffen sei darauf angelegt, die vorherrschende Ansicht zu widerlegen, die linke Hand sei weniger entwicklungsfähig als die rechte. Ich würde Professor Dammthal überzeugen müssen, dass es eine gute Idee sei, sich verstärkt der Literatur für die linke Hand zu widmen. Noch wusste er nichts von meinem Handicap, das keins sein musste.

Als ich das nächste Mal aufblickte, war die Sonne aus dem Dachfenster verschwunden. Der Wind trieb graue

Wolkenschleier vorbei. Gern hätte ich weitere Revolutionsläufe gespielt, doch unser abendlicher Auftritt im *Gloria* stand bevor. Die Crazy Hearts abseits der Provinz. Pater Albert nickte, als wüsste er bereits, dass mein Ausflug von höherer Stelle genehmigt war. Sollte er glauben, ich würde den Abend mit Beethoven-Sonaten und Chopin-Balladen verbringen und nicht auf der Rockbühne eines ehemaligen Kinopalastes.
Es bleibt eine Ausnahme!, rief Pater Albert.
Gewiss, sagte ich und beschleunigte meinen Schritt, um ihm keine Gelegenheit zu geben, mir Kreuzworträtselfragen zu stellen. Ich passierte die Pforte und las das Wort *Salve*, das als Bodenmosaik vor dem Eingang eingelassen war.
Tim Felsings Bulli parkte am Markt vor dem Kaiser's-Geschäft. Nico und Sven Westerrode hatten die hintere Wagentür aufgeschoben und saßen rauchend in der Türöffnung. Ich staunte, dass der Name unserer Band in roten Lettern auf der Karosserie prangte.
Schöner Einfall, sagte ich.
Damit keiner ins falsche Auto steigt, sagte Tim.
Bei genauerer Betrachtung fiel auf, dass die Buchstaben des Crazy-Hearts-Schriftzugs nur aufgeklebt waren. Nicht einmal sehr sorgsam. Aber klar, aus der Ferne musste es niemand bemerken. Selbst aus einem Hubschrauber würde man fortan erkennen, dass dort unten auf dem Asphalt die Crazy Hearts dahinfuhren, die hoffnungsvollste Band zwischen Lippe und Ruhr, gegründet in einer alten Ziegelei und immer noch in der Ursprungsformation mit Tim, Nico, Sven, Patrick und mir. Eigentlich hätte man noch Lina hinzurechnen

müssen. Immerhin sorgte sie mit ihrer Schminkkunst dafür, dass wir ein bisschen so aussahen, als reisten wir gerade aus London oder Liverpool an. Mindestens. Man konnte uns für geheimnisvolle Vorboten halten, die musikalische Botschaften aus einem anderen Zeitalter überbrachten.

Tim hob mit einem kämpferischen Ruf seine Faust, als wir starteten. Wichtig war, dass er die Nerven behielt, wenn wir vor vier- oder fünfhundert Leuten standen. Das *Gloria* war kein Club, in dem man jeden Gast per Handschlag begrüßen konnte. Dass wir in wenigen Stunden dort auftraten – was weniger für das Publikum als für uns sensationell war –, hatten wir den Daddy Sons zu verdanken, für die Patrick gelegentlich als Drummer einsprang.

He, sagte ich zu Sven, what do you dream of?

Seitdem wir fuhren, blickte er wortlos auf seine Gitarre. Wenn ihm etwas durch den Kopf ging, dann sicherlich eine Textzeile wie *I've got the blues*.

Hauptsache, er träumt nicht auf der Bühne, sagte Tim.

Schau lieber nach vorn, sagte Sven.

Er hätte Tim dafür loben können, dass sein Fahrstil an Souveränität gewonnen hatte, vor allem fluchte und schwitzte er nicht mehr, während er schaltete und dem Gegenverkehr auswich. Dass seine Finger zitterten, war okay. Dafür gab es Medizin. Jedenfalls traute ich ihm zu, dass er uns über ein Dutzend Schnellstraßen und Autobahnkreuze ans Ziel brachte. Ich konnte mir sogar vorstellen, mit Tim und den Crazy Hearts auf der Stelle eine Tournee anzutreten, die uns durch alle Städte des Kontinents führte.

Vorerst passierten wir Brachen im abnehmenden Licht. Schornsteine versorgten den Himmel mit Rauch. In den Schrebergärten ernteten Rentner Kohl. Atmeten schwer. Ihre Lungen stellte ich mir so schwarz vor wie die Teerpappe auf ihren Schuppen.
Immerhin, es hatte etwas Erhebendes, wenn turmhohe Giganten am Horizont aufzogen. Stahlriesen wie von einem anderen Planeten. Feuer loderten aus den Kaminen. Scholven hatte die Würde einer aus Beton gegossenen Kathedrale. In jedem Fall war sein Nutzen nicht zu bestreiten. Wenn der große Zampano auf die Erde blickte, sah er nicht Chartres, sondern Kühltürme mit Nebelfahnen. Die vorbeiziehende Welt interessierte mich nur insofern, als sie mich von meinem Finger ablenkte. Hin und wieder bewegte ich ihn vorsichtig und prüfte, ob es Widerstände gab.
Übrigens, sagte Nico, haben Sven und ich schon eine Reihenfolge notiert.
Ich ließ mir die Liste reichen. Wahrscheinlich wären mehr eigene Songs darauf gewesen, wenn Sven nicht beharrlich versucht hätte, die eine oder andere Country-Nummer unterzubringen. Ihm zuliebe spielten wir Bob Dylan. Einigen konnten wir uns in jedem Fall auf Janis Joplin. Es war, zumindest für mich, spektakulär gewesen, wie wir mit *Me and Bobby McGee* im Lippfelder Club gepunktet hatten. Auch dank Tims Gesang. Er hatte den Beweis erbracht, dass es möglich war, dem verloren geglaubten Rest der Welt ein Gefühl für das zu geben, was uns antrieb.
Wenn ich an unseren Lippfelder Erfolg dachte, dachte ich an Mick, der sich gern als Agent der Crazy Hearts

gesehen hätte. Kein Zweifel, mit ihm wären uns glanzvolle Auftritte in allen Jugendheimen der Provinz sicher gewesen. Als gehörte auch das zu seinen Aufgaben, hatte er später im Garten des Jugendclubs einen Haufen Äste zusammengesucht und ein Feuer für die Crazy Hearts entfacht. Großzügig seinen *Afghanen* herumgereicht. Neben ihm am Feuer hatte Jörg prophezeit: Glaubt mir, die Crazy Hearts werden eines Tages im *Musikladen* auftreten. Mick daraufhin: That's true, Mister Universe! Sogar Kai Hendricksen war zu uns ans Feuer gekommen, um sich mit einem *Respekt, Respekt* zu verabschieden. Der Einzige, den unsere Einstiegsnummer nicht hatte umhauen können, war Manfred Abend gewesen. Ich verstand, dass er sich als Country-Kenner und Experte der Sixties kritischer geben musste als all die Laien, die womöglich zum ersten Mal Janis Joplin hörten. Es störte mich nicht. Was ungewöhnlich war: Mick schwang nach dem anfänglichen Jubeltanz keine seiner großen Reden und führte keine Luftgitarrennummern vor, sondern saß schweigsam im kühlen Gras und rauchte seinen *Afghanen*. Ich berührte leicht seine Schulter, als es Zeit für mich wurde, zu gehen, und sagte: Was wären wir ohne dich! Was wäre *ich* ohne *euch*, sagte er und schaute ins Feuer, das schon weit heruntergebrannt war.

Gloria-Palast

Tim grimassierte vor dem Garderobenspiegel, als wollte er sich vergewissern, ob das weiß geschminkte Gesicht im Spiegel ihm gehörte. Vor ihm lag eine angebrochene Tablettenpackung. Der Name *Equilibrin* ließ mich an Schwärme leuchtender Schmetterlinge denken. Sven wiegte seinen Kopf, obwohl er wusste, dass Tim nur tat, was nötig war, um seine Unruhegeister im Zaum zu halten. Leider gehörten sie nicht zu den berechenbaren Wesen. Demonstrativ faltete Nico den Beipackzettel auseinander, auf den alle Rocksongs der Welt gepasst hätten. Schade, dass noch keiner auf die Idee gekommen war, die endlosen Auflistungen durch Songtexte zu ersetzen. Niemand von uns wollte wissen, was Hypotonie oder Dysregulation bedeutete, nur die angebliche Gewichtszunahme sorgte für Erheiterung.
Nico sagte: Ich bin gespannt, wie Tim im Laufe des Auftritts an Gewicht zulegen wird.
Ihr werdet staunen, *wie* brutal ich zulegen werde, sagte Tim.
Selbst wenn an der Sache mit der Gewichtszunahme etwas dran gewesen wäre, wären Tim ein paar Kilo mehr oder weniger kaum anzusehen gewesen. Patrick griff ihm ins Haar und wühlte darin herum, als wäre Tim ein großes Kind.
Wir betraten eine Bühne, die nichts mit den provisorischen Bühnen unserer ersten Auftritte gemein hatte.

Weißes Licht schälte uns aus der Schwärze. Der sich vor uns öffnende Saal des *Gloria* war ein diffuses Dunkel, das punktuell von Lämpchen erhellt wurde. Ich grüßte leichthin in die Schemenwelt. Tim rief mir ins Ohr: Meine Stimme ... Der Rest ging im Empfangsapplaus unter. Vielleicht wollte er sagen: Meine Stimme leistet heute Überirdisches. Wartet ab! Und nicht: Meine Stimme ist weg.

Jemand, der nicht aussah wie ein TV-Moderator, aber doch sehr schnell in Superlativen redete, stellte uns vor, als seien wir die von allen lang ersehnte Band, deren Namen man einfach anpreisen und wie eine Sensation ausrufen musste. Von der Decke schwenkten Lichtkegel her, die unsere Instrumente suchten. Damit vierhundert Gäste jedes Detail sahen. Vierhundert Besucher waren nicht weltbewegend, doch immerhin viermal mehr als im Lippfelder Club. Vor allem waren es keine Zuhörer, die zufällig im selben Ort wohnten und nur ins Konzert kamen, weil nichts anderes in der Gegend los war. Ich erlaubte mir, für einige größenwahnsinnige Momente zu glauben, dass wir auf einem Weg waren, der uns von Mal zu Mal in größere Säle führte.

Wir eröffneten unser Spiel mit einem Song, der Tims Stimme nicht überforderte. Ich glaubte an Linas Schminkkunst, die jeden, den sie schminkte, verwandelte. Über sich hinauswachsen ließ. Tim war nicht Tim, sondern fähig, sich als ein Sänger zu inszenieren, der alles gab. Ruhelos glitten die Spots über ihn hin. Er schaffte die Einstiegsnummer ohne Aussetzer, auch wenn man *Light My Fire* besser singen konnte.

Das Publikum bedachte vor allem unsere instrumentalen Einsätze mit Beifall. Patrick spielte packender als in den Proben, auf denen er manchmal etwas gelangweilt wirkte. Meine Orgelparts verlangten weniger technische Raffinesse als ein Godowsky, der Chopin-Etüden für die linke Hand setzte. Vor allem störte es niemanden, wenn ich Passagen variierte, um meinen vierten Finger zu schonen.
Nach der dritten Nummer wandte Tim sich überraschend zur Treppe und rief: Leute, ich glaube, ich kriege keine Luft mehr.
Wir zogen einen Titel vor, den Sven sang, während Tim dazu am Saxofon improvisiert hätte. Ich bemühte mich, ein paar Töne beizusteuern, die sich an Tims Saxofonpart anlehnten. Suchte ein helleres Register. Da Tim kein großer Solist war, musste niemand sein Spiel vermissen. Svens Stimme fehlte die Rauheit, mit der Tim seine Zuhörer in den Bann ziehen konnte. Sofern er in Form war. Doch immerhin, Sven sang zumutbar. Mehr als das. Es war *sein* Song.
So plötzlich, wie Tim die Bühne verlassen hatte, kehrte er zurück. Da die Schminke in seinem Gesicht zwischenzeitlich verwischt war, sah er etwas grotesk aus. Wie zum Angriff bereit. Nicht dass er ein anderer war, aber ihn schien die Welt im Saal nicht mehr ganz so zu beunruhigen. Mit geschlossenen Augen hob er das Mikro. Legte ohne Absprache mit einem Text los. Anscheinend hatte er zu oft Janis Joplins Mercedes-Benz-Song gehört. Es war seltsam, jemanden allein im Saal singen zu hören. Erst nach einigen Takten gelang es uns, einen Einstieg zu finden und sein Solo

in ein gemeinsames Stück zu überführen. Zwei, drei Rufe ertönten aus dem Publikum. Ob beifällig oder missbilligend, war schwer zu deuten. Sven schaute zu Patrick, der uns rhythmisch auf eine Linie brachte.
Ich hoffte, dass keiner daran dachte, Tim nach dem Auftritt zur Rede zu stellen. Es gehörte dazu, dass er uns in Not brachte, ehe er uns rettete. Egal, ob wir die beste oder die schlechteste Band des Abends waren.
Der letzte Song war ein Experiment, sofern es etwas Experimentelles hatte, den Sound mit glamourösen Effekten aufzuladen. Nicht gerade wie Queen, wenn auch nicht sehr weit davon entfernt. Ein schroffes Pathos. Gleichwohl mit weniger Pomp. Ironischer. So oder so waren wir auf Tims Falsett angewiesen. Beim Text hatten Sven und ich darauf geachtet, ihn rätselhaft klingen zu lassen. Wir hatten sogar eine englische Zeitung seines Vaters zerschnitten, die Schnipsel in einem Becher durcheinandergewirbelt und der Reihe nach ausgelegt. Mit ein paar Nachbesserungen waren aus dem Wortmaterial Sätze entstanden, die sich neuartig anhörten und weit von jeder Alltagssprache entfernt waren. Was Tim sang, klang ganz so, als verberge sich hinter dem Songtext ein schmerzlicher Sinn: *I live on the other side of your heart. From there I see a cat sneaking over the moon. I live on the other side of your mind. Winter is looking for me in vain.*
Der Beifall hätte in jedem Fall eine Zugabe gerechtfertigt. Tatsächlich rief Patrick: Let's move on!
Doch wir wussten, dass es einen Moderator gab, der die Zeit im Blick hatte. Freundlich wies er in Richtung Backstage, während er uns abmoderierte.

Zwei-, dreimal rief er in den ausklingenden Applaus hinein: The Crazy Hearts! Immerhin musste er dafür nicht auf seinen Moderationszettel schauen.
Leute, sagte Tim auf dem Weg zur Garderobe, mir ist sooo übel.
Nicht dass du beim nächsten Mal ganz ohne uns singst, sagte Nico.
Gern hätte ich allen noch ein paar Komplimente über unser Spiel gemacht, aber im Flur kamen mir Mick und Alexander entgegen. Winkten. Riefen. Was sie sonst bei ihrer eigenen Begrüßung an Verrücktheiten inszenierten, musste ich diesmal über mich ergehen lassen. Sowenig mir die Begegnung im Moment passte, fand ich es dennoch rührend, wie sie sich mühten, mir ihre Begeisterung zu zeigen.
Was für eine Performance, jubelte Mick.
Phänomenal, rief Alex.
Ich ließ sie reden, denn es gehörte dazu, dass Mick im Überschwang alle Register zog. Und selbst wenn jeder wusste, dass er Übertreibungen liebte, tat es gut, ihn so reden zu hören. Leider konnte ich mich nicht revanchieren und ihn in höchsten Tönen dafür loben, dass er Nacht für Nacht mit Alex durch die Gegend fuhr und in einsame Lager oder Trinkhallen einstieg.
Es gab, neben Alexander und Mick, Gäste, die zu begrüßen ich auf keinen Fall versäumen durfte. Ich hatte nicht mit Marcel gerechnet, den ich eher auf einem Klassikabend vermutet hätte als auf einem Rockkonzert. Nicht jeden, der mir auf die Schulter klopfte, kannte ich. Hier und da sagte jemand *toll* oder *super.*

Oder: Gar nicht schlecht. Ich nickte, sagte: Danke. Wer mir nicht auf die Schulter klopfte, war Dr. Noll, den ich am wenigsten im *Gloria* erwartet hatte, da ich ihn als großen Harmoniekenner für die Rockmusik verloren glaubte. Oder dachte er, ich wagte am Keyboard Ausflüge in die Harmoniekosmen Schuberts?
Na, sagte Dr. Noll, so erfährt man mal, wie euer Leben außerhalb meiner Kurse aussieht.
Und? Enttäuscht?, fragte Marcel.
Im Gegenteil, sagte Dr. Noll.
Who's afraid of Rock 'n' Roll?, brüllte Tim. Er wusste nicht, dass Dr. Noll ein erstklassiger Harmonielehredozent war und obendrein komponierte. Er schrieb das, was man an Orten wie Donaueschingen aufführte und *zeitgenössisch* nannte. Stücke jedenfalls, die ohne Dur und Moll auskamen.
Wundert euch nicht, sagte Dr. Noll, wenn mich gelegentlich Sehnsucht nach Harmonien überkommt und ich mich ins *Gloria* verirre.
Nicht dass Sie am Ende rückfällig werden, sagte Marcel.
Da wäre ich nicht der Erste, sagte Dr. Noll.
Was kümmern uns Harmonien, rief Tim in die Runde, unsere Songs sind Groove und Inspiration.
Ich hätte mich gern Tim und den anderen angeschlossen, die sich die nächste Band anhören wollten, doch Mick winkte von der Treppe des Foyers, wo er neben Alexander und Lina saß und eine Zigarette rauchte, die weithin roch, als habe er sein bestes Marihuana hineingedreht. Als ich mich neben ihm auf die Stufen setzte, legte er den Arm um meine Schulter. Alex

und Lina rückten von der anderen Seite an mich heran, sodass ich zwischen ihnen saß, gerade so, als wäre ich nun ihrer Fürsorge unterstellt. Ich zog von der Zigarette, die sogleich einen leichten Schwindel bewirkte, und war bereit, für den Rest des Abends zwischen ihnen auf den Treppenstufen zu sitzen und mich als Keyboarder feiern zu lassen.

Budenzauber

Rebecca hatte ihr Haar zu einem Zopf geflochten, der unter ihrer Mütze hervorschaute. Man konnte glauben, er wollte etwas von der Welt sehen. Die Strickmütze leuchtete so gelb wie ihr Schal, ein Gelb, das aus dem Grau des Nachmittags hervorstach. Mir schien, es war hundert Jahre her, dass wir so nebeneinandergegangen waren. Es bedurfte jedenfalls etwas Gewöhnung, vom Brief- zum Gesprächston zu finden. Von der einen in die andere Wirklichkeit. Zumindest für mich. Die Telefonate unter erschwerten Bedingungen zählten nicht. Wir waren geübt im Briefeschreiben, und irgendwann würden wir auch geübt darin sein, zwischen Schreib- und Alltagsnähe zu wechseln.

Sicher hätte Rebecca mir zugestimmt, dass es, solange wir zusammen waren, egal war, was wir taten. Selbst wenn unser Weg über einen Kirmesplatz führte. Ich wusste, dass ich sie nicht beeindrucken musste, indem ich eine Plastikrose für sie schoss. Dabei brachte ich im Stillen Bewunderung für die sich unerschrocken gebenden Schützen auf, die mit armlangen Gewehren auf winzige Objekte zielten. Ich wäre bereit gewesen, der Frau in der Schießbude zuzurufen, dass sie den kühnsten Beruf der Welt habe, wenn ich bedachte, wie viele angetrunkene Menschen im Verlauf eines Kirmestages das Luftgewehr vor ihr abfeuerten. Ihr Parka war zum Glück so dick wie ein Raumanzug.

Als wir an der *Zuckerfee* vorbeikamen, sagte ich: Wie das duftet! Es war nur ein Satz. Drei Worte, die nichts bedeuteten. Die gleichwohl ein Angebot gewesen wären, wenn Rebecca mit etwas Zustimmung reagiert hätte. Schon hätte ich für uns ein Tütchen voll mit Zuckrigem gekauft, das wir uns gegenseitig in den Mund hätten schieben können. Doch Rebecca schien alles nur wie ein uns nicht betreffendes Schauspiel zu begreifen. Als funktioniere ein Rummel wie ein Museum, wo man aus respektvoller Distanz mehr oder weniger interessante Exponate betrachtete. Ich verstand sie. Begriff, dass sie sich auf unsicherem Terrain bewegte. Natürlich konnten ihr auch nicht gefallen, was an Schlagerseichtheiten von überallher schallte. Ich tippte, dass sie beim Wort *Zuckerfee* eher an ein Ballett von Tschaikowski dachte als an einen Süßigkeitenstand.
Wer uns entgegenkam, schien alle Formen des Trübsinns abgelegt zu haben. Aus den Karussells hörte man wildes Kreischen. Die Raupe schoss in donnernder Fahrt vorbei. Mit einem Heulen klappte das Verdeck über die dahintosenden Wagen zu. Wer Lust hatte, konnte sich in den Sekunden der Verdunkelung küssen. Am Schwanenteich erzählte man sich, wer wen schon alles in den magischen Verdunkelungsmomenten geküsst hatte.
Wenn man die Augen schließt, sagte ich, klingt es, als sei alle Welt glücklich.
Oder berauscht.
Was hältst du von einer Zuckerwatte?
Alles, sagte Rebecca, nur keine Zuckerwatte!
Okay, sagte ich, aber du zitterst ja. Im gleichen Moment

trudelten ein paar wässrige Schneeflocken herab und setzten sich auf ihren leuchtenden Schal. Ich legte meinen Arm um Rebecca, um sie etwas näher an mich zu ziehen, und hoffte darauf, dass sie sich früher oder später überreden ließ, all das zu tun, was sie bislang ausschloss. Oder zumindest nicht erwog. Dass wir Raupe fuhren. Zuckerwatte aßen. Wofür war eine Kirmes da, wenn nicht für zwei Menschen, die am Lichtzauber Gefallen fanden und durch Schwaden von Düften wie durch ein buntes Theater zogen? Die sich Vergnügungen hingaben, als wäre alles rundherum eine Attraktion, ein ungeahntes Versprechen, ein funkelndes, den Alltag vergessen machendes Abenteuer, das sich in diesem Fall Katharinen-Kirmes nannte. Nicht alles, was sich an schillernder Buntheit für ein paar Tage zwischen Marktplatz und Lippe erstreckte, musste einen ergreifenden Sinn ergeben.
Dabei war es Zufall, dass gerade an diesem Tag Kirmesbuden in der Lippestraße standen. Ich hatte es selbst nicht gewusst bis zu dem Morgen, als LKWs in die Innenstadt gerollt waren, um riesige Dach- und Fassadenteile abzuladen, aus denen erstaunlich schnell Buden und Karussells wuchsen. Ich wollte glauben, es sei unseretwegen. Aber vermutlich gab der Namenstag der heiligen Katharina den Zeitplan vor. Pater Heribert erzählte gern, dass Katharina von Alexandrien eine visionäre Märtyrerin gewesen sei. Als man sie enthauptet habe, sei Milch aus ihrer Halswunde geflossen – der Legende nach, wie Pater Heribert ergänzte, als bedürfte es einer solchen Erklärung.
Mir war klar, dass es nicht darauf ankam, Rebecca

in eine begeisterte Kirmesgängerin zu verwandeln. Im Grunde war es auch nicht mein Ziel. Wir wären durch dieselben Straßen und über dieselben Plätze gegangen, wenn es kein Kirmesfest im Namen der enthaupteten Katharina gegeben hätte. In den Pfützen schimmerten aufgeweichte Glückslose. Pausenlos rief ein Herr im Frack: *Gewinne noch und noch. Jeder hat die Chance, jeder kann der Glückliche sein.* Wir waren uns einig: Nichts wäre komischer gewesen, als mit einem rosafarbenen Plüschtier über den Platz zu laufen. Man musste letztlich froh ein, von Nippes aller Art verschont zu bleiben: den Plastikkämmen, Schüsselanhängern und Spielzeugdrachen. Es hatte Zeiten gegeben, in denen mich jede einzelne Nichtigkeit innerlich mit Jubel erfüllt hätte. Eine sekundenwährende Freude. Aber auch eine Freude für Sekunden war eine Freude. Vielleicht hätte ich uns daran erinnern sollen, dass die verzichtbaren Dinge eine Chance verdienten, uns ein kleines Leuchten zu bescheren.

Versuchsweise lenkte ich Rebecca an einen Stand, der einem aus Backwerk errichteten Hexenhaus glich. Man hatte Mühe, im Innern jemanden zu erkennen, und wäre sicher nicht überrascht gewesen, wenn ein grimmsches Hexengesicht hinter den Lebkuchen aufgetaucht wäre. So verwirrend wie der Anblick war das, was einem an Aromen entgegenschlug. Rebecca betrachtete nachdenklich die Zuckerstangen, als wäre ihre synthetische Färbung giftig.

Was ich schon die ganze Zeit fragen wollte, sagte sie und griff mit ihren weichen Handschuhfingern meine Rechte, die keinen Handschuh trug und sich eisig

anfühlte, wie ich in diesem Augenblick erst bemerkte: Wie geht es deiner Mutter?
Ich fände es schön, sagte ich, ein Lebkuchenherz zu kaufen.
Ist das jetzt eine Antwort?
Eher ein Vorschlag.
Rebecca sagte: Du sollst meinetwegen nicht unglücklich werden.
Ich musste zugeben, dass die meisten Sprüche auf den Lebkuchen weder witzig noch geistreich waren. Wahrscheinlich musste man viel Glühwein getrunken haben, um darüber lachen zu können. Rebecca zeigte auf ein Herz, auf dem es in Zuckergussschrift hieß: *Drück mich*. Ich las: *Für meine Prinzessin*. Rebecca las: *Du, mein Traumprinz*.
Nicht alles musste man in die Kategorie *Kitsch* verweisen. Mir fiel eine weiß glasierte Zeile aus einem Lied auf, das meine Mutter gelegentlich auf unserem Wohnzimmer-Schallplattengerät abspielte. Darin kam der nicht ganz unpathetische Satz vor: *Dein ist mein ganzes Herz*.
Rebecca, die meinem Blick gefolgt war, sagte: Darauf muss man erst mal kommen!
Es gefällt dir?, fragte ich.
Sollte es?
Es ist aus *Das Land des Lächelns*, sagte ich.
Das Land des Lächelns?, fragte Rebecca.
Franz Lehár.
Es war nicht der Zeitpunkt, über Operetten zu sprechen. Oder über meine Mutter, die hin und wieder Operetten hörte. Oder darüber, dass mein Bruder

und ich sie öfter begleitet hatten, da mein Vater kein Opernhaus betrat. Niemand, der sein Leben noch vor sich hatte – mit Ausnahme von Paul und mir –, kannte folglich *Die lustige Witwe*, *Madame Pompadour* oder Franz Lehárs *Das Land des Lächelns*.
Das erstaunt mich jetzt ..., sagte Rebecca.
Ich sagte: Manches wird dich noch erstaunen.
... dass du Operettenspezialist bist, sagte sie. Spöttisch.
Spezialist würde ich es nicht nennen, sagte ich. Sachlich.
An meinem Ohr raunte sie: Ich werde es niemandem verraten.
Bitte einmal das Herz, sagte ich zur Verkäuferin und zeigte auf den Zuckergussspruch.
Macht zwei Mark fünfzig, sagte die Frau, die eigentlich nicht wie eine Gestalt aus Grimms Märchen aussah. Da sie eine große Fellmütze gegen die Kälte trug, waren nur Mund und Nase sichtbar. Als säße ein kleines Pelztier auf ihrem Kopf.
Das schönste aller Herzen, sagte ich und nahm es gelassen hin, dass Rebecca mir mit ihrer Zungenspitze kitzelnd ins Ohr fuhr.
Ich nehme es dir zuliebe, sagte sie.
Ich stelle dir frei, es umzuhängen.
Wenn ich es umhänge, muss ich es nicht lesen.
Ich lese es gern, sagte ich, denn es ist ja die Wahrheit: *Dein ist mein ganzes Herz*.
Schmeichler, sagte Rebecca.
Es schien mir eine gute Idee, ihr beizeiten eine Aufnahme zu schicken, auf der Fritz Wunderlich sang: *Wo du nicht bist, kann ich nicht sein*. Wer wollte, konnte es

Kitsch nennen. Das halbe Leben war Kitsch. Nur weil jemand so toll Mozart spielte wie Rebecca, war Lehár kein schlechter Musiker. Nur weil es Zwölftongenies gab, war ein Operettenkomponist kein Dilettant. Es tat hier und jetzt gut, Franz Lehár zu verteidigten. Mir kam es vor, als blicke der, der auf Lehárs Seichtheit herabsah, auch auf meine Mutter herab. Wenn sie Operetten hörte, war der, der Operetten kleinredete, gegen sie. Gegen ihr Recht auf glamouröse Illusion.
Ich nahm mir heraus, Rebecca zwischen all dem Sonnengelb aus Schal und Mütze zu küssen. Dann rückte ich das Lebkuchenherz zurecht und sagte: Du siehst großartig aus! Der Himmel sandte einen Schwarm weißer Flocken. Bedauerlich, dass auf einem Kirmesplatz keine Operettenmelodien erklangen. Hatte nicht Pater Heribert erklärt, die Wahrheit beginne erst dort, wo hinter den Worten das Verborgene hervortrete? Ein guter Heldentenor rang jedem Pomp Sinn ab.

Geisterfahrt

Willkommen in meinem Haus! Treten Sie frei herein! Fühlen Sie sich sicher in meiner Obhut und schenken Sie mir etwas von dem Glück, das Sie mit sich bringen! Kommen Sie, es wird Ihnen nichts geschehen! Mein Name ist Graf Dracula. Sie werden meine Gastfreundschaft in diesem ehrwürdigen Gemäuer nicht bereuen.

Ich war bereit, der freundlichen Einladung zu folgen. Natürlich, die Schlossimitation wirkte ein wenig überladen. An der Front ein Gruselrelief mit Wölfen, Spinnen und Fledermäusen. Der Graf selbst zeigte Risse im wächsernen Gesicht, und seine Stimme klang, als käme sie aus einer Gruft. Dennoch blieb Rebecca stehen und sah zur Draculagestalt auf, die ihren Text in einer Endlosschleife wiederholte.

So komisch es klingt, sagte ich, was du vor dir siehst, ist das, was ich mir von der Kirmes meiner Kindheit erträumt hatte. Ein gewaltiges Schloss voller Spuk. Mit Geistern und Vampiren. Alles, was unsere Dorfkirmes an Attraktionen zu bieten hatte, waren eine Schiffschaukel und ein Kettenkarussell.

Bescheidene Träume, sagte Rebecca.

Träume eben, sagte ich.

Gern hätte ich ihr erklärt, dass jede Situation, die wir auf dem Rummel erlebten, dadurch, dass wir sie zusammen erlebten, zu mehr als einem simplen Vergnügen wurde. Tatsächlich sagte Rebecca: Irgendeinen

Sinn muss es ja haben, dass wir hier sind, und wenn es der wäre, dass ich Bekanntschaft mit deinen Kindheitsträumen mache.
Im Stillen dankte ich Graf Dracula, der unbeirrt seinen Text aufsagte und mit mechanischen Gesten zum Schloss wies. Ich wandte mich zum Kassenhäuschen, wo ein bleichgeschminktes Mädchen saß. Ihre Augenpartie hatte tiefblaue Schatten, und Blutrinnsale liefen an ihren Mundwinkeln herab. Ich hätte mir gewünscht, dass sie etwas weniger traurig ausgesehen hätte.
Was blieb, wenn Wünsche sich überlebt hatten, war ein bisschen Wehmut. So zumindest kam es mir vor, als der Geisterbahnwagen ruckelnd die Einfahrt ins Schloss nahm. Aus der Tiefe drangen apokalyptische Klänge. Ein Sargdeckel sprang vor uns auf, und im Inneren lag der Schlossherr. Oder ein Doppelgänger des untoten Grafen. Rebecca lachte und sagte: Ich glaube, die Katzen in Charlottenburg sind gefährlicher als dieser Vampir. Wie eine Marionette raffte sich die Figur auf und begann vor unseren Augen zu tanzen. Spinnweben glitten über uns hin. Aus der Ferne das Geheul von Wölfen.
Wie amüsant, sagte Rebecca. Nahm plötzlich meine Hand: Wir könnten uns auch in Bad Neuenwede treffen! Findest du nicht? Ich würde deine Mutter einfach gern besuchen.
Schau mal, sagte ich und deutete auf eine abgemagerte Gestalt, die ihre knöcherne Hand durch ein Gitter streckte.
Lenk nicht ab, sage Rebecca.
Ein gewisser Dr. Burmann, sagte ich, hat den Kurpark

in Neuenwede als den schönsten weit und breit angepriesen. Aber ein solcher Ausblick kann weder Wunder bewirken noch eine Genesung garantieren. Bis Weihnachten wird es daher keine regulären Besuche mehr geben.

So oder so, es schien mir nicht der passende Augenblick, Rebecca Einzelheiten unserer Bad-Neuenwede-Visite zu schildern. Wenn es überhaupt jemals einen passenden Augenblick dafür gab.

Ich könnte ihr wenigstens eine Karte schreiben!, sagte Rebecca.

Ja, sagte ich.

Umgekehrt wäre ich nie auf den Gedanken gekommen, ihrer Mutter eine Karte zu schicken, oder sie, wo auch immer, zu besuchen. Dabei dachte ich, dass es eine erstaunliche Gemeinsamkeit unserer Mütter gab, wenn es etwas Verbindendes war, dass beide, früher als gedacht, ein Kind zur Welt gebracht hatten. Natürlich: Der Lebensentwurf meiner Mutter sah keine Karriere als Pianistin vor, keine glanzvolle Laufbahn, die durch eine Geburt vereitelt worden war, aber es gab ein Foto, das sie als junge Mitarbeiterin im Marxloher *Paradies der Damen* zeigte. Sie wirkte darauf nicht so, als wüsste sie, dass sie ein Jahr später mit einem Kinderwagen durch die Straßen gehen würde.

Wir fuhren an einem vergitterten Verlies vorbei, das von Blitzen erhellt wurde. Fledermäuse flatterten auf. Hinter den Gittern lagen bleiche Gestalten, die aus dem Hals bluteten. Rebecca erschrak nicht. Sie erschrak auch nicht, als der Tod persönlich seine Sense vor uns schwang.

Was ich ihr guten Gewissens erzählen konnte, wenn ich etwas über meine Mutter mitteilen wollte, war nicht viel, und sicher wäre es übertrieben gewesen zu behaupten, sie habe einmal durch ihren Einsatz alle Welt von meinen Fähigkeiten überzeugt. *Alle Welt* war, genau genommen, nur Herr Kröger, der, obwohl ich längst Sonaten spielte, nichts von meiner Musikalität wissen wollte.

Weiß du, sagte ich und hörte im Hintergrund das Lachen der Geister, einer meiner ersten Musiklehrer verstand unter Musikunterricht das Singen von Volksliedern. Wenn es hochkam, auch englische Lieder. Seine Zensuren vergab er, indem er am Schuljahresende jeden etwas vorsingen ließ. Ich nahm mir heraus, kein Volkslied zu singen, sondern ein Stück, das mir immer schon gefallen hatte, selbst damals, den *Leiermann*. Aber Herrn Kröger gefiel der *Leiermann* nicht, oder mein Stimmbruch gefiel ihm nicht, oder ich selbst missfiel ihm. Oder mein Gesang war tatsächlich grauenhaft. Manchmal, wenn es ausnahmsweise nicht um Volkslieder ging, rief ich Antworten ins Unterrichtszimmer, was Herr Kröger als Respektlosigkeit empfand. Dabei war es nur Unbedachtheit! Meine Mutter war nicht bereit, sein Urteil auf meinem Zeugnis hinzunehmen. Dagegen hätte mein Vater nie gewagt, sich zu beschweren, obwohl er sich als Gerechtigkeitsverfechter und Unterstützer aller Benachteiligten sieht. Keine Ahnung, wie sie Herrn Kröger zur Einsicht brachte, dass mein musikalisches Talent inklusive Klavierspiel und Operettenwissen eine bessere Bewertung verdiene. Fortan war mir eine gute Note so sicher wie vorher eine schlechte. Selbst wenn ich ein halbes Jahr schwieg, während Herr Kröger Notenschlüssel oder Quintenzirkel an die Tafel malte.

Rebecca sagte: Ich kenne auch einen Herrn Kröger. Der holt zur ersten Klavierstunde ein Geldstück aus der Tasche und platziert es auf deinem Handrücken. Beim Spielen musst du deine Hand so ruhig halten, dass es nicht herunterrutscht. Passiert es dennoch, heißt es, runter auf die Knie und den Boden nach der Münze absuchen.

Mit einem Ruck glitt der Wagen durch das Schlosstor ins Freie, wo aus den herabtaumelnden Schneeflocken ein Schneeschauer geworden war. Ich legte meinen Arm um Rebeccas Schulter und ging mit ihr gegen den Schnee an. Ob es mir gelingen würde, sie noch zu irgendeinem Abenteuer zu überreden, wusste ich nicht. Man konnte Glühwein trinken und nach dem Glühwein beschwipst Kettenkarussell fahren. Oder in die Raupe steigen, wo ich nur warten musste, bis das Verdeck bei rasender Fahrt zuklappte, sodass sich die Gelegenheit ergab, Rebecca im Dunkeln zu küssen – als erstes Mädchen, das ich je in einer Raupe geküsst haben würde. Aber es reichte im Grunde, mit ihr durch den Schnee zu laufen, als hätten wir unser Glück längst gefunden.

Ferne Welt

Wir überquerten das Salve-Mosaik, auf dem wässriger Schnee lag. In den Scheiben spiegelten sich die letzten Lichter der Kirmesbuden. Der Geruch nach Glühwein und Frittiertem folgte uns bis zur Eingangstür. Im Foyer ahnte ich Pater Alberts Schatten. Unsere Chance war seine Unaufmerksamkeit. Oder meine Gabe, ihn abzulenken. Ich hoffte bei alledem, dass seine Augen, die sich täglich auf Rätsel in schlecht gedruckten Magazinen konzentrierten, an Sehschärfe verloren hatten.

Aus der Ferne war nicht zu unterscheiden, ob er noch las oder schon vor sich hindämmerte. Irgendwann würde er alle Rätsel der Welt gelöst haben. Alle diesseitigen. Am Ende blieb nur die Rückkehr zu biblischen Schriften, wo einige Fragen warteten, die sich nicht mit fünf oder acht Buchstaben beantworten ließen.

Falls man uns zusammen sah, war ich bereit, mehr als drei Vaterunser zu beten. Nach meiner Einschätzung wog der Regelbruch, den wir zu begehen planten, schwerer als Rauchen im Zimmer. Womöglich war dafür ein Verweis fällig, was nicht in jedem Fall eine Strafe sein musste. Ich stellte mir vor, dass Rebecca mich mit nach Berlin nahm, obwohl meine Lust auf ihre Schwester und ihre brahms- und ravelliebende Mutter nicht gar so groß war. Was anderes sollte ich zu Rebecca sagen als: Es kann eigentlich nichts schiefgehen.

Eigentlich, sagte sie.

War es nicht *deine* Idee?

Würdest du lieber im Schnee übernachten?

Natürlich gilt, was immer gilt, wenn man in ähnliche Situationen gerät, sagte ich, obwohl wir eigentlich noch nie in ähnliche Situationen geraten waren: Man sollte weder gegen einen zufällig am Boden liegenden Gegenstand stoßen noch durch unbedachte Bewegungen auffallen.

Ich werde mich in einen Geist verwandeln, sagte Rebecca.

Ich deutete einen Bogen durchs Halbdunkel an und erklärte: Es ist kein Kunststück.

Während ich Nässe und Schnee von meiner Jacke klopfte, nahm ich Kurs auf Pater Albert und tat mit meinem Jackebeklopfen und Räuspern alles, um seine Aufmerksamkeit zu gewinnen. Natürlich durfte ich es nicht übertreiben.

Guten Abend, Pater Albert, sagte ich.

Es schneit?, fragte er.

Wer weiß, wann es wieder einmal einen so heiteren Kirmesabend in der Stadt geben wird, sagte ich. Alle lachen und trinken, und Sie müssen hier sitzen. Wache schieben. Oder doch ein Auge darauf haben, dass alles seine Ordnung hat. Haben Sie einen Kassettenrekorder? Ich könnte Ihnen bei Gelegenheit ein aufmunterndes Programm zusammenstellen, mit klassischen Tänzen und Ballettstücken. Nur eine Idee, nichts weiter. Oder würde Sie doch Chuck Berry mehr interessie-

ren? Es ist nie zu spät für Rock 'n' Roll, Pater Albert, glauben Sie mir, im Übrigen, falls Sie wieder einmal musikalische Fragen haben, bin ich gern bereit, mein Wissen zu teilen. Irgendwo habe ich gelesen: *Holzblasinstrument mit sieben Buchstaben.* Und nicht alle wissen, dass die Lösung *Saxofon* heißt, weil sie das Saxofon nicht den Holzblasinstrumenten zurechnen.
Du wirkst etwas aufgedreht, sagte Pater Albert.
Die Kirmes halt, sagte ich, so viele Erinnerungen. Waren Sie nie als Kind auf der Kirmes?
Als Kind?, fragte Pater Albert und sah mich etwas ratlos an. Gut, ganz leicht fiel es nicht, sich vorzustellen, dass er jemals so etwas wie eine Kindheit erlebt hatte.
Lass mich überlegen, sagte er.
Und?
Ich bin im Grunde immer meiner inneren Stimme gefolgt.
Tun wir das nicht alle?, fragte ich. Wissen Sie, manchmal kommt es mir vor, als sprächen gleich mehrere Stimmen in mir. Es klingt wie ein Chor, dem die Einigung auf ein gemeinsames Stück misslingt. Tue dies, tue das, ruft es dauernd in meinem Kopf.
Pax tecum, sagte Pater Albert. Rückte seine Brille zurecht. Blickte an mir vorbei. Als sähe er eine gespenstische Erscheinung im Foyer. Einen Schatten mit Strickmütze. Ein Lebkuchenherz mit der Botschaft: *Dein ist mein ganzes Herz.* Doch Pater Albert fragte sich vermutlich nur, ob ich zu viel Karussell gefahren war.
Gute Nacht, Pater Albert, sagte ich, drehte ab und sah zu, dass ich die Treppe erreichte. Im Halbdunkel suchte ich Rebeccas Hand. Wir schlichen am Club-

raum vorbei, wo im flackernden Schein des Bildschirms die Selbstvergessenen saßen. Der Fernseher war unser Verbündeter. Als wir in den Flur einbogen, sprang das Licht an. Vor uns stand Felix Schiller und wirkte nicht erstaunt, uns zu sehen.
Wir sind gar nicht da, sagte ich leise.
Wie schade, sagte er.
Zu Rebecca sagte ich: Es ist nur Felix, der Internatsgeist.
Meinerseits erfreut, sagte er und reichte Rebecca die Hand. Sie war sicher nicht die Erste, die es ins Innere des Konvikts geschafft hatte. Rasch schob ich sie vom Gang ins Zimmer.
Nicht dass die Stadt uns zu Füßen lag, aber man ahnte jenseits der Mauern das Lichterband der Lippestraße. Und am Ende der Straße das Funkeln und Tanzen der Kirmeslichter. Am Himmel, der voller Schnee hing, verliefen die Farben zu einem matten Glanz. Ein Widerschein über den Dächern der Stadt. Das Angenehmste bei alledem war, dass alles so fernlag, als sei es die Kulisse einer anderen Welt. Was ging uns das Draußen an? Wir blickten auf einen fremden Planeten. Atmeten leise. Ließen unsere Jacken auf den Boden sinken. Küssten uns. Küssten uns so, als müssten wir vorsichtig sein. Rebecca schaute sich um. Keine Ahnung, ob sie mehr erwartet hatte als einen Schreibtisch mit Büchern, einen Stuhl und ein Bett.
Ich deutete zum heiligen Franziskus und sagte: Mein Zimmergenosse hat keine Einwände. Er ist im Allgemeinen sehr verschwiegen.
Sie betrachtete das Porträt, soweit es im schwachen

Licht möglich war, und fragte: Und was steht auf dem Zettel?
Ich musste nicht hinschauen, um zu sagen: *Nehmt nichts mit auf den Weg, keinen Wanderstab und keine Vorratstasche, kein Brot, kein Geld und kein zweites Hemd!*
Seltsam, sagte Rebecca.
Mir ist nicht bekannt, ob sich jemand daran hält.
Niemand brauchte zu erfahren, dass ich mit Giovanni Bernardone ein freundschaftliches Verhältnis pflegte und gelegentlich mit ihm über alltägliche wie weltbewegende Dinge sprach. Solange Rebecca neben mir stand, konnte ich ihn natürlich nicht fragen, was er von ihrer gelben Mütze oder ihren schönen Wimpern hielt. Oder vom duftenden Lebkuchenherz, das seine verführerischen Aromen im Raum verbreitete.
Wir bissen jeder ein Stück ab, darauf bedacht, die Zuckergussschrift unversehrt zu lassen. Im oberen Bereich war der Teig durch Nässe aufgeweicht. Ein Vorteil. Es war in jedem Fall ratsam, sich an die feuchten Randstellen zu halten, wollte man nicht in bröselige Lebkuchenteile beißen. Auf der durchsichtigen Folie klebte ein Zettelchen, das als Zutaten nannte: Honig, Anis, Koriander, Muskat und Nelken. Wir kauten Anis, Koriander, Muskat und Nelken und schmatzten ein wenig, da der Teig, sowie er sich mit Speichel mischte, am Gaumen haftete. Zwischen den Zähnen klebte. Nur mit gymnastischen Kaubewegungen bekam man ihn wieder los. Es war ein Lebkuchenklebeherz. *Dein ist mein ganzes Herz*, sagte ich und biss eine Ecke ab. Ließ Rebecca das nächste Stück. Sie wusste, dass sie von mir nichts anderes zu erwarten hatte als klebrige

Verlockung, als mit Honig Gebackenes und Zuckerglasiertes. Ein Herz, das nicht mehr und nicht weniger war als unsere Mahlzeit zur Nacht.
Solange wir Lebkuchen im Mund hatten, war es eine geräuschvolle und nicht unkomplizierte Angelegenheit, sich zu küssen. Was immer uns trieb, Spaß oder Übermut. Freude über die geglückte Überlistung Pater Alberts. Ich streckte meine Lebkuchenzunge in ihren Mund, und wir verdoppelten die Klebrigkeit. Rebecca legte ihre Lippen auf meine Lippen, und ich dachte an das Märchen vom süßen Brei, der über den Topfrand quoll und in die Straßen lief, als wollte er die ganze Welt satt machen.
Je länger man den Lebkuchenteig im Mund behielt, je breiiger und flüssiger er wurde, umso mehr Süße entfaltete er. Je mehr man aß, umso besser schmeckte er. Wollten wir die Zuckerschrift nicht zerbrechen, mussten wir uns beherrschen und durften nicht immer größere Bissen nehmen. *Dein ist mein ganzes Herz* sollte, wie ich fand, lesbar bleiben. Wir bissen überall dort, wo noch zuckergussfreie Stellen waren. Schmatzten und kicherten. Das Herz würde irgendwann an ein Beutestück gieriger Tiere erinnern, die nach dem Stillen des ersten Heißhungers die Reste zurückließen.
Was als unruhiges Schimmern auf die Wand fiel, waren die letzten Signale der Welt. Lichter, die sich verloren, während wir dem Lebkuchenduft nachspürten. Wärme über unsere Körper verteilten. Jede Bewegung passte zur anderen. Und obwohl jede Bewegung zur anderen passte, musste ich für Augenblicke an Mick denken, der zuweilen Erstaunliches über seine Lipp-

felder Abenteuer berichtete. Er schien überzeugt, dass jedes Mädchen, das sich mit ihm einließ, unglaubliche Erfahrungen sammelte. Dass es keins gäbe, das er je enttäuscht habe. Drohe die Dynamik ihn zu früh mitzureißen, so Mick, konzentriere er sich auf etwas Unerfreuliches. Auf etwas Blamables. Das wirke Wunder und zögere den alles entscheidenden Punkt hinaus. Dazu brauche er weder Herrn Dr. Sommer noch Bücher à la *The XYZ of Love.*

Höchstwahrscheinlich war es nur eine Schwanenteichgeschichte. Warum auch sollte man ausgerechnet an unangenehme Ereignisse denken, wenn man die schönsten erlebte? Die Zahl meiner peinlichen Erlebnisse schien mir im Übrigen so hoch, dass eine Auswahl schwergefallen wäre. Wenn auch die Erinnerung an das Poesiealbum meiner Cousine sicher ganz oben stand.

Es bedurfte keines wie auch immer gearteten Tricks, um in einen gemeinsamen Taumel zu finden. Sich im gleichen Augenblick fallen zu lassen. Selbst wenn uns ein Heiliger zusah.

Als unsere Körper wieder zur Ruhe kamen, spürte ich meinen Finger. Was immer es war, es war so unscheinbar, dass es nur in der Stille auffiel. Nur im Verborgenen arbeitete die Empfindlichkeit. Sehr leise. Sehr beharrlich. Eine sorglos nebeneinander verbrachte Nacht half in jedem Fall mehr als eine Nacht besorgter Fragen. Ich wünschte mir, der Finger wäre wie durch einen Zauber am Morgen geheilt. Nur das Herz zwischen uns blieb für alle Zeiten ein verletztes Herz. Schlimmstenfalls würde ich als linkshändiger Pianist den Rest meines Lebens durch die Gegend reisen. Aber was machte das schon, solange ich neben Rebecca erwachen durfte.

II

Toccata

Es gab wenige Orte, an denen man sich einsamer fühlen konnte als auf der Bank einer Kirchenorgel. Immerhin, die Töne verbanden einen mit der Welt oder doch mit dem Teil, der sich in der Tiefe des Kirchenschiffs eingefunden hatte. Für die Eröffnung hatte ich Register mit Strahlkraft gewählt: Trompeten und Contraposaunen. Als Klangkrone die Mixtur. Es wirkte orchestral. Dabei kam es nicht darauf an, die Versammelten in ihrem Glauben zu bestärken, denn es waren nur Geistliche und Kirchgänger, die ihr Ende schon am Horizont sahen.
Zwischen Orgelempore und Altar schufen die Klänge einen hallenden Raum. Verdichteten sich zu einer Turbulenz, der Pater Heribert sich entgegenzustemmen schien. Vielleicht gehörte es zur Zeremonie, dass er seine Hände auf die Altarplatte legte. Seinen Kopf senkte. Als spürte er die Last der sich türmenden Akkorde. Oder der Welt.
Es wäre schön gewesen, wenn ihm mein Orgelfortissimo zu neuen Einsichten verholfen hätte. Zur blitzartigen Erkenntnis beispielsweise, wie klein und unbedeutend jedes menschliche Regelwerk war. Früher oder später würde er mir zugestehen müssen, dass ich meinen Alltag ohne Fürbitten und Gebete verbrachte. Ohne Legenden und Heilige. Wenn meinem Vater aus dem Freundes- oder Nachbarschaftskreis Hilfe zuteil-

wurde, sagte er gern: Eine Hand wäscht die andere. Ich war mir nicht sicher, ob jemand, der dem Alltag so fernstand wie Pater Heribert, die Lippfelder Gepflogenheiten kannte oder sie für gültig erachtete, doch erinnerte ich mich, selbst im Lateinbuch die Worte gelesen zu haben: Manus manum lavat.

Für die Phasen der Liturgie, in denen die Orgel pausierte, hatte ich eine Lektüre eingesteckt. Es war nicht die ideale Ergänzung zum Glaubensbekenntnis. Wenn in Sartres Kindheitsbericht *Die Wörter* der Heilige Geist vorkam, dann als komisches Gespenst, das durch Kellerräume irrte. Gelegentlich schaute ich auf, um den Fortgang der Andacht im Blick zu haben. In Zweifelsfall durfte ich darauf vertrauen, dass Pater Heribert mir ein Zeichen gab oder mit ein paar Worten zum nächsten Orgeleinsatz überleitete.

Ich war mir sicher, dass ihm der Choral *Jesus bleibet meine Freude* gefiel. In ruhiger Phrasierung zog das Stück dahin. Mehr an Kontemplation war kaum möglich, während sich die Patres – *etwas bewegt, aber nicht zu sehr* – zum Kommunionsritual einreihten. Ich hatte in der Bibliothek eine Choralversion entdeckt, die keine allzu hohen Ansprüche ans Pedal stellte. Einzig überraschend war, dass jemand unter den Schlussakkord *Wer glaubt, wird selig!* gekritzelt hatte. Es wäre mir schwergefallen, den Satz nicht als Ironie zu verstehen. Allenfalls stellte sich die Frage, ob jemand, der sich außerstande sah, den Ausspruch ernst zu nehmen, ein Orgelstück genauso ergreifend spielen konnte wie jemand, der sich seines Glaubens sicher war. Dem Hingabe mehr bedeutete als Vernunft.

Eigentlich war es bedauerlich, dass eine mit so viel Aufwand betriebene Zeremonie so wenig Publikum fand. Selbst der Adventskranz über dem Altar hatte keinen Besucherandrang bewirken können. Als ich mit meiner Notentasche unter dem Arm die Wendeltreppe herabstieg, kniete eine letzte Gruppe Andächtiger im Gestühl. Vielleicht waren sie zu erschöpft, um sich nach dem Schlusssegen aufzuraffen und ins Tagesgeschehen zurückzukehren. Oder die Contraposaunen der Toccata hatten ihnen so zugesetzt, dass sie erst wieder zur Besinnung kommen mussten. Vor dem Ausgang verabschiedeten die Patres jeden mit Handschlag und freundlichen Worten.

Ich beschleunigte meinen Schritt und hoffte, im Schutz der letzten Säulen unbehelligt davonzukommen. Aber Pater Richard, der vor der Auferstehungsgruppe stand, schien daran gelegen, mein Spiel zu kommentieren. Er winkte. Die Stofffülle seines Habits ließ alle Bewegungen etwas gravitätischer aussehen. Es passte, dass hinter ihm die Jesusgestalt mit ausgebreiteten Armen gen Himmel stieg.

Mir ist heute erst aufgegangen, wie wunderbar unsere Orgel klingt, sagte er und zog mich am Ärmel heran. Leider hatte er, als wäre er ein enger Verwandter Liszts, einige scharf umgrenzte Warzen im Gesicht. Und genau aus ihnen sprossen Büschel grauer Härchen. Felix Schiller hatte berichtet, es habe immer wieder Gerüchte gegeben, dass Pater Richard gern jüngere Schüler in den Arm nehme. Um sie zu trösten. Er war in jedem Fall fürsorglich. Ob jemand den Trost wünschte, war eine andere Frage. Vor Jahren soll er sogar Schüler, die krank und in besonderer Weise hilfsbedürftig gewesen seien, ins Bad begleitet haben. Um ihnen das Badewasser einzulassen. Um sie in der Badewanne einzuseifen. Um sie anschließend abzutrocknen. Mit jedem Detail war Felix Schillers Stimme leiser geworden, als hörten die Wände mit. Dabei hatten wir am Abend nur zu dritt im Clubraum gesessen. Thomas Potthoff, der kurz vor dem Abitur stand, hatte gesagt, man müsse vorsichtig sein. Es handle sich um Anschuldigungen. Es gäbe keine Zeugen – von den schweigenden Betroffenen abgesehen. Keine Beweise. Jeder könne behaupten, was er wolle. Daher solle Felix Schiller dreimal nachdenken, ehe er so etwas ausspreche. Felix Schiller daraufhin: Er habe mehr als dreimal nachgedacht. Ob er, Thomas Potthoff, nicht begreife, dass es schwerlich Zeugen geben könne, da ja gerade alles darauf angelegt sei, dass es vertraulich stattfinde. Wohl kaum werde ein Pater vor Zeugen einen Elfjährigen ins Frotteetuch hüllen und sanft den Rücken massieren. Und die, die es erlebt hätten, wären längst weg. Erwachsen. Seien heilfroh, wenn sie dieser düstere Schatten nicht verfolge. Na, sagte Thomas Potthoff, genau das meine ich doch. Wem dienst du mit dem Aufrühren von Unbeweisbarkeiten? Felix Schiller: Der Wahrheit. Der Wahrheit, wiederholte Thomas Potthoff verächtlich. Nie hatte ich Felix Schiller aufgeregter erlebt als in diesem Moment. Mögliche Mithörer schien er vergessen zu haben. Seine Stimme überschlug sich, obwohl er anfangs bis zur Unhörbarkeit geflüstert hatte. Dieses Warzenschwein, rief er, dieses schmierige Warzenschwein!

Ich war erleichtert, als sich nach und nach auch die anderen Patres unter der Auferstehungsgruppe einfanden. In die Runde hinein sagte Pater Richard: Mir scheint, mit dem heutigen Tag sind diejenigen widerlegt, die behaupten, Stille sei die schönste Musik.
Sind nicht beides großartige Geschenke?, fragte Pater Engelbert.
Ich wüsste, welches ich vorziehe, sagte Pater Heribert. Allen war bekannt, dass es nicht seine Art war, überschwängliches Lob zu verteilen. Ihm war es wichtiger, dass sich jemand seiner Fehlbarkeit bewusst war. Dennoch hätte mich interessiert, wie er sich für mein Spiel zwischen Toccata-Dramatik und Choral-Kontemplation zu revanchieren dachte.
Dass die Patres mir dankten, bewies immerhin, dass man Sartre lesen konnte, ohne an einer Choral-Interpretation zu scheitern. Woher die Innigkeit kam, verrieten die Orgelklänge nicht. Noch traute ich mir allerdings nicht zu, durch spielerisches Raffinement Gläubige in Zweifler und Zweifler in Gläubige zu verwandeln.
Nicht alles, was die Patres mir zuraunten, war mir verständlich. Manches klang nach einer Sprache, die nur Franziskanern geläufig war. Ich setzte darauf, dass sie mich nicht als den erkannten, der ihre Zeremonien für Irrglauben hielt. Und in dessen Notentasche Bach neben Sartre steckte.
Einer der älteren Patres, der mit einem unkontrollierten Zittern seiner Hände zu kämpfen hatte, fragte: Wirst du fortan häufiger in der Messe spielen?
Ich will nichts ausschließen, sagte ich und schaute zu Pater Heribert.

Einen Moment schien es mir vorstellbar, dass ich in ein als Kloster getarntes Irrenhaus geraten war. Umgeben von freundlichen Greisen, die sich für Franziskaner hielten oder als solche ausgaben. Selbst Pater Albert war zur Messe erschienen. Sagte: Nulla vita sine musica. Ich wagte zu hoffen, dass ich in Zukunft nicht mehr um jede Telefonminute kämpfen musste. Zum ersten Mal sah ich, dass er sein linkes Bein nachzog. An seiner Seite stand und ging zur Unterstützung Pater Severin, der als einer der Bescheidensten galt. Jedenfalls verzichtete er aufs abendliche Bier und aß so unglaublich wenig, dass er sicher eines Tages als körperloser Geist unter den anderen weilte. Wenn ich ihn leise mit dunkler Stimme ein Gebet sprechen hörte, überraschte mich jedes Mal sein niederländischer Akzent, der mich an Rudi Carrell erinnerte.

Den letzten Dank holte ich mir bei Pater Vincent ab, der im Gestühl sitzen geblieben war, wo man ihn, klein, wie er war, tatsächlich übersehen konnte. Im Licht der Kirchenfenster erinnerte die Haut seines Gesichts an den Firnis eines alten Gemäldes. Die Augen darin sprunghaft. So sehen wir uns wieder, sagte er. Wenn er so alt war, wie er behauptete, konnte es stimmen, dass er im selben Jahr wie George Botsford geboren war. Eine Ragtime-Legende, die er schätzte. Aber das bleibt unter uns, so Pater Vincent, als könne man ihm seine Vorliebe zum Vorwurf machen. Niemand unter meinen Mitbrüdern wird ihn kennen. Sein *Black and White Rag* ist mir ans Herz gewachsen. Nichts gegen eine brausende Toccata oder all die schönen Choralfantasien, aber wenn du mir noch einmal oben im

Mondschein den *Black and White Rag* von George Botsford vorspielen könntest, so wäre ich darüber mehr als glücklich.
Klar, sagte ich.
Ich konnte ihn früher einmal selbst spielen, behauptete Pater Vincent.
Wir wollen Bens Zeit nicht länger als nötig beanspruchen, sagte, aus dem Gang, Pater Heribert.
Er wird üben wollen, rief Pater Engelbert.
Aber das hat er gar nicht nötig, sagte Pater Albert.
Unter den vielen Tönen habe ich keinen falschen gehört, bestätigte jemand.
Ich wählte nicht den Kreuzgang, der ins Kloster führte, sondern nahm den Weg durchs Hauptportal. Ins Freie. Einige Sekunden stand ich benommen auf der Lippestraße, zurück in einer Welt, wo die Menschen Eile und Sehnsucht kannten. Ein Bläserensemble intonierte *Jingle Bells*. Rentiere zogen geschenkebeladene Schlitten durch die Schaufenster. Graue Schneewolken trieben über die Dächer hinweg. Wäre nicht meine Notentasche gewesen, hätte ich zweifeln können, dass ich eben noch auf der Orgelbank gesessen und eine Toccata gespielt hatte. Ich war in kurzer Zeit sehr weit gereist. Durch Regionen, in denen es Mysterien, Schnarrpfeifen und Zimbeln gab. Jetzt war ich auf der Erde gelandet und kam mir ein bisschen wie ein vergessener Held vor, der sich im praktischen Leben zurechtfinden sollte und nicht wusste, ob seine Mission noch gültig war.

Everybody’s having fun

Lange hatte ich Mick nicht so ausgelassen erlebt. Nicht eine Sekunde hielt es ihn am selben Fleck. Seine Wangen glühten, während er lachte und in der Kälte herumhüpfte. Es war erstaunlich, wie jemand, der eigentlich kein Zweitklässler mehr war, verrücktspielte, nur weil es über Nacht Winter geworden war. Der Himmel über ihm strahlte, ohne Frage: Es hatte was für sich, wie das Glitzern des Schnees die Siedlung verwandelte und alles, was sonst ohne Reiz war, gnädig verbarg. Von den Rabatten bis zu den Hecken, von den Grünkohlgerippen bis zu den Bruchsteinwegen. Noch hatte alles etwas Unirdisch-Reines, in das man gern als Erster seine Fußstapfen setzte. Doch man musste sich beeilen, denn lange würde es nicht dauern, bis das große Räumen auf Bürgersteigen und Wegen begann. Herr Jablonski hatte schon ein eindrucksvolles Arsenal aufgeboten, um gegen die Zehn-Zentimeter-Pracht vorzugehen: Schaufeln, Straßenbesen und Säcke mit Streusalz. In die Sträucher hatte er Meisenringe gehängt, die tatsächlich ein paar Vögel mit bläulichem Gefieder anlockten.

Spinner, sagte ich zu Mick, der durch den Schnee tanzte. Hinter ihm stand sein alter Schlitten, dessen Leine wie eine dünne Schlange Mäander durchs Weiß zog. Mindestens eine Holzlatte fehlte auf dem rostigen Eisengestell.

Erst am Vorabend war ich mit dem letzten Bus durchs einsetzende Schneegestöber nach Lippfeld gefahren. In der Vestischen hatte außer mir nur eine Nachbarin mit drei bunten Geschenktüten gesessen. Sie hatte sich nach meiner Mutter erkundigt und gefragt, ob wir uns auf ein gemeinsames Weihnachten im Familienkreis freuen könnten. Ich hatte geantwortet: Wir freuen uns, wann immer es uns gefällt.
Alter, es ist nur Schnee, sagte ich, während Micks Springerei kein Ende nahm.
Nur Schnee, nur Schnee, rief er.
Er bestand darauf, dass ich meinen alten Schlitten hervorholte, der in irgendeinem Kellerwinkel zwischen Spinnweben stand.
Sei nicht albern, sagte ich.
Mach schon, sagte er.
Wichtiger war, eine Mütze für ihn zu organisieren, denn, so glücklich er aussah, so verfroren wirkte er. Trotz der Kälte trug er nur eines seiner Jacketts, dessen Kragen er zwar hochgeschlagen hatte, doch mit seinem dünnen Stoff blieb es ein Kleidungsstück für Sommertage. Oder für tänzerische Auftritte in der Disco. In der Truhe, die voller aussortierter Kleidungsstücke war, fand ich einen Schal für ihn. Wenn es ein Schal war. Es sah eher nach einem ausgemusterten Palästinensertuch aus, das mein Bruder vor Jahren auf Demonstrationen getragen hatte. Es passte natürlich nicht zum Discojackett, aber Mick schlang es sich um den Hals, was bewies, wie sehr er fror. Auf jeden Fall wirkte es komisch, wenn er mit flatterndem Tuch und hin und her schlagendem Bommel herumsprang.

Mit Jubelgeheul rannte er auf die Straße und zog die Schlitten, die er aneinandergebunden hatte, an den beschneiten Jägerzäunen vorbei. Er war verrückt, zweifellos. Ich lehnte es ab, auf seinem Schlittengespann Platz zu nehmen. Manfred Abend, der uns entgegenkam und auf dem Gepäckträger seines Fahrrads einen kümmerlichen Tannenbaum transportierte, rief: Zwei Irrsinnige! Mick brülle: Merry Christmas, kleines Arschloch. Es war sicher gut gemeint, doch es war genau genommen noch einen Tag hin, bis man jauchzend *Merry Christmas* rufen konnte. Slade allerdings sangen schon seit einer Woche ihren Christmas-Hit auf allen Radiofrequenzen.
Mick schlug den Weg zur Kirchgasse ein, wo die Trinkhalle Olschewski lag. Der Schnee hatte Olschewski nicht daran hindern können, seine Zeitungen auf den Außenständern auszubreiten. In der blendenden Sonne glänzten die vorweihnachtlichen Schlagzeilen. Auf dem Pavillon hatte sich eine imposante Schneehaube gebildet, und niemanden hätte es gewundert, wenn die Wellblechkonstruktion unter der Last eingebrochen wäre.
Merry Christmas, Mister Olschewski, rief Mick. Herr Olschewski nickte nur und trank einen Schluck aus seiner dampfenden Kaffeetasse. Mick wählte den billigsten Schnaps aus dem Sortiment und sagte: Gleich wird uns warm! Ich glaubte nicht daran. Woran ich glaubte, war, dass ich einen Tag, der mit Doppelkorn und Merry-Christmas-Gejubel begann, abschreiben konnte.
Wir zogen mit unseren Schlitten unter den Lichter-

und Sternenketten der Mittelstraße entlang. Die Weihnachtstanne vor der Alten Kirche wirkte neben dem Turm bescheiden, doch wie jedes Jahr wurde sie in der Zeitung als prächtigster Baum im Umkreis gefeiert. Micks Ziel war nicht der Schwanenteich, wo die, die im Sommer die Bänke belagerten, im Winter Schlittschuh liefen. Aber zwei Tage Frost reichten nicht aus, um eine tragfähige Eisdecke zu bilden. Wir bogen zu einer kleinen Anhöhe ab, die sich *Böser Berg* nannte. Von Weitem schon hörten wir das Schreien und Lärmen, und Mick, der ohnehin mit Riesenschritten voranstrebte, beschleunigte sein Tempo noch. Rief: Los, los!
Wir waren, wie ich vermutet hatte, die Ältesten am Rodelhang, mal abgesehen von einigen Eltern, die ihre schlittenfahrenden Kinder beaufsichtigten. Etwas abseits, an einer Schneise, saßen ein paar Leute, die man abends im *California* treffen konnte. Ein Geruch nach Rum und Zimt wehte uns an.
Merry Christmas, Leute, rief Mick und ließ seinen billigen Schnaps herumgehen. Im Gegenzug probierte er den Grog aus der Thermosflasche. Moni und Jessica, die schon ziemlich angetrunken waren, sangen: *Rum mut, Zucker kann, Water bruuk nich.*
Mick rannte dorthin, wo der Schnee noch frisch war, und startete das, was man eine Schneeballschlacht hätte nennen können. Doch Jörg war der Einzige, der, ohne großen Enthusiasmus, ein paar Schneebälle zurückwarf. Moni und Jessica kreischten und duckten sich, als sei eine Lawine am Bösen Berg losgebrochen.
Bah, lassen wir die Lahmärsche, schrie Mick und griff die Leine seines Schlittens.

Mir war klar, dass ich ohne ihn nicht auf den Bösen Berg gestiegen wäre, um zwischen Schulkindern und übereifrigen Vätern zu rodeln. Den Kopf voran warf sich Mick auf seinen Eisenschlitten und schoss die glitzernde Bahn hinab. Ich folgte ihm, zog aber eine etwas weniger sportliche Haltung vor und rauschte sitzend den Hang hinunter. Da ich aus seiner Sicht nicht schnell genug wieder hügelan stieg, griff er beide Schlitten und rannte voraus. Oben trank er von seinem Schnaps. Die missbilligenden Blicke der anderen kümmerten ihn nicht. Oder doch nur insofern, als er sich durch sie provoziert fühlte, triumphierend seine Flasche zu heben und ein Gejohle anzustimmen. Ins allgemeine Kopfschütteln hinein brüllte er: Merry Christmas, may all your dreams be fulfilled, guys!
Dann zerrte er mich auf seinen Eisenschlitten, und wir rasten zusammen den Hang hinab. Im letzten Drittel verlor er die Kontrolle und schrie *Let's race to hell*, während wir in den Graben schlitterten. Einen Moment lang – im Fallen und Rutschen – schien mir alles möglich. Mein Fingerproblem wäre nur noch zweitrangig gewesen, wären wir von einem Baum gestoppt worden. Mick lachte wie von Sinnen. Bewegte sich krauchend unter dem Schlitten hervor und suchte nach dem Schnaps, den er beim Sturz verloren hatte.
Alles okay?, fragte er und zog die Flasche aus dem Schnee.
Spinner, sagte ich und rieb mein Knie.
Komm, trink, sagte er.
Stell dir vor, sagte ich, es gibt ein Leben nach Weihnachten.

Glaubst du das?
War bisher jedenfalls so.
Bisher, bisher, wiederholte Mick. Trank. Reichte mir die Flasche. Ich gab sie, ohne zu trinken, wieder zurück.
Ohne Alex, sagte er, wäre alles entspannter.
Wie kommst du auf Alex?
Komm, wir machen es uns gemütlich! Mick rückte seinen Schlitten so im Schnee zurecht, dass er wie ein niedriger Tisch vor uns aufragte und Platz für seinen Olschewski-Schnaps plus seiner Stuyvesantschachtel samt Feuerzeug bot. Ich nahm eine von seinen Zigaretten und ließ mir Feuer geben.
Werde nie achtzehn!, sagte Mick. Oder einundzwanzig. Siehe Alex. Wenn einmal was schiefläuft, bist du am Arsch. *Game over.*
Mir schien, dass Mick nicht mehr ganz klar war im Kopf, weniger wegen des Sturzes als wegen seiner Schnapstrinkerei. Und seiner Schneeberauschtheit. Er rückte noch näher an mich heran. Seine Lippen berührten fast meine Wangen, und ich roch seinen Schnapsatem.
Wie du aussiehst, sagte er plötzlich und schlug sacht auf meine Mütze, die sich inzwischen ziemlich durchnässt anfühlte.
Du erst, sagte ich und zupfte an seinem Palästinensertuch.
Mick senkte seinen Blick, sodass er das Muster des Tuches erkennen konnte, und fragte: Trägt das nicht dieser arabische ... na, wie heißt er noch?
Der Star vom Lippfeld trägt das, sagte ich.

Also, die Sache ist die, sagte Mick, Alex und ich hatten eigentlich schon alles hinter uns, waren startklar, ein super Kiosk mit allem, was du dir denken kannst, die Tür kein Problem, quasi ein Spaziergang irgendwo da draußen an den Gleisen, Europabrücke, Gladbeck-West. In der Kasse sogar noch eine Handvoll Münzen. Wir laden das Zeug in den Wagen, so was von professionell, du hättest Alexanders Opel sehen sollen, wie er mit jedem Karton, mit jeder Flasche Henkell Trocken und Edelkorn tiefer sank, irgendwann sagte Alex *stopp, der Wagen pflügt uns sonst den Asphalt auf, mehr geht nicht.* Mir schien, er übertrieb, wie auch immer, das Wichtigste hatten wir, abgesehen von den großen Süßigkeitengläsern, wo da so ein Zeug für zwei Pfennige drin ist, Kirschlutscher, Fruchtbonbons, Weingummischlangen, genau die Sachen, die ich immer unheimlich gemocht habe, und wäre Alex nicht mit seinem *Asphaltaufpflügen* gekommen, hätte ich die Gläser mit den Zwei-Pfennig-Kram natürlich eingepackt. Als hätte das irgendwas ausgemacht!
Mick reichte mir wieder die Flasche, und diesmal nahm ich zwei, drei Schlucke, schon weil es sonst kaum im Schnee auszuhalten war. Wir rückten noch dichter zusammen, und ich spürte Micks warmen Köper, sein glühendes Gesicht und seine Lippen. Ich dachte eine Sekunde, würde er jetzt nicht reden, liefe ich Gefahr, dass er mich mit seinen heißen Lippen überfiel. Insofern war es mir lieber, dass er redete.
Im Grunde war alles gelaufen, sagte Mick, der Rest ein Kinderspiel. Vom Dach des Kiosks leuchteten drei Plastikbäumchen, richtig hübsch, vorweihnacht-

lich. Mit Engelchen. Mir kam es vor, als schauten sie zu, wie Alex die letzten Kartons verstaute. Bist du so weit?, fragte ich. Im Radio lief *Go Your Own Way*, als wir losfuhren. Der Song war noch nicht zu Ende, als auf der Europabrücke ein Blaulicht auftauchte. Ganz irre, wie es plötzlich durch die Dunkelheit zuckte. Wie es Alex in Panik versetzte. Dabei war es nur ein Blaulicht. Ein Blaulicht, was heißt das schon? Kein Grund, durchzudrehen. Aber Alex fiel nichts anderes ein, als aufs Gas zu treten. Du kennst seine Starts. Seinen Stil. Jede Kurve ein halsbrecherisches Manöver. Und jetzt erst ging den Bullen auf, dass was nicht stimmte. Jetzt erst nahmen sie uns ins Visier. Weil ein Irrer durch die Nacht raste. Es dauerte nicht lang und das Blaulicht war hinter uns. Hätte ich Alex nicht angebrüllt, hätte ich nicht geschrien, dass er Scheiße baue und seine Raserei keinen Sinn mache, hätte er uns vor einen der Güterwaggons gesetzt. Nur um den Blaulichtern zu entkommen. Im Zweifelsfall also lieber Blaulicht als Güterzug. Ja, das war's dann. Vom Kofferraum bis zur Vorderbank glich unser Wagen einem überquellenden Getränkedepot. Irgendwie komisch fand ich, dass der erste Bulle sagte: Bitte, einmal aussteigen. Gerade so, als wären wir am Ziel unserer Reise und würden von ihm offiziell willkommen geheißen.

Oh Shit, sagte ich.

Shit für Alex, sagte Mick. Man darf eben keine achtzehn werden. Ich werde bei den Senioren Flure putzen oder auf dem Gemeindefriedhof Laub harken.

Hart!

Du sagst es, murmelte Mick und trank. Schleuderte

die leere Flasche in den Schnee: Es wird Zeit, zu verschwinden, once and for all.
Klar.
He, rief Mick, hieß der Typ nicht Arafat?
Wer jetzt?, fragte ich.
Der mit dem komischen Tuch, sagte Mick. Und nach einer Weile: Ist dir auch so heiß?
Jetzt, wo du es sagst, sagte ich und spürte tatsächlich, wie von innen eine wohlige Wärme meinen Körper durchströmte.
Weißt du, sagte er, ich glaube, wir bleiben für immer beste Freunde, was meinst du?
Ist halt Schicksal, sagte ich, auch wenn ich mir Schöneres vorstellen konnte, als mit Mick betrunken im Schnee zu liegen.

Unvollendete Reise

Normalerweise hätte mein Vater bis mittags gearbeitet, denn der Vierundzwanzigste war für ihn kein Feiertag, doch an diesem Morgen war er nach Bad Neuenwede aufgebrochen. Ich hätte ungern mit ihm getauscht. Das Radio gab fortlaufend Staumeldungen und Glatteiswarnungen durch. Ein ums andere Mal hatte er beim Frühstück betont, dass wir uns glücklich schätzen könnten! Warum wir uns glücklich schätzen konnten, hatte er nicht erklärt. Was für ihn zählte, war, dass wir die Weihnachtstage zusammen verbrachten. Niemand konnte wünschen, dass unsere Mutter Weihnachten mit Blick auf den verlassenen Kurpark erlebte.

Aus Sicht unseres Vaters hätten wir uns eigentlich immer glücklich schätzen können, denn es waren immer noch schlimmere Situationen vorstellbar. Und natürlich konnten wir uns glücklich schätzen, weil unser Leben trotz aller Widrigkeiten kein Elendsleben war. Wir mussten nur die Nachrichten einschalten, die von Hunger, Flucht und Unterdrückung berichteten. Wir konnten uns glücklich schätzen, weil wir in einem Haus wohnten, auf das keine Bomben fielen. Wir konnten uns glücklich schätzen, weil unser Vater einen VW Käfer fuhr, mit dem er, rein theoretisch, den Erdball umrunden konnte. Und natürlich konnten wir uns glücklich schätzen, weil wir genug zu essen und warme

Kleidung hatten. Weil wir nicht zur Bildungslosigkeit verdammt waren und keinem Irr- oder Aberglauben anhingen. Wir konnten uns glücklich schätzen, weil unser Vater nicht ohne Arbeit war und weil wir im Winter Schlittschuh fahren und im Sommer ans Meer reisen konnten. Eigentlich gab es mehr Gründe, sich glücklich zu schätzen, als Gründe, unglücklich zu sein. Vor allem konnten wir uns glücklich schätzen, weil Weihnachten war und wir einen Tannenbaum im Wohnzimmer aufgestellt hatten, den mein Bruder und ich schmücken würden. Ausnahmsweise. Im Auftrag unseres Vaters, der nach Bad Neuenwede unterwegs war.

Als Vorbilder hätten uns prächtige Exemplare aus der Nachbarschaft oder aus vorweihnachtlichen Prospekten dienen können. Allerdings reichte unser Ehrgeiz nicht so weit, die mehr oder weniger stilvollen Dekorationen zu übertreffen. Unsere Aufgabe konnte nur lauten, eine wie zufällig im Wohnzimmer stehende Tanne in etwas halbwegs Festliches zu verwandeln. Mein Bruder beschränkte sich darauf, größere Mengen Lametta über die Zweige zu verteilen. Ich klipste die elektrischen Kerzen an die Zweigspitzen. In einer grauen Schachtel schimmerte eine Glocke aus weißem Porzellan. Mit einer silbernen Christbaumspitze krönten wir den Baum. Dazu hörten wir *The Köln Concert* von Keith Jarrett. Zwischendurch sagte Paul: Keith Jarrett ist der einzige Pianist, den selbst die mögen, die eigentlich kein Klavier hören.

Fast wäre es angenehm gewesen, wieder einmal im eigenen Zimmer zu sein und Jimi Hendrix zu sehen, aber der Tag fühlte sich jetzt schon an, als werde er zäher als alle anderen Tage des Jahres. Die Radiostationen überboten sich darin, Weihnachtslieder, Klassikhits und White-Christmas-Geschichten zu senden. Dazwischen Wortbeiträge mit der Empfehlung, das Glück nicht allein im Materiellen zu suchen. Der Schnee war ein Trost. Unser Garten sah aus, als hätte jemand über ein tristes Stück Land eine Menge Daunen verteilt und damit auch den Komposthaufen in einen geheimnisvollen Hügel verwandelt.

Ich öffnete das Tagebuch und schrieb: *Der schlimmste Tag des Jahres fällt auf den 24. Dezember.* Vielleicht hatte mich schon die franziskanische Haltung infiziert, jedenfalls wusste ich nichts, was mir als Geschenk gefallen hätte. Mal abgesehen von einem Steinway. Ähnliches galt, in höherem Maße, natürlich für meinen Vater, dessen größtes Glück ein paar Walnüsse im Winter 1944 gewesen waren. Sicher war auch die Stimmung meiner Mutter nicht ohne Weiteres durch Geschenke aufzuhellen. Meinem Bruder würde ich eine Schallplatte von Jacques Loussier schenken, die er hoffentlich noch nicht in seiner Sammlung hatte. Und von Yehudi Menuhin die *Unvollendete Reise*, die ich in der Buchhandlung König entdeckt hatte, was immerhin bewies, dass selbst zwischen Lippe und Ruhr Musikinteressierte lebten. Menuhin hätte sicher als spiritueller Geist zu den Franziskanern gepasst. Wie heikel es allerdings war, wenn man zu sehr auf Bedürfnislosigkeit setzte, zeigte der Preis des Buches: Die im weihnachtlich dekorierten Schaufenster leuchtende Menuhin-Autobiografie kostete 38 Mark.

Damit wäre sie als Geschenk nicht in Betracht gekommen. Doch dank Mick, den ich in der *Godden Stowe* getroffen hatte, verlor die Frage nach dem Preis ihre Bedeutung. Nach drei Gläsern Bier waren wir beschwingt die Lippestraße hinuntergegangen, bis rechts das Franziskanerkonvikt und links die Buchhandlung König aufgetaucht waren. Gemeinsam hatten wir uns das Cover angeschaut, auf dem Yehudi Menuhin Geige spielte. Menuhin, was für ein Name, sagte Mick. Lebenserinnerungen, las er. Weißt du, meinte er, eines Tages werde ich auch meine Lebenserinnerungen schreiben. Bin schon gespannt, sagte ich. Vielleicht leihst du mir das Buch später mal, sagte er, als Anregung. Dann verschwand er in der Buchhandlung. Tauchte nach einigen Sekunden auf der anderen Seite des Schaufensters auf. Dass er mir durch die Scheibe winkte, war offenbar als Demonstration seiner Gelassenheit gedacht. Ganz selbstverständlich beugte er sich vor und seine Finger griffen in Menuhins Gesicht. Wahrscheinlich überschlug Herr König gerade seine Einnahmen aus den Bestsellern, die am Eingang als Stapel aufragten. Draußen legte Mick seinen Arm um meine Schulter und zog mich ein Stück vom Laden weg, ehe er mir das Exemplar übergab. Geige wäre nichts für mich, sagte er.
Mir kam seine Aktion mit einem Mal unglücklich vor. Oder genauer: meine Rolle dabei. Seitdem ich von der missglückten Tour mit Alex wusste. Seitdem wir am Bösen Berg im Schnee gelegen hatten. Ich konnte nicht wollen, dass jemand meinetwegen – oder wegen eines Buches – Risiken einging. Nie hätte ich geglaubt, dass

Mick sich, klug wie er war, in solche Schwierigkeiten brachte. Auch wenn Alexander die eigentliche Schwachstelle war. Mick hätte es gleichwohl wissen müssen. Ich brachte es nicht fertig, die Menuhin-Erinnerungen in Geschenkpapier zu wickeln, um sie meinem Bruder unter den Weihnachtsbaum zu legen. Lieber wäre mir gewesen, Mick hätte nicht ins weihnachtliche Schaufenster gegriffen. Sollte Menuhins *Unvollendete Reise* 38 Mark kosten und in der Buchhandlung König verstauben. Zugegeben: Es war paradox, sich Gedanken über ein Buch zu machen, das niemand vermisste.
Ein Blick zur Uhr verriet mir, dass noch nicht alles verloren war. Während ich das Buch einsteckte, war mir klar, dass es sich um einen Fall von Kopflosigkeit handelte. Von Aktionismus kurz vor Ladenschluss. Durch den Flur rief ich so laut, dass mein Bruder es nicht überhören konnte: Bin noch mal weg! Stürmte hinaus. Betrachtete es als Bestätigung meines Entschlusses, dass die gelbe Vestische gleichzeitig mit mir an der Haltestelle eintraf. Die Türen klappten hinter mir zu, und ich rang im leeren Bus nach Luft. Meine Aufregung erlaubte es nicht, mich während der Fahrt zu setzen. Als ich an der Lippestraße ausstieg, musste ich an die *Nur-für-heute*-Regeln denken, die Pater Burghard vorgelesen hatte. Es beruhigte mich, dass ein Außenstehender mein Vorhaben mit etwas Wohlwollen als gute Tat betrachten konnte, von der niemand erfahren würde. Vielleicht war die Rückführung Yehudi Menuhins aber keine gute Tat, sondern nur eine spontane Last-Minute-Aktion, die mich vor der Weihnachtsstarre bewahrte.

Wer noch in der Lippestraße unterwegs war, schien es eilig zu haben. Das Schaufenster der Buchhandlung strahlte nach wie vor im weihnachtlichen Glanz. Ein festliches Glitzern zwischen Romanen, farbigen Kalendern und Kunstbänden. Der Platz, an dem Menuhins *Erinnerungen* gelegen hatten, war leer. Zumindest glaubte ich, dass sich die Lücke, die mir beim ersten Blick auffiel, für das Buch eignete. Ich nahm mir Micks Gelassenheit zum Vorbild, während ich die Ladentreppe hinaufstieg.

An einem Tischchen mit Geschenkkarten stand Susannas Cousine Lisa, was mich in meinen Plänen nicht beeinflussen musste. Selbst wenn sie herschaute. Ich nahm mit meinem Exemplar Kurs auf die Auslage. Lisas Augen funkelten mehr grün als blau. Die Brauen zwei bleistiftdünne Linien.

Du schon wieder, sagte sie, auch wenn es meines Wissens länger her war, dass wir uns gesehen hatten.

Das Gleiche könnte *ich* sagen, sagte ich geistesgegenwärtig und beugte mich vor, um das Menuhin-Buch im Schaufenster abzulegen.

Bücher klauen, was?, fragte sie.

Eher das Gegenteil, sagte ich.

Wen willst du beeindrucken?

Höchstens mich selbst!

Wie bedauernswert, sagte sie.

Übrigens, sagte ich, frohe Weihnachten.

Werde nicht sentimental.

Ich *bin* sentimental.

Wir reden schon viel zu lange miteinander.

Ich hatte den Anspruch, das Buch so zu platzieren, dass jemand, der vor zwei Wochen an der Auslage vorbeigekommen wäre, keinen Unterschied bemerkt hätte und glauben konnte, es sei nichts geschehen. Leider leuchteten Albert Speers *Spandauer Tagebücher* in direkter Nachbarschaft. Was ich Yehudi Menuhin nicht zumuten wollte. In einer mir wahnwitzig, aber notwendig erscheinenden Akrobatik hob ich das Buch noch einmal an. Hievte es neben Herbert Gruhls *Ein Planet wird geplündert* und Saul Bellows *Humboldts Vermächtnis*. Vielleicht kein idealer Ort, doch akzeptabel, wie ich fand. Mehr konnte niemand verlangen.
Zum Glück hatte ich meine Rückführung abgeschlossen, als hinter mir eine Stimme *Guten Abend* sagte. Ich drehte mich um und blickte in Herrn Königs Gesicht, dem nicht anzusehen war, ob er etwas über den Geigenvirtuosen und seine *Unvollendete Reise* wusste. Er sah leidend aus, und ich bedauerte, dass ich zu den letzten Kunden oder Nichtkunden zählte, die ihn von einem frühzeitigen Weihnachtsfeierabend abhielten.
Merry Christmas, sagte ich so gefasst, wie es mir möglich war, und ging geradewegs an ihm vorbei zur Tür hinaus und die Stufen hinunter. Das Franziskanergebäude schräg gegenüber hatte etwas seltsam Vertrautes, und einen Moment schien mir, ich müsste, um nach Hause zu kommen, nur noch über das Salve-Mosaik gehen und Pater Alberts Pförtnerloge passieren. Aber mein Zimmer lag am anderen Ende der Welt. Ich schlug den Weg zur Bushaltestelle ein und nahm mir vor, an diesem traurigsten Tag des Jahres einen

Abend lang so zu tun, als sei ich im Einverständnis mit mir und dem, was außerhalb von mir existierte. Ein Kinderspiel. Eine Unmöglichkeit.

Ich wanderte schon lange

Ich nahm es als gutes Zeichen, dass unsere Mutter sich ins Wohnzimmer führen ließ, anstatt sich in die Schlafzimmerstille zurückzuziehen. Vorsorglich hatten wir Kissen herangeschoben und eine Decke bereitgelegt. Der Silberglanz in den Zweigen brachte den Weihnachtsbaum bestens zur Geltung. Da es schon dämmerte – wenn es überhaupt an diesem Tag richtig hell geworden war –, sah man die Lichterketten an den Tannen der Nachbargärten. Zwischen den Dächern ragte die Spitze der Lippfelder Kirche in unser Wohnzimmerfenster und schimmerte wie aus Messing. Unsere Mutter gab sich nicht der Nachgiebigkeit der Kissen hin, sondern saß aufrecht und etwas steif in der Art einer zu Porträtierenden.

Die Atmosphäre war perfekt, sofern man Lamettaglanz und Tannenduft mochte. Auf Wunsch unseres Vaters hatte mein Bruder die Weihnachtsschallplatte aufgelegt, die jedes Jahr am 24. Dezember ihre große Stunde hatte. Für Paul und mich war das, musikalisch gesehen, der Tiefpunkt. Wir verdrehten allerdings nicht die Augen und stöhnten nicht einmal auf, als der Knabenchor mit unvergleichlichem Schmelz *Stille Nacht* sang. Mir blieb es ein Rätsel, was die Lieder mit uns und unserer Welt zu tun hatten. Erst wenn die Sammlung durch war, durften wir etwas Klassisches oder unaufgeregte Jazzimprovisationen auflegen. Noch waren wir nicht so weit. Selbst wenn die Lieblingsplatte unseres Vaters irgendwann wie ein knisterndes Lagerfeuer klang, war nicht damit zu rechnen, dass er etwas anderes als *Die schönsten Weihnachtslieder* akzeptierte. Wer im hintersten Winkel des Plattenschranks suchte, fand einige LPs, die in dieser Hinsicht als gescheitere Versuche gelten konnten.

Unser Vater hatte vorgesorgt und eindrucksvolle Mengen an Lebkuchen, Nüssen und Zimtgebäck gekauft und alles auf flache Weihnachtsteller aus bunter Pappe verteilt. Es gab im Grunde nichts zu beanstanden, es sei denn, man hätte sich eine Stimmung mit echten Kerzen und Wachsduft gewünscht. Doch unser Vater zog seit je die elektrische Variante vor, wobei es zu seinen Lieblingsbeschäftigungen gehörte, uns zwischen den Feiertagen aus der Zeitung Meldungen über Wohnungsbrände vorzulesen, deren Ursache umgestürzte Weihnachtsbäume oder entflammte Adventskränze waren.

Auf dem Rückweg aus Bad Neuenwede hatte er eine Schüssel Kartoffelsalat mitgebracht, den Tante Marie für uns vorbereitet hatte. Dazu gab es Brühwürstchen und Löwensenf. Es war nicht das, was man ein Festessen hätte nennen können, doch hatte sich bei meinen Eltern die Auffassung durchgesetzt, dass der Heiligabend nicht dafür da sei, ihn mit Zubereitungen in der Küche zu verbringen. Der Kartoffelsalat hätte also bedeuten können, dass alles wie immer war. Beinahe. Wäre er nicht von Tante Marie gewesen und hätte unsere Mutter nicht dagesessen, als dürfe sie sich keinesfalls bewegen. Hätte jemand den Abend fürs Fami-

lienalbum dokumentiert, hätte er sie beliebig oft fotografieren können, ohne dass sich eine Aufnahme von der anderen unterschieden hätte.
So gut es ging, kümmerte unser Vater sich um die Aufgaben, für die sich sonst unsere Mutter verantwortlich fühlte. Wir unterstützten ihn ohne Übereifer. Habt ihr Besteck?, fragte er. Brauchen wir Servietten? Die Schallplatte war bei *In dulci jubilo* angelangt, und der Knabenchor sang gegen das Knistern an. Wie jedes Jahr gab es eine Flasche Söhnlein Brillant, auch wenn unsere Eltern höchstens ein halbes Glas tranken oder eigentlich nur nippten. Diesmal entschied unser Vater, dass Orangensaft für sie beide reichte. Ich erlaubte mir, den Sekt zu öffnen und Paul und mir aus der überschäumenden Flasche einzuschenken.
Wir stießen an und mein Vater sagte: Auf eure Mutter.
Auf euch, sagte Paul.
Ich wünsche uns allen ein frohes Fest, sagte unser Vater.
Wir tranken, und nur unsere Mutter schaute ungerührt zu den elektrischen Kerzen des Tannenbaums, als habe sie dort etwas entdeckt, was sie daran hinderte, ihren Blick abzuwenden.
Vielleicht trinkst du später einen Schluck, sagte unser Vater.
Na, komm, sagte ich zu Paul, dem ein wenig mehr Gelassenheit gutgetan hätte, und füllte noch einmal unsere Gläser.
Trinkt ruhig, sagte unser Vater, ist ja nicht alle Tage Weihnachten.
Ich sagte nicht: Ein Glück! Niemand musste fürchten,

dass ich durch unbedachte oder ironische Kommentare die Feststimmung gefährdete.
Wisst ihr eigentlich, sagte ich, dass ich mich nicht erinnern kann, je im Leben mehr Schnee gesehen zu haben?
Halt Winter, sagte mein Bruder.
Jemand hat behauptet, der Rhein werde zufrieren!
So schnell friert der Rhein nicht zu, erklärte unser Vater. Unsere Mutter bewegte leicht ihren Kopf, was man mit etwas gutem Willen als ein Nicken deuten konnte. Das letzte Mal, als der Rhein zugefroren war, sagte unser Vater in Richtung unserer Mutter, war Ben zwei oder drei. Bis Emmerich hinauf gab es eine einzige Eisdecke, und in Ruhrort waren Eisbrecher unterwegs. Das Tollste aber war, dass mitten auf dem Fluss eine Blaskapelle gespielt hat.
Wow!, sagte Paul.
Und eure Mutter erinnert sich auch!
Durchaus möglich, dass unsere Mutter sich erinnerte, doch hing ihr Blick ohne deutbare Regung am Weihnachtsbaum.
Ein anderes Mal war der Rhein zugefroren, als ich ungefähr neun war, im Krieg, sagte unser Vater.
Gut, das war ein anderes Kapitel. Es gab zu viele Themen, die sich nicht für diesen Abend eigneten. Unser Vater ging hinaus und kehrte mit einem Stapel gold- und rotglänzender Pakete zurück, um sie unter den Baum zu legen. Der Anblick konnte etwas wehmütig stimmen, wenn man daran dachte, dass der Geschenkeglanz früher für freudige Aufregung gesorgt hatte. Niemand erwartete Überraschungen und konnte verlangen,

dass sich unser Vater den Kopf darüber zerbrach, was er uns schenken sollte. Ich hatte ein paar Noten aufgeschrieben und Schallplatten, die vermutlich Paul besorgt hatte. Für unseren Vater hatte Tante Marie etwas eingepackt, das schon an seinem Platz lag und auch dort liegen bleiben würde. Bis in alle Ewigkeiten oder doch bis zum Dreikönigstag, wenn der Baum abgeschmückt und entsorgt würde.
Wir packten die Geschenke aus, nicht gerade mit Enthusiasmus, aber im Grunde freute ich mich auf die LP von The Alan Parsons Project und die Interpretationen von Glenn Gould.
Unser Vater fragte: Seid ihr zufrieden?
Klar, sagte Paul.
Mein Bruder konnte nicht wissen, dass seine Menuhin-Biografie wieder im Schaufenster der Buchhandlung König lag. Nun bekam er immerhin noch einen Live-Mitschnitt von Jacques Loussier. Wir würden das eine oder andere Stück im Laufe des Abends hören können, wahrscheinlich eher Bach als das in seiner Abgründigkeit nicht heiligabendtaugliche Album von The Alan Parsons Project.
Ich hatte das letzte Geschenk eben aus dem Papier gezogen, als unsere Mutter langsam ihren Kopf drehte und sagte: Das habt ihr schön gemacht. Sie hob ihre Hand, und als wir herschauten, sagte sie wie aus dem Nichts ein Weihnachtsgedicht auf. Wir alle kannten es. In der Schule jedenfalls gehörte es zum Repertoire dessen, was man auswendig zu lernen hatte, wenn ich auch nie über die ersten Zeilen hinausgekommen war: *Markt und Straßen stehn verlassen, still erleuchtet jedes Haus.*

Nach den letzten Worten saßen wir alle etwas betreten da. Unsere Mutter verstummte so rasch, wie sie sich zu ihrem Gedicht aufgerafft hatte. Es wirkte, als sei sie einem geheimen Befehl gefolgt, ohne selbst das geringste Interesse an dem Aufgesagten zu haben. Unser Vater nickte uns zu, und Paul sagte: Es gibt kein schöneres Gedicht. Mir gefiel besonders die Zeile: *Aus des Schnees Einsamkeit.* Wir stießen noch einmal an. Schauten zum Baum, der nichts dafürkonnte, dass Weihnachten war, doch auch er gab sein Bestes.
Die beiden Umschläge, die unser Vater im Auftrag unserer Mutter auf dem Tisch abgelegt hatte, waren für Paul und mich bestimmt. Ich hätte mein Kuvert lieber ohne Zeugen geöffnet, da es etwas Geschriebenes vermuten ließ, einen Brief, den man besser in der Stille seines Zimmers las. Auf dem Briefbogen, den ich hervorzog, fanden sich zwei handgeschriebene Absätze, nicht sehr lang. Der Autor: Theodor Storm. Ich überflog die Zeilen nur, da ich mich nicht für den Ernst der Sätze gewappnet fühlte, die, wie es im Titel hieß, an das jüngste Kind adressiert waren. *Ich wanderte schon lange*, so der Anfang. *Das Herz wird mir so schwer, du hast noch weit zu gehen, ich kann nicht weiter mehr.*
Ohne Kommentar faltete ich das Blatt zusammen und schob es ins Kuvert zurück, während meine Mutter unverändert in Tannenbaumrichtung sah. Vielleicht waren es tatsächlich die Lichter, die ihren Blick bannten, wobei nichts darauf hindeutete, dass der Lametta- und Kerzenschimmer sie rührte oder freudig stimmte. Ich blätterte in den Noten, die ich zwar kannte, doch es war eine mir sinnvoll erscheinende

Ablenkung. Sinnvoller, als gleichfalls zum Baum zu starren. Oder gerührt dem Weihnachtslieder singenden Knabenchor zuzuhören. Ich hütete mich, meinen Bruder nach seinem Text zu fragen, da ich fürchtete, es könnte genauso schwermütig sein wie das, was ich gelesen hatte. Immerhin rechnete ich es meiner Mutter hoch an, dass sie nicht allzu große Rücksicht auf das angestrengte Getue gab, denn wer solche Botschaften zu Weihnachten verschenkte, ließ sich nicht durch etwas Glimmer hier und etwas Glitzer dort beirren. Unser Vater, der sich für einen unbestechlichen Vernunftmenschen hielt, brachte es nicht fertig, die Christbaumseligkeit so sachlich zu betrachten wie andere kirchliche Rituale, die er als *Zinnober* oder *Humbug* abtat. Ich wollte glauben, es sei die einzige Sentimentalität, die er sich aus der Kindheit herübergerettet hatte. Auch wenn er keine Geschenke annahm. Am Ende feierten wir diesen Abend vor allem für ihn. Wir aßen Tante Maries Kartoffelsalat, tranken Söhnlein Brillant und sagten, sofern wir überhaupt sprachen, Dinge, die freundlich klangen und niemand missverstehen konnte.

Nach dem dritten Sekt hellte sich meine Stimmung etwas auf, und ich erzählte ein paar Geschichten aus dem Konvikt, auch wenn mich niemand danach gefragt hatte. In Bad Neuenwede zumindest hatte meine Mutter sich nach dem Essen erkundigt. Dass in der Klosterküche ein Emailleschild mit dem Motto *Den Glauben genießen* hing, brachte alle zum Staunen. Höhepunkt meines Berichts war zweifellos mein Orgelspiel vor den Patres. Versuchsweise beschrieb ich den

imposanten Klang der d-Moll-Toccata im Kirchenschiff. Mein Bruder warf ein: Manche bezweifeln, dass sie von Bach ist.
Toll, toll, toll, sagte unser Vater.
Na, sagte ich, stellt euch vor, ihr müsstet dreimal am Tag beten. Und überall, wo ihr hinschaut, hängt ein Heiliger.
Leise sagte unsere Mutter: *Die* Zeit geht auch vorbei.
Eure Mutter ist sehr glücklich, von euch so viel Gutes zu hören, sagte unser Vater.
Nun musste auch mein Bruder noch etwas über sein Studium erzählen und über seine Tätigkeit als WM, was, so Paul, die Kurzform für Wissenschaftlicher Mitarbeiter sei. Als WM habe er die Möglichkeit, zu forschen und eine Doktorarbeit zu schreiben.
Eine Doktorarbeit, sagte unser Vater halblaut und schüttelte ungläubig seinen Kopf.
Ich bin jetzt sehr müde, sagte unsere Mutter so tonlos und mit solch abwesendem Blick, dass unser Vater sich ihr sogleich besorgt zuwandte.
Sie ließ sich aus dem Polster helfen und ging mit langsamen, etwas unsicheren Schritten, aber ohne weitere Unterstützung auf die Tür zu, die unser Vater für sie öffnete. Im Türrahmen drehte sie sich noch einmal um und sagte: Danke, dass ihr euch so viel Mühe gebt.
Mein Bruder hob abwehrend die Hände, als wollte er sagen: Es ist nicht der Rede wert. Unser Vater fügte hinzu: Nichts ist wichtiger, als dass wir zusammen sind. Schon das ist ein Glück.
Alles, was wir sagten, konnte so klingen, wie es, wäre es nicht Weihnachten gewesen, nicht hätte klingen kön-

nen, ohne peinlich zu sein. Paul und ich schauten zur Tür, die unser Vater behutsam hinter sich und unserer Mutter schloss.

Als wäre der Abend noch zu retten, zog ich in aller Kühnheit die Alan-Parsons-LP hervor und erklärte: Ich brauche mal eine Weihnachtspause.

Na klar, sagte Paul.

Ich suchte gleich die Stelle, an der *The Raven* begann, ein Titel, wie ich ihn bis dahin in seiner Mischung aus sinfonischer Fülle und elektronischen Arrangements nicht gehört hatte. Es war, ganz nebenbei, eine musikalische Umsetzung des Poe'schen Rabengedichts. Großartig und zugleich ernüchternd, wenn ich an die Crazy Hearts dachte, die technisch weit davon entfernt waren, solche Klanghorizonte zu erkunden.

Und?, fragte ich.

Es war Weihnachten, und Paul konnte nichts anderes sagen als: Wahnsinn!

Wir hörten auch die zweite Seite, solange unser Vater nicht zurückkam. Die Sektflasche war leer, und es hätte mich gewundert, wenn unser Vater angesichts seiner allseits bekannten Genügsamkeit eine zweite gekauft hätte. Wir schauten in den Kühlschrank und fanden zwei Flaschen Bier, immerhin. Im Schlafzimmer war es still. Paul horchte an der Tür. Schob sie vorsichtig auf. Im einfallenden Licht sahen wir, dass unser Vater neben unserer Mutter auf dem Bett eingeschlafen war. Er hatte es nicht einmal geschafft – an sich eine erschütternde Feststellung –, seine Kleidung abzulegen und seinen Pyjama anzuziehen. Mein Bruder schloss die Tür, so leise es ging. Wir kehrten zurück ins Wohnzimmer, öffneten die Bierflaschen und stießen an. Auf den Lamettabaum mit Porzellanglocke und Christbaumspitze. Über unsere Mutter verloren wir kein Wort. Und keins über ihre Briefe. Keins über unseren Vater, dessen Erschöpfung offenkundig war. Wir saßen da und warteten, dass es Zeit würde, sich schlafen zu legen. Vielleicht warteten wir darauf, dass die elektrischen Kerzen am Weihnachtsbaum erloschen, was wir als Zeichen hätten deuten können, dass der Abend zu Ende war und wir es auch dieses Jahr geschafft hatten.

Kirschfeuer

Während sich Nachthimmel und Garten das Zimmerfenster teilten, hörte ich immer noch die Stimmen des Knabenchors. Eingängigkeit konnte man den Melodien nicht absprechen. Kaum an Einprägsamkeit zu übertreffen war der Refrain von *We Wish You a Merry Christmas.* Das Lied kam selbst bei meinem Vater gut an, der zwar kein Englisch sprach, aber sicherlich die Botschaft vom *figgy pudding* verstand. In jedem Fall war es ein Kontrast zur *Stillen-Nacht*-Stimmung. Wie gut, dass ich die Vorhänge offengelassen hatte, sodass wir, Jimi Hendrix und ich, in die verschneite Gartenlandschaft blicken konnten. Die Schattenmorellen trugen so viel Schnee, dass man hoffen durfte, sie brächen unter der Last zusammen und bescherten uns einen Juli ohne Sauerkirschen.

Der Gedanke an Juli gefiel mir. Aus der Not heraus sprach ich ein paar Sätze in die Stille des Zimmers. Für wen auch immer. Für die Nachtgeister oder für den besten Gitarristen aller Zeiten. Als gäbe es eine Chance, gehört zu werden. Natürlich bedeutete Juli zuallererst einen Himmel voller Licht. Schattenlosigkeit über dem blauen Becken des Freibads. Schlagerspielende Kofferradios auf der Liegewiese und vom Wind verblätterte *Bravo*-Hefte. Wassereis, für das man anstand. Spurts zum Beckenrand und mehr oder weniger sehenswerten Kopfsprünge ins mehr oder weniger kalte Wasser. Wie einfach, dachte ich, wäre es, meine Mutter hätte ein krankes Herz. Ein krankes Herz konnte vieles erklären. Dass jemand ruhig dasaß. Schwieg. In sich gekehrt blieb. Jede Art von Aufregung vermied. Aber wer kein krankes Herz hatte und schweigend die Lichter am Weihnachtsbaum ansah, wirkte unerreichbar. Litt unter etwas Unerklärlichem.

Gegen Schweigen half auch keine Medizin. Jedenfalls nicht die, die meine Mutter in ihren Schränken gehortet hatte. Schachteln mit Namen, die niemand länger als zwei Sekunden im Gedächtnis behalten konnte oder wollte. Wenn es etwas gab, worauf sie ihre Energie verwandt hatte, dann auf die Organisation ihrer Vorräte. Ich wusste nicht, ob ich sie ein ums andere Mal rettete oder in den Abgrund stürzte, wenn ich ihre Depots aufstöberte. Damit war es vorbei. Hilfe war in Sicht. Dank Dr. Burmann und des einzigartigen Kurparks, in dem die Bäume Namen trugen. Dank eines akribischen Medikamentenplans. Dazu gehörte ein Kunststoffkästchen mit sieben mal vier Fächern voll bunter Tabletten, die wie glasierte Linsen aussahen.

Man hätte die Schattenmorellen von ihrer Schneelast befreien können. Mit ein paar Axthieben. Auch wenn ich kein Freund der Axt war, die unter der Kellertreppe stand. Ich sah mich nicht axtschwingend in den Garten rennen. So wenig wie ich amokläufergleich ins Internat stürmen würde, um den hölzernen Franziskus in einen Trümmerhaufen zu verwandeln oder Schrecken in den Klosterzellen zu verbreiten. Ich würde nicht das Abendmahlgemälde im Speisesaal mit wuchtigen Schlägen von der Wand holen. Was konn-

ten die Apostel dafür, dass ich keine Schattenmorellen mochte? Keine versteckten Medikamentenschachteln? Keine Gebete?
Ich gestand mir ein, dass es nicht Freude war, die mich seit Wochen zu einem irrwitzigen Pensum am Feurich trieb. Nichts war heilsamer, als die Gedanken zu löschen. Das Üben glich einem endlosen Sturz durch rasende Läufe. Durch Abende. Und Nächte. Nur die Rechte durfte hin und wieder pausieren. Wenn ich Glück hatte, fand ich den Mond im Dachfenster. Erkannte Pater Vincent im Halbdunkel und fragte mich, ob er es war oder eine Schimäre. Es kam vor, dass es hell wurde, wenn ich mein Programm beendete. Schlafwandlerisch die Treppe hinunterstieg, um meine Schultasche zu holen und mich in den Elendsbezirk zu verabschieden. Jimi Hendrix verstand, dass ich im Rausch und in der Sorge um meinen vierten Finger lebte. Vor allem teilte er mein Desinteresse für alles, was nicht Musik war. Unser Spiel schuf eine trostreiche Ortlosigkeit. *It doesn't matter where you live if you live in music.*
Bis Juli war noch Zeit. Unvorstellbar viel Zeit. Irgendwann würden die Schattenmorellen wieder blühen. In ihrem unirdischen Weiß. Nichts war so sicher wie die Sauerkirschernte. Nur wir, die wir als Kinder zwischen den Bäumen herumgehüpft waren, kehrten nicht zurück. Wir, die wir uns Kirschen, die im dunkelsten Rot leuchteten, in den Mund geschoben hatten. Ihr Saft würde nicht mehr wie Blut auf unsere T-Shirts tropfen und unsere Finger bis in die Poren färben. Wir würden keine Grimassen mehr schneiden, wenn sich

die Schleimhäute unter der Kirschsäure zusammenzogen. Nicht in die Zweige greifen, um uns wieder und wieder mit Schattenmorellen zu versorgen. Sie nicht um die Wette verschlingen oder ihr schwärzliches Fleisch mit angewiderter Miene ausspucken. Vickie allerdings war gefeit gegen die Schattenmorellensäure. Ich gönnte ihr die alten Triumphe. Gönnte ihr die phänomenalen Siege im Sauerkirschenessen. Am Ende hatte sie gerufen: Ein Kirschfeuer lodert in meinem Bauch! Wenn meine Mutter, leichthin und heiter, in den Garten sah und uns entdeckte, schüttelte sie den Kopf. Saft rann von unseren Mundwinkeln herab. Wir waren gefräßig. Sonnenhungrig. Und unsterblich. Nie endeten unsere Sommer, und wenn doch, kamen neue Sommer.

Schneemorgen

Es hatte wieder zu schneien begonnen. Der Himmel hing so tief, als müssten die Firste ihn tragen. Der Kirchturm gehörte den Wolken. Alle Wege mündeten im Grau. Die wenigen Autos, die man sah, glitten im Schritttempo vorbei. Das angeschmutzte Weiß der Vortage schimmerte unter einem zarten Schleier aus Neuschnee hervor.

Wie hielten in alle Richtungen Ausschau, während der Schnee als feines Gespinst auf uns herabwehte. Obwohl Herrn Jablonski so gut wie nichts entging, hatte er meine Mutter, als sie das Haus verlassen haben musste, nicht gesehen. Die Lage wäre ganz und gar undramatisch gewesen, hätte sie ihren frühmorgendlichen Spaziergang angekündigt. Mein Vater allerdings war neben dem leeren Bett erwacht. Mehrmals wiederholte er, dass das Bett plötzlich leer gewesen sei. Natürlich hatte er im Haus und im Garten nach ihr geschaut. War die Bonifatiusstraße entlanggelaufen und hatte Herrn Jablonski an dessen Gartentor angetroffen. Und Vickies Vater, der an seinem alten Mercedes schraubte, aber auch er hatte meine Mutter nicht gesehen.

Auf den nahen Feldern sah man Krähen, die in Scharen aufflogen und ein schauriges Geschrei in die Schneeluft schickten. In einigen Bäumen saßen sie in solcher Menge, dass man glaubte, es sei eine schwarze Belaubung. Außer Paul und mir war kein Mensch so früh

im Bruch unterwegs. Wir kamen zur Brücke, die über die Becke führte. Eis hatte sich an den Bachbiegungen gebildet, wo das Wasser flach war und träger floss. Zwischen den Schichten, die wie brüchiges Glas wirkten, sprudelte das Wasser kristallklar hervor.
Wir gingen noch bis zur nächsten Wegkreuzung, obwohl wir nicht annahmen, dass unsere Mutter bis hierher gelaufen war. So weit man sah, erstreckten sich Felder in Weiß vor uns. Dazwischen ein beschneites Waldstück. Und die in weiten Mäandern durch die Schneeebene ziehende Becke. Silberpappeln ragten wie dunkle Flammen aus der Landschaft hervor.
Kennst du eigentlich Menuhins *Unvollendete Reise*?, fragte ich meinen Bruder, um nicht die ganze Zeit wortlos neben ihm zu gehen.
Ich habe darüber gelesen, sagte Paul.
Und?
Man weiß gar nicht, was er alles ist – Virtuose, Dirigent, Friedensstifter! Mit jedem Wort, das Paul hervorbrachte, stieg eine kleine Atemwolke vor seinem Gesicht auf.
Ja, genau.
Am Ende ist sie ins Dorf gegangen, sagte er.
Gut möglich.
Wir kehrten um und spürten den Wind im Rücken, sodass der Weg, selbst wenn er hügelan aus dem Bruch führte, etwas angenehmer war. Ich zählte nicht mit, als die Kirchturmuhr schlug. Wir waren gegen halb neun aus dem Haus gegangen und etwa eine halbe Stunde unterwegs. Es war die Zeit, in der sich die ersten Lippfelder auf ihren morgendlichen Kirchgang vor-

bereiteten. Als wir an den letzten Pappeln vorbei waren, kam jemand winkend von der Landstraße auf uns zu. Es war Herr Jablonski. Wir beschleunigten unseren Schritt. Dass er ziemlich aufgeregt gestikulierte, musste nicht mehr bedeuten, als dass er in der kontrastlosen Weite gesehen werden wollte. Doch er hörte auch dann nicht auf zu winken, als wir mit Handzeichen signalisierten, dass wir ihn erkannt hatten. Während er nach Atem rang, hatte er Mühe, Satz für Satz verständlich zu Ende zu bringen. Ich war bereit, es für eine gute Nachricht zu halten, dass unsere Mutter gefunden worden war. Allerdings schienen die Umstände nicht so, dass man Entwarnung geben konnte. Im Gegenteil. Man habe sie im Schnee entdeckt, sagte Herr Jablonski. Im Schnee, wiederholte er. Hinter den letzten Häusern der Landstraße. Am Ortsausgang. Womöglich sei sie an der Böschung gestürzt. Ihre rote Stola habe man leuchten sehen. Wie lange sie dort gelegen habe, könne er nicht sagen. Er sei zum nächstgelegenen Haus gelaufen, um den Krankenwagen zu rufen. Ob wir das Blaulicht nicht gesehen hätten? Unser Vater sei mit in die Klinik gefahren. Alles sei, Gott sei Dank, sehr schnell gegangen. Aber er wisse nichts Genaueres. Er wisse überhaupt nichts. Es sei kein guter Morgen.
Wir überquerten zu dritt die Landstraße und bogen zur Siedlung ein. Auf der Bonifatiusstraße kam uns Herr Peller mit seinem Hund Pedro entgegen, den man von Weitem schon an seinem humpelnden Gang erkannte. Er hatte nur drei Beine. Herr Peller humpelte zwar nicht, ging allerdings stark gebeugt, und sicher

war es für ihn nicht unbedenklich, bei Schneeglätte das Haus zu verlassen. Er trug eine ausgeblichene Wollmütze und einen grauen Mantel, in dessen Ausschnitt man den gerippten Stoff seines Unterhemds sah.
Guten Morgen, Herr Peller, sagte Herr Jablonski.
Herr Peller zog die Hundeleine straffer, obwohl nicht zu erwarten war, dass sein Hund Reißaus nehmen oder uns anfallen würde.
Haben Sie etwas gesehen?, fragte Paul.
Was sollte ich gesehen haben?, fragte Herr Peller.
Ich sagte: Unsere Mutter.
Ich weiß nicht genau, ob es eure Mutter war, sagte er, denn es war noch dunkel, doch ich will nichts ausschließen. Pedro und ich unternehmen unseren ersten Gang um fünf.
Das ist ein paar Stunden her, sagte Herr Jablonski.
Sie hat jedenfalls nicht gegrüßt, sagte Herr Peller.
Hätte Sie das nicht wundern müssen?, fragte Herr Jablonski.
Warum hätte es mich wundern müssen?
Selbst wenn es Herrn Peller gewundert hätte, hätte er unsere Mutter schlecht fragen können, warum sie ihn nicht grüßte oder was sie so früh am Morgen draußen anstellte. Es war niemandem verboten, um fünf durch die Straßen zu laufen. Auch ohne Hund.
Gehen wir, sagte mein Bruder.
Meldet euch, wenn ihr Hilfe braucht, sagte Herr Jablonski, als wir das Gartentor erreichten. Solange unser Vater in der Klinik war, blieb für uns nichts anderes zu tun, als zu warten.
Frühstück?, fragte Paul. Ich nickte, auch wenn mir

nicht sehr viel an einem Frühstück gelegen war, schon gar nicht an einem Tag, an dem es nicht richtig hell wurde, die Kirchenglocken läuteten und unsere Mutter einfach in den Schnee lief. Der Christusdorn, der blütenlos auf der Fensterbank stand, streckte seine silbrigen Spitzen ins matte Morgenlicht.

Aus dem Flur klingelte das Telefon, und mein Bruder fragte: Gehst du?!

Ich hätte ihm gern den Vortritt gelassen.

Natürlich spielte es keine Rolle, wer von uns an den Apparat ging. Es kam darauf an, auf alles gefasst zu sein. Vermutlich war es nur Tante Marie, die sich regelmäßig nach dem *Stand der Dinge* erkundigte. Oder jemand, dem daran lag, uns ein frohes Fest zu wünschen. Doch es war Rebecca. In Pauls Richtung signalisierte ich, dass es nichts von Brisanz sei. Jedenfalls nicht für ihn.

Was hältst du davon, wenn ich Silvester komme?, fragte sie und hatte nicht einmal Zeit für eine Begrüßung.

Hierher?

Wohin sonst?

Na ja, sagte ich, der Zeitpunkt ist irgendwie ... schwierig.

Oh, sagte sie.

Meine Mutter ..., sagte ich.

Wie geht es ihr?, fragte sie.

Die Sache ist die, dass hier im Moment niemand an ein großes Silvesterfeuerwerk denkt.

Als brauchten wir ein Feuerwerk!

Ich weiß, sagte ich.

So schlimm?

Schlimmer noch.
Tut mir leid, sagte Rebecca.
Aus der Küche hörte ich das Klirren des Bestecks und das klackende Geräusch des Toasters. Ich hätte sagen können: Heute ist der Tag der Krähen. Der dunklen Pappelflammen. Des verhangenen Horizonts. Der weißesten Wiesen und Felder. Der Tag, an dem meine Mutter in den Schnee ging. Ich sagte zu Rebecca: Meine Mutter musste ins Krankenhaus.
Drei, vier Sekunden hörte ich nur das Rauschen in der Leitung und glaubte zu spüren, wie sich Rebeccas anfänglicher Überschwang in Bedauern verwandelte. Ich schreibe dir, sagte ich, ohne zu wissen, was ich ihr schreiben sollte. Bei alledem war klar, dass sich der Wechsel von einem Jahr ins andere schlecht in Briefen feiern ließ. Als gemeinsamer Countdown. Doch irgendwie würde es uns gelingen, das Feuerwerk an verschiedenen Himmeln zu erleben. Sagte ich mir. So wie ich mir sagte, dass es nicht darum gehen konnte, die Dinge hinzunehmen, bis man sich endgültig mit allem arrangiert hatte und das Leben vertan war.
Es könnte ein dringender Anruf kommen, meldete Paul aus der Küche.
Rebecca sagte so leise, dass ich mich irren konnte, aber ich irrte mich nicht, denn ihre Stimme war plötzlich direkt in meinem Ohr: Ich wünsche dir, dass kein Tag jemals schlimm wird!

Tiefer Schlaf

Die Hand meines Vaters lag wie ein Fremdkörper auf dem Unterarm meiner Mutter. Wer die Narben und Furchen sah, wusste, dass seine Haut Wind und Wetter kannte. Sie war Sonne und Frost gewohnt. Es war eine wind- und wettergezeichnete Hand. Zwischen den Krankenhauslaken kam sie mir verloren vor. Wie ein verwaistes Tier. Was mein Vater in Richtung meiner Mutter murmelte, hörte sich nicht an, als machte es viel Sinn, jedenfalls verstand ich nicht, was er sagte, obwohl ich ihm gegenübersaß. Meine Mutter zeigte keinerlei Regung. Die Ärztin, die in einem blendend weißen Kittel im Gang vor uns gestanden hatte, hatte uns versichert, es sei nicht auszuschließen, dass meine Mutter für Eindrücke empfänglich wäre. Mir klang es eher wie eine therapeutische Äußerung, die meinem Vater mehr diente als meiner Mutter. Einstweilen behalf ich mich mit der Vorstellung, dass sie in einem tiefen Schlaf liege. Auch wenn ihr Zustand weniger dem einer Schlafenden als einer Bewusstlosen glich, die man nicht durch gutes Zureden oder sanftes Schütteln wecken konnte.
Etwas schade war, dass die Ärztin dreimal während ihrer Erklärungen auf ihre Uhr geschaut hatte. Wir fühlten uns dennoch zu Dank verpflichtet, da sie sich überhaupt Zeit für uns nahm. Dass sie, für die Notfälle die Regel waren, wenigstens tat, als gingen ihr

die Sorgen der Angehörigen nahe. Mein Vater sagte mehrmals, vielen Dank, Frau Doktor. Sicher hätte er sie auch mit Namen angesprochen, wenn er leichter zu merken oder weniger schwierig auszusprechen gewesen wäre. Auf dem Namensschild an ihrem Kittel stand gut leserlich: Dr. Helena Theodoropoulos. Vermutlich wirkte ihr Kittel so strahlend weiß, weil ihr Haar so schwarz war. Dicht und in der gesamten kräftigen Fülle zurückgekämmt und im Nacken mit einer goldfarbenen Haarklammer gebändigt. Sie hätte mit der Lieblingssängerin meiner Mutter, Nana Mouskouri, verwandt sein können.

Für Frau Dr. Theodoropoulos kamen äußere Einwirkungen nicht in Betracht, da weder Frakturen noch Prellungen erkennbar seien. Alles spreche gegen einen Unfall. Sogar die Polizei war am Unglücksort gewesen und hatte Anwohner befragt. Man konnte nur annehmen, dass meine Mutter, nachdem sie am frühen Morgen das Haus verlassen hatte, irgendwann in den Schnee gesunken war, ohne sich noch einmal aufzuraffen. Bis zu ihrer Entdeckung waren Stunden vergangen, in denen sie alle Stadien der Unterkühlung durchlaufen hatte. Sie atmete, auch wenn sonst nicht viel darauf hindeutete, dass sie lebte.

Während ich mit meinem Vater am Bett saß, wartete mein Bruder mit unserem Onkel Bertram im Gang. Vielleicht war unser Onkel auch ins Raucherzimmer gegangen, selbst wenn jeder vernünftige Mensch, egal ob Raucher oder nicht, es gemieden hätte. Mit Onkel Bertram am Krankenbett zu sitzen, wäre um einiges einfacher gewesen. Jedenfalls musste man bei ihm nicht

fürchten, dass er die Kontrolle verlor. Seit Bad Neuenwede gehörte mein Vater zu den Menschen, die ohne Vorwarnung aufschluchzen konnten. Dabei hatte er stets die Auffassung vertreten, dass es nicht schicklich sei, sich unkontrolliert seinen Gefühlen zu überlassen. Jetzt stürzte er uns mit seinen Gefühlsausbrüchen in Ratlosigkeit. Auch in schlimmsten Momenten musste es möglich sein, sich etwas Übermenschlichkeit abzuringen oder zumindest an die Unbeirrbarkeit eines jede Notlage meisternden Camelhelden zu denken.
Obwohl meine Mutter nicht auf die Worte meines Vaters reagierte, flüsterte er immer noch in ihre Richtung. So wie sie auf dem Rücken lag, konnte man denken, sie liege aufgebahrt. Sehr vorsichtig streckte ich meine Hand aus und berührte ihren Arm. Eine Geste, die nichts bewirkte, musste nicht sinnlos sein. Bestätigte einem allenfalls die eigene Hilflosigkeit. Als berühre man etwas Unbelebtes. Natürlich war ihr Arm wärmer als der einer Nichtlebenden. Von irgendwoher fiel ein Schatten auf ihr Gesicht und teilte es in eine hellere und dunklere Hälfte. Die hellere gefiel mir mehr als die dunklere. Etwas höher leuchtete der Monitor des Elektrokardiografen mit seiner sich unermüdlich aufbauenden Linie. In einer nervösen Schrift dokumentierte sie den Herzschlag meiner Mutter. Verriet, wie langweilig im Grunde die Arbeit eines Herzens war. *Memor Monitor* stand über der Zackenlinie. Rechts die rot leuchtende Zahl 105.
Ich musste meinen Blick gleich wieder abwenden, weil ich fürchtete, unter meiner fixen Betrachtung könnten die Ausschläge an Dynamik verlieren, bis am Ende nur

eine Waagrechte über den Bildschirm lief. Wenn man weniger genau hinsah, konnte man auch glauben, es handle sich um ein Gerät, in das sich ein Mikrofon einstöpseln ließ. Oder eine Gitarre. Ich fragte mich, ob ein solcher Gedanke zulässig sei. Aber was konnte ich dazu, dass er mir durch den Kopf ging? Dass alle Apparaturen sich mit ihren grauen Metallgehäusen und Reglern ähnelten? Ab sofort verbat ich mir, überhaupt etwas zu denken. Doch es war verdammt schwer, dazusitzen und einfach nichts zu denken. Es war einfacher, nichts zu empfinden. Vielleicht gab es eine Art Gefühlsohnmacht, die einen davor bewahrte, den Verstand zu verlieren.
Mein Vater presste seine Lippen aufeinander, während seine Hand über den blassen Unterarm meiner Mutter strich, und sah zu mir. Wie weit seine Verzweiflung reichte, wurde mir klar, als er halblaut fragte: Was denkst *du*?
Nie fragte mich jemand, was ich dachte, schon gar nicht in dramatischen Fällen. Und erst recht nicht mein Vater. Keiner erwartet ein verlässliches Urteil von mir. Man traute mir zu, dass ich die Revolutionsetüde spielte, an der richtigen Haltestelle aus dem Bus stieg und in die nächste Klasse versetzt wurde, aber man traute mir nicht zu, etwas Nennenswertes zur Bewältigung des Alltags beizutragen. Etwas Taugliches. Mir wäre gelegentlich etwas in den Sinn gekommen, allerdings fiel es meinem Vater schwer, mit Vorschlägen umzugehen, die nicht seiner eigenen Vorstellung entsprangen.
Ich sagte: Alle in der Klinik kümmern sich, so gut sie können.

Es war glücklicherweise ein Satz, der das Gesicht meines Vaters etwas aufhellte. Natürlich durften wir davon ausgehen, dass alle ihr Bestes gaben. Was am Ende geschah, lag außerhalb unseres Einflussvermögens.
Deshalb, sagte mein Vater, ist sie ja hierher verlegt worden.
Ich hätte ergänzen können, dass die Essener Klinik die beste weit und breit sei, so wie Dr. Burmann den Neuenweder Kurpark gelobt hatte. Doch wäre der Kurpark eine so heilsame Umgebung gewesen, wie Dr. Burmann behauptet hatte, läge meine Mutter jetzt vermutlich nicht in der Essener Uniklinik. Nüchtern betrachtet war es ein schlechtes Zeichen, dass sie vom Dorstener Elisabeth-Hospital nach Essen verlegt worden war. Es hieß nichts anderes, als dass man in Dorsten keine Chance mehr sah, ihr zu helfen. Leider war das Universitätsklinikum aus Besucherperspektive eine Katastrophe. Wo man ging, liefen Personen in grünen und weißen Kitteln wie aufgezogen an einem vorbei. Vor dem ersten Gespräch hatte man uns gebeten, in einem Gang zu warten, der so schmal war, dass uns nichts anderes übrig blieb, als uns in die Türlaibung zu drücken und unser unglückliches Dastehen immer wieder zu entschuldigen, wenn Pfleger vorbeieilten. Seither kämpfte ich gegen den Impuls, aus dem betriebsamen Gebäude zu fliehen. Selbst wenn auf irgendeinem Zimmer meine Mutter an Apparaturen hing, die ihren Herzschlag aufzeichneten.
Es kam mir wie eine Erlösung vor, als das Gesicht meines Bruders in der Tür erschien. Gern überließ ich ihm meinen Platz am Bett.

Im Vorbeigehen flüsterte Paul: Onkel Bert wartet vor dem Raucherzimmer.

Alles war mir lieber als die technische Linie am Monitor. Obwohl Onkel Bertram älter war als unser Vater, sah er jünger aus, was am Schnäuzer liegen musste oder an seiner Kleidung, zu der geblümte Hemden gehörten. Manchmal traf man ihn sogar mit Sonnenbrille. Nie hätte mein Vater eine Sonnenbrille getragen. Der gravierendste Unterschied allerdings war der, dass er einen BMW fuhr, nicht das neuste Modell, doch immerhin. Ich wusste, dass er in einem lichtdurchfluteten Bauatelier am Reißbrett arbeitete.

Er stand tatsächlich vor dem Raucherraum und sagte, während ich näher kam: Wenn man nur irgendetwas tun könnte!

Unsere Blicke wanderten in den verlassenen Raum, dessen Wände wie mit Exkrementen bestrichen aussahen. Das Fenster ging auf gleichförmige Fassaden, wobei es vermutlich keinen Unterschied machte, aus welchem Zimmer man hinausschaute, der Ausblick blieb gleich deprimierend. Onkel Bertram zog seine Zigarettenschachtel hervor, obwohl er offenbar eben erst eine Zigarette zwischen den welken Gewächsen eines Blumenkübels ausgedrückt hatte. Als Kind war ich öfter für ihn zum Zigarettenautomaten gelaufen. Du weißt, welche Marke, hatte er mir hinterhergerufen. Roth-Händle!, hatte ich zurückgerufen. Manchmal hatte ich 50 Pfennig fürs Zigarettenholen bekommen. Seitdem war Onkel Bertram mein Lieblingsonkel, ganz gleich ob die Benennung Sinn ergab, wenn man nur zwei Onkel hatte, von denen einer bereits verstorben war.

Onkel Bertram sagte: Wie lebenslustig deine Mutter sein konnte! Zog an seiner Zigarette. Seltsam, dass ich ausgerechnet jetzt daraufkomme. Früher habe ich sie oft begleitet. Als älterer Bruder, dem die Aufpasserrolle zufiel. Der sich darum kümmern durfte, dass keiner der Rockabillytypen ihr zu nahekam. Sie sollte ja nicht an *irgendeinen* geraten. Bestimmt findest du das heute komisch. Es war auch damals schon komisch. Doch kaum ging sie allein aus, traf sie deinen Vater. Damit war ich meine Rolle los. War mir recht. Hast du eine Freundin? Natürlich hast du eine Freundin. Was ein Glück! Freundschaften sind am Ende das Einzige, was zählt.

Ich tat, als leuchteten mir seine Ausführungen ein, speziell die zu Freundschaften. Dabei dachte ich daran, dass mein Onkel selbst nicht verheiratet war. Aber klar, bestimmt hatte er eine tolle Freundin. Doch wer in seinem Alter eine tolle Freundin hatte, hätte sie früher oder später geheiratet. Wahrscheinlich fand er Beziehungen einfach langweilig. Und obwohl er nicht verheiratet war, war der Ring, den er trug, auffälliger als der Ehering unseres Vaters. Sicher hätte Onkel Bertram am liebsten wie George Harrison ausgesehen, hatte sich dann allerdings für den Stil eines deutschen Schlagersängers entschieden, weil das Verlangen, von allen gemocht zu werden, stärker war als der Wunsch zur Rebellion. Dass er seine Haare eine Zeitlang länger trug, kommentierte mein Vater gern mit dem Satz: *Der* mit *seiner* Frisur! Und meine Mutter konterte: *Du* mit *deiner* Frisur! Zu irgendeinem Geburtstag hatte er ihr eine Single von Bill Ramsey geschenkt, die den unfassbaren Titel trug: *Wumba-Tumba Schokoladeneisverkäufer*. Das Lied klang genauso, wie der Titel befürchten ließ. Ich tippte darauf, dass sich keine Frau zur Heirat mit ihm bereitfand, weil sein Musikgeschmack so abenteuerlich war.

Deine Mutter, sagte Onkel Bertram mit Blick zum Fenster, war eine tolle Tänzerin, ein wahres Talent. Leicht wie eine Feder. Sie tanzte so gut, dass selbst ein schlechter Tänzer mit ihr zu einem guten Tänzer wurde. Ich spreche von deinem Vater. Er war das Gegenteil. Nur durch sie gelang es ihm überhaupt, etwas zustande zu bringen, was man Tanzen nennen konnte. Paradox eigentlich. Die beiden. Dein Vater, der Statische. Sie, die Dynamische. Eine Tänzerin heiratet einen Nichttänzer, wer weiß, ob das auf Dauer funktioniert ... kann ja auch passen, eine, die schwebt, und einer, der ruht. Ich hätte mir gewünscht, sie wäre Eiskunstläuferin geworden!

Meine Mutter hätte sagen können: *Gegensätze ziehen sich an*. Obwohl natürlich auch das Gegenteil galt. *Gleich und Gleich gesellt sich gern*.

Ich glaube, ich löse deinen Vater mal ab, sagte Onkel Bertram. Aufmunternd nickte er mir zu und räusperte sich vernehmlich. Seine Bronchien litten unüberhörbar, und der Husten, der sich aus der Tiefe löste, klang wie aus einer Roth-Händle-Lunge.

Da ich mir im Gang ziemlich verloren vorkam, ging ich ins leere Raucherzimmer, wo ich mir nicht besser vorkam, aber immerhin konnte man sich setzen und so dasitzen, als mache das Leben einen Sinn. Ein bisschen zumindest. Vermutlich musste man nicht einmal rauchen, sondern nur einige Male tief Luft holen, um seine Lunge mit Nikotin zu füllen. Eine mit Sand gefüllte Schale diente als Aschenbecher, aus dem die Zigarettenkippen wie eine Ansammlung braunweißer Maden hervorsah. Jemand hatte die Deckenleuchte eingeschaltet, da kaum Tageslicht durch die Scheiben fiel. Was man im schmutzigen Grau sah, war schwer zu unterscheiden. Fassaden aus Blech oder Beton und ein Gewirr aus Antennen. Weiter oben der Himmel oder was immer es war. Ich nahm mir vor, nicht an diesem Ort aus dem Fenster zu springen, und das war schon eine Beherrschung, die an die Grenze des Menschenmöglichen reichte.

Nulllinie

Der Anruf kam, als ich am Klavier saß und mein Vater immer noch nicht den Küchentisch verlassen hatte. Er hatte seine Kaffeetasse geleert und war vor der leeren Kaffeetasse sitzen geblieben. Die *WAZ*, die er sonst beim Frühstück aufblätterte, hatte er unangetastet liegen lassen. Auch mein Bruder hatte die Zeitung nicht aufgeschlagen, als habe unser Vater ein Vorrecht auf die unangerührte Zeitung. Vielleicht hatte unser Vater inzwischen das Radio mit dem Morgenmagazin eingeschaltet, und mein Bruder saß an seiner Doktorarbeit, mit der er uns alle erstaunte. Oder er dirigierte auf seinem Zimmer die Neunte Sinfonie Beethovens.
Als stehe fest, dass der Anruf nur unserem Vater gelten könne, überließen wir es ihm, ans Telefon zu gehen. Mir wäre es schwergefallen, an diesem Morgen, einem der letzten des Jahres, den Telefonhörer abzunehmen. Natürlich konnten es Onkel Bertram oder Tante Marie sein, die sich nach dem Zustand unserer Mutter erkundigten und uns ihre Unterstützung zusicherten.
Wir hörten, wie unser Vater seinen Namen sagte und wenig später verstummte. Stumm blieb, während am anderen Ende der Leitung gesprochen wurde. Je länger er stumm blieb, umso sicherer konnten wir sein, dass es Frau Dr. Theodoropoulos war. Wenn sie sprach, musste man auf alles gefasst sein, erfuhr es aber mit der sanftesten Stimme. Sowie sich Tag um Tag und

Stunde um Stunde die Situation meiner Mutter verdüsterte, kleidete sie alles in größere Sanftheit. Ohne jedoch die Fakten zu verklären. Umgekehrt wäre es allemal besser gewesen, eine Stimme frei von Mitgefühl, die jeden Tag erfreulichere Neuigkeiten verkündete.

Ich glaubte nicht ans Unmögliche und hoffte doch auf nichts weniger als ein Wunder. Unser Vater hielt den Hörer noch in der Hand, obwohl Frau Dr. Theodoropoulos schon aufgelegt haben musste. Er sagte: Eure Mutter ist heute früh gestorben. Seltsamerweise dachte ich als Erstes daran, dass sie nie wieder auf ihrem Schlafzimmerstuhl sitzen würde. Ich wusste nicht, ob eine Spur Trost darin mitschwang. Nie wieder würde die Trauer sie einholen.

Wir folgten unserem Vater ins Wohnzimmer und blickten eine Weile stumm auf den Teppich, der unter der schweren Polstergarnitur lag. Es gab keinen Ausweg aus den verwirrenden Ornamenten. Allerdings konnte man die Lage für weniger ausweglos halten als an den Tagen zuvor. Was mich überraschte. Denn es zeichneten sich – nicht auf der Stelle, aber am Horizont des Tages – Erfordernisse ab. Sofern wir nicht zu reglosen Gestalten zwischen Wandschrank und Gummibaum mutieren wollten. Tante Marie und Onkel Bertram waren zu benachrichtigen. Eine Fahrt in die Klinik vorzubereiten. Irgendwann würde unser Weg zu Herrn Berger führen, der die Tischlerei Berger & Söhne betrieb und für Bestattungsanliegen in Lippfeld zuständig war. Es gab Pflichten, die uns letztlich daran hinderten, auf dem Wohnzimmerteppich Wurzeln zu schlagen. Insgeheim fragte ich mich, ob es statthaft sei, in den nächsten Tagen Klavier zu spielen. Es war jedenfalls statthaft zu denken. Zu lesen. Und sicher würden wir das Nötigste einkaufen und abends zusammen am Tisch sitzen. Ich würde alles pianissimo spielen. Leises Klavierspielen war statthaft. Lautes Klavierspielen war unstatthaft.

Unser Vater umarmte uns, nachdem wir einige Minuten wortlos dagestanden hatten. In einem nicht ganz unkomplizierten Akt zog er uns an sich, und es fiel mir schwer, es einfach geschehen zu lassen. Mir kam es komisch vor, dass drei erwachsene Menschen sich umarmten, auch wenn es dafür einen Grund gab. In jedem Fall hatte die Geste etwas Vereinnahmendes, als würde ein zur Gemeinsamkeit verpflichtender Pakt geschlossen.

Das Telefon klingelte wieder, und da unser Vater keinerlei Anstalten machte, den Anruf entgegenzunehmen, ging ich nach kurzem Zögern in den Flur und nahm den Hörer ab. Es war Mick, womit ich nicht gerechnet hatte, wenngleich Silvester bevorstand und alle, die ich kannte, dabei waren, sich zu verabreden oder selbst die beste aller Feiern zu organisieren. Mick allerdings dachte noch nicht an Silvester, sondern rief: Wir sollten noch einmal rodeln, Alter!

Er konnte nicht ahnen, dass es keinen ungünstigeren Zeitpunkt für Verabredungen gab. Ich wusste nicht gleich, was ich sagen sollte, als wäre es nicht ganz taktvoll, ihn in seiner guten Laune mit der Nachricht vom Tod meiner Mutter zu konfrontieren.

Ich sagte leise: Du weißt es noch nicht ...

Doch! Wir werden das neue Jahr im Rausch begrüßen, sagte er.

... meine Mutter, sagte ich.

Zum Glück reichten die beiden Worte, um ihm die Dramatik begreiflich zu machen und die daraus resultierende Unmöglichkeit eines Treffens. Oder es war der Tonfall. Dabei hatten wir am Todestag seiner Mutter das *Fireball*-Album gehört, natürlich im Geheimen und so leise, wie nie ein Rockalbum gehört worden war. Ich legte es nicht darauf an, dass sich Mick in mein Zimmer schlich, damit wir am Tag des Todes meiner Mutter Deep Purple hörten.

Verdammt, sagt er leise, obwohl er sicher auf niemanden hinter sich Rücksicht nehmen musste.

Ich muss auflegen, sagte ich.

Du weißt, antwortete er, nobody leaves his best friend in misery.

Mach's gut!

Das ist jetzt nicht der Moment, um mit anderen zu telefonieren, sagte mein Vater, der vermutlich am Tonfall erkannt hatte, dass es Mick oder ein anderer Freund gewesen war. Die Stimmung verbat mir, seine Reaktion zu kommentieren. Dennoch setzte er nach: Dir sollte klar sein, was passiert ist!

Wir müssen uns darüber Gedanken machen, wie die nächsten Schritte aussehen, sagte mein Bruder.

Ist euch klar, was passiert ist?, rief unser Vater.

Man konnte nur hoffen, dass nicht noch jemandem einfiel, uns anzurufen. Mir half die Vorstellung, der Telefonhörer stehe unter Strom, sodass es sich nicht empfahl, ihn anzurühren. Was kein Drama war, da ich so oder so keine Neigung verspürte, mit jemandem zu sprechen. Rebecca einmal ausgenommen. Leider war unser Vater weit davon entfernt, sich zu beruhigen. Ich konnte nur, als Zeichen meines guten Willens, schweigend dastehen. Ich hätte auch das Atmen einstellen oder tot umfallen können, es spielte keine Rolle. Er, der angeblich gegen jede Unlogik gefeit war, tat, als würde ich, kaum dass ich vom Tod meiner Mutter erfuhr, mit aller Welt Treffen vereinbaren.

Wir stehen hier, sagte er zu Paul, und dein Bruder telefoniert!

Mein Bruder sagte: Wir könnten eine Liste für die nächsten Tage aufstellen.

Das kann nicht sein!, rief unser Vater.

Paul signalisierte, dass man nur abwarten könne, bis sich die Aufregung gelegt habe. Wenn sie sich jemals wieder legte. Mit einer impulsiven Bewegung wischte unser Vater die Obstschale vom Musikschrank. Der dichte Flor des Teppichs dämpfte den Aufprall, verhinderte aber nicht, dass das Glas zerbrach. Die Äpfel rollten in alle Richtungen davon, als seien sie durch den Schlag aufgeschreckt. Ohne ein weiteres Wort rannte unser Vater hinaus. Gleich darauf hörten wir die Haustür schlagen. Gern hätte ich gesagt, niemand solle bitte schön erwarten, dass ich die Scherben wegräume. Sollte mein Bruder oder die bald zu erwartende Verwandtschaft es tun.

Durchs Fenster konnten wir beobachten, wie unser Vater im Garten auf und ab lief. Im Hemd. Bei geschätzten minus fünf Grad. Immerhin ging er so schnell, dass er trotz der Kälte sicher nicht vor unseren Augen erfror. Die Schattenmorellen standen Spalier. Paul eilte hinüber zur Garderobe und griff den Wintermantel unseres Vaters. Wie gut, dass wenigstens einer mitdachte. Die Nerven behielt. Im Mantel konnte unser Vater so lange ohne Gefahr auf und ab laufen, bis der Tag in die Trübnis des Abends überging und der Abend in etwas Schemenhaftes, das sich Nacht nannte.

Da es ohnehin nichts Besseres zu tun gab, sammelte ich die Scherben auf. Entsorgte sie in der Abfalltonne. Wer nichts von der Glasschale auf dem Musikschrank wusste, vermisste sie nicht. Als ich wieder zum Fenster sah, stand Paul neben unserem Vater im Garten. Sie blickten stumm nach unten, als betrachteten sie den Schnee vor ihren Füßen. Tatsächlich hatte unser Vater seinen Mantel übergezogen. Ein gutes Zeichen. Es sah fast nach einer Wiederkehr der Vernunft aus.

Ich ging auf mein Zimmer, nickte Jimi Hendrix zu und zog mein Tagebuch hervor. Für jedes Unglück gab es einen Ort. Oder eine Umschreibung. Schön wäre ein Satz gewesen, der den Vorstellungen meiner Mutter nahegekommen wäre. Ich hatte gewusst, dass die Wellen des Elektrokardiogramms in die Horizontale übergehen würden. So wie die Nulllinie uns allen gewiss war, auch wenn die Patres eine Menge tröstlicher Gedanke bereithielten, als gäbe es am Ende ein Licht, auf das man zusteuern könnte. Dabei galt in Wahrheit doch nur das, was meine Mutter in dem simplen Satz zusammengefasst hatte: *Nach dem Tod kommt nichts.*

Fremdherrschaft

Tante Marie hatte von einem Tag auf den anderen die Regentschaft im Haus übernommen. Meine Cousine Heike assistierte ihr. Sie taten, als würden wir ohne ihre Hilfe die Kontrolle über alle praktischen Dinge des Alltags verlieren und womöglich nie wieder das Bett verlassen. Dabei war mein Vater der Erste, der aufstand. Als wären ihm die Räume zu eng geworden, ging er durch den Garten, dessen Wege er geräumt hatte, oder saß später auf der Verandamauer. Man hatte nicht den Eindruck, dass er Unterhaltung wünschte oder erwartete, dass sich jemand zu ihm setzte. Wenn Tante Marie ihm kurzzeitig Gesellschaft leistete, sprachen sie nicht, sondern schauten nur zusammen geradeaus. Als wäre der gemeinsame Blick in die Ferne ein Trost. Mir kam ihre Art des stummen Dasitzens indianisch vor. Erst wenn Tante Marie wieder aufstand – da sie etwas im Haushalt zu erledigen hatte –, gestattete sie sich, wie zufällig seinen Arm oder seine Schulter zu berühren.

Ich zog es vor, mein Zimmer nicht zu verlassen. Bei Jimi Hendrix und der stillstehenden Kuckucksuhr zu bleiben. Bei meinem Radiorekorder, auf dem ich abwechselnd Mahler und Pink Floyd hörte, Queen und Chopin, obwohl die Melancholie meiner Stimmung nicht bekam. Das Tagebuch lag griffbereit. Als könnte ich jederzeit in die Lage kommen, in eine Form von

Mitteilungsfähigkeit zu geraten. Wenn ich an meine Mutter dachte, fielen mir automatisch Aussprüche ein, die ich im Tonfall ihrer Stimme hörte. Ich hätte eine Liste ihrer einprägsamsten Sprichwörter anlegen können, gut, über die Reihenfolge ließ sich streiten, aber in jedem Fall gehörten dazu: *Der Klügere gibt nach. Hochmut kommt vor dem Fall. Wer im Glashaus sitzt, sollte nicht mit Steinen werfen. Lügen haben kurze Beine. Jeder ist seines Glückes Schmied.*

Im Grunde war es raffiniert, der Welt mit Sprichwörtern zu begegnen. Wer so geübt darin war wie meine Mutter, konnte allem zustimmen oder widersprechen, ohne sich mit einer eigenen Meinung hervorzutun. Ich hatte gerade notiert *Ein Unglück kommt selten allein*, als es an der Zimmertür klopfte. Ehe ich auf den Gedanken kam, herein! zu rufen, sprang die Tür auf, und Heike fragte: Störe ich? Sie blickte unter ihrem blonden Pony mit einer Mischung aus Neugier und Spott in Richtung Schreibtisch, wo mein Tagebuch lag. Vorsichtshalber schlug ich es zu.

Ich dachte, du magst vielleicht einen Tee, sagte sie.

Es roch nach Hagebutte, und obwohl ich nicht an die wohltuende Wirkung ihres Früchtetees glaubte, murmelte ich *danke* und schaute geduldig zu, wie sie die dampfende Tasse am Schreibtisch absetzte. Knapp neben dem Tagebuch. Soweit ich mich erinnerte, hatte ich ihr noch nie einen Tagebucheintrag gewidmet. Dabei hatte es Situationen gegeben, die tagebuchwürdig gewesen wären. Allerdings konnte ich nicht mehr mit Gewissheit sagen, ob es sich um verlässliche Details oder unzuverlässige Erinnerungen handelte, wenn sie mir manchmal die Lippen hingehalten hatte. Als eine Art Kussmund, der mich jedes Mal vor Verlegenheit sprachlos gemacht hatte. Vor allem hatte es mich bestürzt, wie leichtfertig man eine solche Offerte unterbreiten konnte. Wenn es Angebote gewesen waren. Und keine Fehlinterpretationen meinerseits. Ich weigerte mich, zu glauben, dass unsere Lippen sich jemals berührt hatten. Zum Glück war sie heute rücksichtsvoll genug, mich in kein Gespräch zu verwickeln und das Zimmer ohne missverständliche Andeutungen zu verlassen.

Ich klappte das Tagebuch wieder auf und notierte in Gedanken an meine Mutter: *Reden ist Silber, Schweigen ist Gold*. Aus dem Radiorekorder klang immer noch Mahlers *Sinfonie der Tausend*. Es war ein bisschen kurios, ein so gewaltiges Werk aus einem so kleinen Gerät zu hören und dabei im Zimmer eines Hauses am Ende der Welt zu sitzen. Und Sprichwörter zu reihen, die in jedem Fall das Gegenteil von mahlerscher Ausuferung waren.

Wäre nicht mein Cousin Herbert vor dem Fenster aufgetaucht, hätte ich mein Tagebuch wahrscheinlich Seite für Seite mit mehr oder weniger tauglichen Lebensweisheiten gefüllt. Insgeheim musste ich ihm danken. Seine Ohren glühten, als seien sie kurz vor dem Entflammen. Entweder hatte er Gymnastik im Schnee betrieben oder einen Marathon hinter sich. Das Naheliegendste war natürlich, dass Tante Marie ihn zum Einkauf in den Ort geschickt hatte. Jedenfalls hielt er in der Hand eine weiße Plastiktüte aus der Dorfapotheke.

Da er winkte, winkte ich zurück. Eigentlich stand er altersmäßig meinem Bruder näher als mir. Dass er mit dem Zeigefinger gegen die Scheibe tippte, wirkte komisch. Wenn ich seine Geste richtig deutete, erwartete er, dass ich das Fenster öffnete. Vielleicht wollte er ein Kletterkunststück vorführen.

Ich tat ihm den Gefallen, sagte aber beim Öffnen: Unser Haus hat auch Türen.

Er reichte mir seine Tüte, ehe er die Hände auf die Fensterbank stemmte und sich durch die Öffnung schwang. Mit seinem Einstieg wirbelte eine Ladung Schnee ins Zimmer.

Sorry, sagte er und wischte etwas Nässe von seiner Jacke.

Was ich über Herbert wusste, wusste ich aus Familienberichten und Erzählungen Pauls, der unseren Cousin vor Jahren in Widenach besucht hatte. Allen war bekannt, dass er ein glänzender Schüler gewesen war. Mit dem besten Abitur, das es je an seinem Gymnasium gegeben habe. Immerhin studierte er inzwischen in Göttingen Mathematik, und ehe man sich über die Wahl des Studienortes hätte wundern können, erfuhr man, dass es die Wirkungsstätte von Gauß gewesen sei. Und sofern der Groschen immer noch nicht gefallen war, hieß es: das größte Mathegenie aller Zeiten.

Hübsch, sagte Herbert mit Blick zum Hendrix-Poster.

Langeweile?, fragte ich.

Er sah zur Tüte und sagte: Einer muss ja die Drogen besorgen.

Und sonst?, fragte ich.

Müsste ich ja dich fragen, sagte er.

Na, sagte ich, Silvester fällt jedenfalls aus.
Ich habe gehört, dass du toll Klavier spielst.
Gerüchte.
Er horchte einen Moment auf das Crescendo aus dem Kassettenrekorder, als käme ihm das Stück bekannt vor. Keine Ahnung, ob er sich für Mahler-Sinfonien interessierte oder sich nur in der Rolle des Musterschülers hervortun wollte.
Und, fragte ich, wie läuft's in Sachen Gauß?
Herbert lachte, und ich hatte den Eindruck, er könnte mir sogar sympathisch werden. Sympathischer jedenfalls als in den Berichten meines Bruders. Dass ihm Jimi Hendrix gefiel, war in jedem Fall ein Pluspunkt.
Schade, dass ihr eure Mutter nie begleitet habt, sagte er.
Wir stehen nicht so auf Weltreisen.
Na ja, wir haben auch ohne euch Spaß gehabt.
Siehst du.
Du hättest erleben sollen, sagte Herbert, wie unsere Mütter aus winzigen Gläsern Likör tranken. Und dazu Bill Ramsey oder Connie Francis hörten oder noch ältere Sachen wie *Am Tag, als der Regen kam*. Oder sogar *Love Me Tender* von Elvis. Einmal habe ich sie in unserem Wohnzimmer tanzen sehen. Ich hatte gar nicht gewusst, dass meine Mutter so etwas wie Freude kannte. Nach dem Tod meines Vaters. Aber in Gegenwart eurer Mutter lebte sie auf!
Schon am Vorabend hatte seine Mutter die letzten Aspirin aufgebraucht, die ich im Arzneischränkchen gefunden hatte. Mein Vater hatte darauf bestanden, dass Tante Henrike sich im Schlafzimmer einquar-

tierte, während er auf der Wohnzimmercouch übernachtete. Reisen über die Grenzen Widenachs hinaus sorgten bei ihr für Migräneschübe.

Catch you later, sagte Herbert und nahm seine Plastiktüte. Sicher warteten Tante Marie und seine Mutter schon auf ihre schmerzlindernden Mittel.

Als er hinaus war, probierte ich es mit Queen. Legte mich aufs Bett. Sah zur Kuckucksuhr. Dachte daran, Rebecca anzurufen. Und verwarf es. Unvorstellbar, im hellhörigen Haus ein paar Worte mit ihr zu wechseln. Ich hätte zur Telefonzelle laufen müssen. Ich hätte auch Mick nach dem Partytreff des Abends fragen können. Wenn es einen guten Zeitpunkt gab, sich zu betrinken, war es die anstehende Silvesternacht. In einem unruhigen Dämmerzustand träumte ich, dass Heike in einem schwarzen Kleid durchs Zimmer tänzelte. Auf der Spitze ihres Zeigefingers balancierte sie eine Sektflasche. In der anderen Hand hielt sie eine funkensprühende Wunderkerze. Der Korken löste sich mit einem Plopp, und aus der Flasche schleuderten die Töne der Revolutionsetüde. Bei genauerem Hinsehen verwandelten sie sich in kleine Münder, die auf- und zuklappten. Ich schreckte auf. Vor mir stand Onkel Bertram und sagte: Hoppla!

Ich hatte seinen BMW nicht vorfahren hören. Manchmal parkte er direkt hinter unserem VW in der Einfahrt, und wer an unserem Haus vorbeikam, musste denken, mein Vater habe seine Sparsamkeit aufgegeben und die Automarke gewechselt. Als wären wir von der Klasse der Kleinwagenfahrer in die der Mittelklassewagenfahrer aufgestiegen.

Keine Ursache, sagte ich.
Was für ein Tag, sagte Onkel Bertram und seufzte.
Der letzte des Jahres.
Wenn man nicht aufpasst, sagte er, kriegt man gleich einen Job von Tante Marie.
Er wandte sich den Schallplattenalben zu, blätterte darin. Fand eine Chuck-Berry-Platte und sagte: Meine Zeit.
Ich zog die LP aus der Hülle und legte sie für ihn auf.
Komm, sagte er, rauchen wir eine.
Noch nie hatte jemand – abgesehen von mir – in meinem Zimmer zu rauchen gewagt. Da es geradezu unhöflich gewesen wäre, an so einem Tag Onkel Bertram etwas auszuschlagen, ließ ich mich auf sein Roth-Händle-Angebot ein.
Probieren wir's, sagte ich.
Wir hörten zusammen *Johnny B. Goode* und schlugen ein bisschen mit dem Fuß zum Takt. Wenn mein Onkel nicht schon Technischer Zeichner gewesen wäre, hätte er sicher Psychologe werden können. Ein Psychologe, der nicht viel sprach, sondern nur dasaß und mit seinen Patienten Roth-Händle rauchte und Chuck Berrys *Greatest Hits* hörte. Gut, es konnten auch mal ein paar aufmunternde Worte oder ein hammerartiger Satz über das Leben fallen, ein bisschen musste man den Patienten bieten. Mir stieg ein leichter Schwindel zu Kopf, und eine heilsame Entspannung durchlief meinen Körper. Vermutlich ging es mir nur so schlecht, weil ich zu wenig geraucht hatte. Ich hatte einfach vergessen oder keine Gelegenheit gefunden, mir eine Zigarette anzuzünden, und seitdem war ich in eine mittelschwere Depression verfallen.

Go, go, go Johnny, go, sang Onkel Bertram und lachte, und ich stimmte in sein Lachen ein. Wir lachten lauter, als es angebracht schien. Und hörten erst auf, als Onkel Bertram zu husten begann. Aus der tiefsten Tonlage, die seine Lunge hergab.

Verrückter Text, sagte ich, und wir lachten erneut. Lachten so laut, dass der Kuckuck aus der Uhr sprang. Es war keine schlechte Idee, aufs Bett zu steigen und die Uhr aufzuziehen. So furchtbar sie war, gehörte sie doch zum Zimmer wie das Hendrix-Poster, wie der Kassettenrekorder oder die Fuchsie auf der Fensterbank. Und wie der Ausblick auf die Schattenmorellen, egal ob sie blühten, Früchte trugen oder schneebedeckt waren.

Bin gespannt, sagte ich, ob der Schnee liegen bleibt.

Ich könnte hier nicht leben, sagte Onkel Bertram, was ich ihm glaubte, auch wenn es kein Privileg war, in Obermarxloh zu wohnen, wo die Häuser grau und traurig waren und wie versprengte Bauklötze am Fuß gespenstischer Hochöfen standen. Es war eine Gegend, die selbst auf Farbfotos schwarz-weiß aussah. Und die Leute waren auch nur Schatten ihrer selbst, die mit ihren Hunden unter schweren Wolken über verrußte Wege gingen.

Ganz früher, sagte Onkel Bertram, lebten wir alle in *einer* Wohnung. Deine Großeltern, deine Eltern und ich. Wenn wir zusammen am Tisch saßen und dein Großvater unzufrieden war, weil dein Vater noch immer keine eigene Wohnung hatte, sagte der: Ich werde ein Haus bauen. Wir haben genickt und ihn für einen Träumer gehalten. Aber er war ganz versessen darauf,

ein Haus zu bauen. Gut, er war ja Maurer. Lag ja nicht so fern, als Maurer ein Haus zu bauen. Nur war klar, dass er in Hamborn kein eigenes Haus würde bauen können. So eins, wo man drumherum gehen kann. Ganz für die Familie. Das meinte dein Vater natürlich mit *Haus*. Nun ist das ja kein Traum mehr. Oder einer, der wahr geworden ist. Deine Mutter wäre vielleicht lieber in Hamborn geblieben. Doch sicher fand auch sie ein Haus mit Garten toll. Für euch, denke ich, war es sowieso das Allergrößte, zwischen Wiesen und Feldern herumzurennen, das kann ja gar nicht besser sein. Insofern hat dein Vater alles richtig gemacht.
Ich fragte: Was ist eigentlich dein Lieblingssong von Chuck Berry?
Onkel Bertram zog an seiner Roth-Händle und winkte ab: Ich kann wirklich auf ein Haus verzichten.
Wir rauchten die Zigarette zu Ende und hörten noch einen Chuck-Berry-Titel. Mit einem gequälten Laut richtete sich Onkel Bertram von der Bettkante auf.
Wir sehen uns, sagte er.
Jimi Hendrix hatte kein beiläufiges *So long* für meinen Onkel übrig. Mir schien, dass der weltbeste Gitarrist nicht allzu viel von ihm hielt, obwohl er mein Lieblingsonkel war und allerhand über das Leben wusste. Über Lippfeld jedenfalls waren wir uns einig. Ich würde bald zu den Franziskanern zurückkehren, die zwar auch in einer Art Scheinkosmos lebten, aber etwas von Chorälen und Toccaten verstanden. Über kurz oder lang würden sie mich zu ihrem Zweitheiligen ernennen. Mit einem Mal spürte ich – ganz grundlos – eine unsägliche Erleichterung. Ein Glück, das

mich durchströmte, ohne mir geheuer zu sein, das sich fremd anfühlte und eigentlich nicht in die traurige Tonart passte, die der Tag vorgab. Vielleicht war es die Ahnung oder die Gewissheit, dass mich nichts an diesem Ort halten konnte. Mit einem durch den Garten auf und ab laufenden Vater. Mit Kirschbäumen im Schnee. Schnapsseligen Freunden. Einem Himmel aus Schwermut.

Ich ging hinüber ins Wohnzimmer, wo der im Lamettaglanz stehende Baum schon erste Nadeln verlor, setzte mich ans Ibach und hämmerte *Roll Over Beethoven*. Immerhin gefiel meinem Onkel Chuck Berry, und selbst mein Cousin Herbert hätte mich gern einmal am Klavier gehört. Ich hämmerte die Bässe, bis die Saiten klirrten. Es musste mindestens so klingen, dass Chuck Berry Lust bekommen hätte, seinen Duckwalk aufzuführen. Ich wartete darauf, dass Tante Marie oder mein Vater zur Tür hereinstürmte. Mit Entgeisterung in den Gesichtern. Niemand stürzte herein. Nicht einmal Johnny B. Goode. Keiner wagte es, Streit mit einem Rock-'n'-Roll-Pianisten zu riskieren. Und niemand wusste so genau, ob es statthaft war oder nicht, an einem solchen Tag *Roll Over Beethoven* zu spielen. Aber warum sollte es weniger statthaft sein als ein Trauerchoral? Ich steigerte die Rhythmen, bis ich ein Pulsieren in den Fingerspitzen spürte, schlug den Klavierdeckel zu und wusste, es war Zeit, sich aus der häuslichen Obhut zu verabschieden.

Westkreuz

Ich musste nichts packen, kein Buch und kein zweites Hemd, unverzichtbar war nur mein Ausweis. Jimi Hendrix blieb mit seiner Gitarre zurück. *Bye-bye*, sagte ich im Hinausgehen. *Take care*, sagte er. *Until next year!* Vorsichtig zog ich Jacke und Schal vom Garderobenhaken. Durch das geriffelte Glas sah ich Tante Maries Schatten in der Küche. Vielleicht kochte sie den zehnten Hagebuttentee oder schälte Kartoffeln und briet Schnitzel, damit niemand vor Hunger umkam.
Ich kletterte über den Gartenzaun und machte mich auf der Rückseite des Hauses davon. Selbst Rufe meiner Tante hätten mich nicht aufhalten können. Da mein Aufbruch das war, was Mick *spontan* genannt hätte, hatte ich den Fahrplan der Vestischen nicht berücksichtigt und durfte froh sein, wenn in der nächsten halben Stunde ein Bus kam. Obwohl Wolkenschleier am Himmel hingen, blendete das Weiß der Umgebung. Für Sekunden knipste ich die Häuser aus. Als die Vestische herankroch, fühlte es sich wie ein kleines Wunder an. Ich nickte dem Busfahrer zu und dankte im Stillen, dass er mit einem fünfzig Fahrgäste fassenden Bus vorfuhr, um mich allein durch den Schnee in die nächste Stadt zu chauffieren. Nicht ganz allein. An der Haltestelle *Zur Linde* stieg Ralf zu, Micks Bruder. Eigentlich hatte jeder in Lippfeld, der über achtzehn war, einen Führerschein. Und meist

auch ein Auto. Wahrscheinlich für den Fall, dass man keine Lust hatte, auf die Vestische zu warten, falls man sich plötzlich entschloss, zu fliehen. Ralf war fast zwanzig und hatte weder einen Führerschein noch ein Auto.

Alter, sagte er und ließ sich neben mich auf die Bank fallen.

Mich interessierte so wenig, warum *er* am Silvesternachmittag Richtung Dorsten fuhr, wie ihn interessierte, warum *ich* am letzten Dezembertag Richtung Dorsten fuhr.

Scheiß Schnee, sagte ich nach etwa zehn Minuten, in denen wir überwiegend verschneite Felder und Wiesen passiert hatten.

Wir brauchen noch den Bericht, sagte Ralf.

Wahrscheinlich war mir anzusehen, dass ich nicht wusste, wovon er sprach.

Für Mick, sagte er.

Aha ...

Nur ein paar Sätze, sagte Ralf, damit klar wird, dass er kein hoffnungsloser Fall ist, du weißt schon, so einen Freund wie Mick findet man nicht so leicht. Das Ganze am besten mit Beispielen. Also wie er mal eine aus dem Nest gefallene Amsel gerettet hat. Das kann ich übrigens bezeugen. Auch wenn die Amsel später eingegangen ist. Schreib, wie unglaublich hilfsbereit er ist, leider trinkt er in letzter Zeit etwas viel, aber das ist ein anderes Thema. Du weißt, dass man sich hundertprozentig auf ihn verlassen kann.

Kann man, sagte ich.

Die Betreuerin verspricht sich einiges von einem Be-

richt. Ich bin da optimistisch. Das Gericht sollte sehen, dass Mick nicht nur mit Spinnern Umgang hat. Sie werden die Sache als Ausrutscher werten. Mick hat Freunde verdient, die ihn nicht hängen lassen. Darauf kommt es an. Schreib einfach was Schönes.
Wenn meine Fantasie mich nicht im Stich lässt ..., sagte ich.
Tut mir leid übrigens, sagte Ralf.
Ja, danke, murmelte ich. Vermutlich meinte er meine Mutter.
Also, sagte er, ich muss hier raus.
Bis dann, sagte ich.
Draußen wurde er von einem Mädchen empfangen, das vom Schal bis zu den Schuhen in Rosa gekleidet war. Ich nahm an, dass sie hübsch war, was man in der rosa Stofffülle nicht wirklich sah. Ralf hatte beinahe so viel Talent wie Kai Hendricksen, jedes Mädchen für sich einzunehmen. Vermutlich fehlte Mick einfach eine Freundin, die ihn von seinen Verrücktheiten abhielt. Ich stieg in den dunkelroten Bahnbus nach Essen um. Zum Glück ging ein Zug nach Berlin, der vor 24 Uhr eintraf. Um genau 23:04 Uhr. Wenn nichts Außerplanmäßiges geschah, konnte ich um halb zwölf vor Rebeccas Tür stehen.
Wer wollte, konnte es komisch finden, wenn jemand fünfhundert Kilometer durch die Winterlandschaft fuhr, um einer Person, die nicht mit einem rechnete, alles Gute zum neuen Jahr zu wünschen. Meine Briefe, die ich zwischen Weihnachten und Silvester abgeschickt hatte, waren sicher noch unterwegs. Oder die ersten waren zwischenzeitlich eingetroffen, und

Rebeccas Antworten lagen in einem Briefkasten, der heute Nacht beim Silvesterfeuerwerk in Flammen aufging. Ich fürchtete, ich hatte über das Unglück, das sich hinter der Nulllinie verbarg, zu sachlich geschrieben. Dabei war das Hervorkehren der Vernunft nichts anderes als der Versuch, dem inneren Chaos zu begegnen.

Schon bei der Abfahrt in Essen hatte der Zug 20 Minuten Verspätung. In Hannover war die Verspätung auf 35 Minuten angewachsen. Aus der Unterführung hörte man das Krachen von Feuerwerkskörpern. Betrunkene grölten am Bahnsteig. Ein gold-blauer Funkenregen erhellte die Gleise. Hinter Helmstedt wurde es deutlich dunkler. Ruhiger. Die Grenzer schienen weniger misslaunig als sonst und sahen keinen Grund, meinen Silvestertransit zu beanstanden. Im Vorbeigehen hatte ich gesehen, dass die meisten Abteile leer waren. Nur hier und da ein einzelner Reisender, der es riskierte, den Jahreswechsel im Zug zu erleben.

Wenn ich hochrechnete und dabei unterstellte, dass die Verspätung mit jedem Streckenkilometer anwuchs, kam ich auf 50 Minuten und damit auf eine Ankunftszeit von 23:54 Uhr. Doch wenn ich optimistisch dachte, war die Rechnung hinfällig und der Zug holte Kilometer um Kilometer auf, sodass wir am Ende pünktlich in Berlin Zoo einfuhren. Rebecca hatte einmal erzählt, der Lieblingsratschlag ihrer Mutter laute, sich keine Gedanken über Unabänderliches zu machen. Ausgerechnet *sie*, hatte Rebecca gerufen. Solange ich keinen Einfluss auf die Geschwindigkeit hatte, konnte ich also entspannt ins Dunkel starren, das oft über

Minuten ein nahezu vollkommenes Dunkel war, ehe die nächste Siedlung oder Fabrikanlage als Lichterband auftauchte. Doch auch der Anblick der wenigen Lichter erschien mir trostlos. Wäre der Zug auf offener Strecke liegengeblieben, wären die Fahrgäste im nächtlichen Nirgendwo zwischen Schneefeldern, Waldstücken und verlassenen Gehöften erfroren. Die Finsternis der Welt musste hier ihren Ursprung haben.
Erst als die Silhouette des Funkturms in der Ferne auftauchte, kam Zuversicht in mir auf. Immerhin, wir hatte die Zivilisation nicht endgültig verlassen. Allerdings verlor der Zug im sich verzweigenden Gleisbereich an Fahrt. Musste sich den Weg durch eine Brache aus wuchernder Natur und Ziegelruinen bahnen. Es quietschte und knarrte, als sträubten sich die Wagen gegen die Strecke. Wir passierten die Station Grunewald, an der eine rotgelbe S-Bahn stand. Menschenleer. Lichtlos. Obwohl ich kein Aufholwunder erwartet hatte, traf es mich doch, dass die Grunewalduhr zwanzig vor zwölf anzeigte. Jeder Meter fühlte sich wie eine Anstrengung an. Man zweifelte nicht, dass mit viel Aufwand eine große Last an Stahl bewegt wurde. Die Weichen schienen dafür zu sorgen, dass wir unvorhersehbare Abzweigungen nahmen. Bis zur nächsten Station dauerte es knapp zehn Minuten: Westkreuz. 23:49 Uhr. Es folgte eine Durchsage, die sich im Rauschen und Knistern verlor, während der Zug zum Stillstand kam. Eine S-Bahn überholte uns. Im Innern flackerte zwar Licht, doch die Abteile waren nicht besetzt.
Als ich das Fenster einen Spalt aufzog, schlug mir ein eisiger Luftstrom entgegen. Ein Geruch nach Schwe-

fel breitete sich im Abteil aus. Silvesterknaller explodierten am Nachthimmel. Ich schob das Fenster weiter hinab und beobachtete meinen Atem, der sich als Nebel in der Dunkelheit verlor. Hinter mir wurde die Abteiltür aufgestoßen, und als ich mich umdrehte, sah ich jemanden, der in seiner Rechten eine Flasche Bier hielt und in seiner Linken eine glimmende Zigarette.

So was auch, sagte er.

Ich hob die Achseln.

Wird leider nichts mehr aus der Party zum Jahreswechsel.

Sieht so aus, sagte ich.

Mann, oh Mann!

Immer noch Westkreuz, sagte ich. Tatsächlich bewegte sich der Zug einstweilen nicht vom Fleck.

Heiße übrigens Sturmhard, sagte er und hob seine Flasche: Auf die Gestrandeten im letzten IC des Jahres!

Mit seiner Weste und seiner bunten Krawatte sah er wie ein auf Provinzbühnen gastierender Künstler aus. In jedem Fall wirkte er übernächtigt. Sein Gesicht hatte im fahlen Licht keine Farbe. Das Haar ein rotblondes Gekräusel.

Geht so langsam los, sagte er und deutete mit der Zigarettenhand ins Ungefähre.

Lässt sich kaum ändern, sagte ich.

Aber findest du es nicht etwas kalt?, fragte er und schüttelte sich unter der hereinströmenden Nachtkühle.

Erstens ist das mein Abteil, antwortete ich, und zweitens riecht die Luft ein bisschen so wie da, wo ich herkomme.

Wie du meinst, sagte Sturmhard.
Gibt ja genug Platz.
Auf dem Weg hierher habe ich zwei Rentnerinnen und eine Mutter mit Baby gesehen. Das will ich mir nicht antun.
So wird man zum Opfer, sagte ich.
Wir können zu mir gehen, sagte er.
Sag nicht, da ist die Aussicht schöner.
Immerhin habe ich Proviant! Zur Verdeutlichung klopfte er gegen seine Flasche. Hast du dich mal gefragt, wer so verrückt ist und Silvester in den Zug steigt? Braucht man einen guten Grund, oder?
Und?, fragte ich, hast du einen?
Ich zeige ihn dir, sagte Sturmhard.
Obwohl ich nur mäßig daran interessiert war, auf den letzten Metern meiner Reise neue Freundschaften zu schließen, ließ ich mich von Sturmhard durchs flackernde Licht des Gangs führen. Der Weg zwischen verwaisten Abteilen und fernen Schemen der Stadt hatte etwas Irreales. Wahrscheinlich war Sturmhard nur ein durch Silvesterzüge irrender Geist.
Wir erreichten ein leeres Abteil mit einem Klapptischchen, auf dem zwischen Tüten mit Kräckern und Nüssen mehrere Bierflaschen standen. Sturmhard legte einen Finger an die Lippen, ehe er zur Gepäckablage wies. Wenn mich nicht alles täuschte, lag dort, zusammengekauert, ein nicht ganz kleines Tier.
Wir müssen leise sein, flüsterte Sturmhard, Dina hat ein Beruhigungsmittel bekommen. Doch sonst geht es ihr gut.
Okay, sagte ich, und was hat das mit Silvester zu tun?

Sie ist heute in Frankfurt eingetroffen. Mein anderes Äffchen ist leider gestorben, Nadi. Du hättest ihr Kletterparadies sehen sollen. Nadi saß gern auf meiner Schulter. Am letzten Tag kroch sie ans Fenster, als wollte sie noch einmal in die Welt blicken, und dann ging alles sehr schnell. Sie hat sich praktisch gar nichts anmerken lassen. Im Übrigen hat sie ein Wahnsinnsalter erreicht. 35 Jahre. Manchmal haben wir auch am Kudamm gestanden. Tja, lassen wir Dina schlafen.
Er öffnete jedem eine Flasche Bier, und wir stießen auf alle an, die im gespenstisch erhellten Intercity festsaßen. Der Zug rollte ein Stück und stoppte nach wenigen Sekunden wieder, sodass man immer noch die Schilder, Westkreuz, lesen konnte. Die Raketen stiegen hinter den mit Rinnsalen übersäten Scheiben in den Himmel. Man konnte an etwas Impressionistisches glauben. Im Grunde interessierte mich der Funkenzauber aber nicht.
Sturmhard fragte: Und was treibt dich um?
Natürlich wäre auch mein Vater nie auf die Idee gekommen, sich an dem, was er *Knallerei* nannte, zu beteiligten. Im Grunde bedauerte ich, nicht zu den Feuerwerksbegeisterten zu gehören. Wie Mick, der schon Tage vor Silvester durch die Straßen lief und streichholzgroße Knaller durch die Gegend warf. Sie hüpften wie verrückte Heuschrecken übers Pflaster, zerplatzten und hinterließen rote Papierfetzen auf den Gehwegen.
Wieder fuhr der Zug an, ächzte im Anrollen und wechselte auf ein anderes Gleis. Auf einem Brückenpfeiler leuchtete ein Graffiti auf. *The only good nation is imagina-*

tion. Wilde Blüten sprossen über dem Satz hervor. Vielleicht würden sie sich mit den herabfallenden Funken des Feuerwerks verbinden. Neben der Brücke wuchsen Birken schief in die Nacht. Ich hätte gern über ihre verletzliche Haut gestrichen. Ein Tunnel schluckte uns. Als wir wieder auftauchten, begleiteten uns Schotterberge. Darauf wie zerbrochene Mikadostäbe Haufen von Betonschwellen. Immerhin, es ging voran. Zwischen Pappeln sah ich den plötzlich sehr nahen Funkturm, über dem rot-gelb-blaue Lichter explodierten. Aus der Ferne Sirenengeheul.
Und du jetzt?, fragte Sturmhard.
Wollte jemanden überraschen, antwortete ich.
Wollte?
Wird wohl nichts mehr im alten Jahr.
Am Bahnhof Zoo kannst du Rosen ziehen.
Und das hilft?
In der Regel schon!
Der Zug rollte durch den Bahnhof Charlottenburg, wo die Uhr vierzehn Minuten nach zwölf anzeigte. Auf dem Bahnsteig winkten Betrunkene. Einige tanzten zu wummernden Klängen aus einem Gerät, das die Größe eines Handkoffers hatte. Unser Waggon kroch so dicht an den Fassaden der Mietshäuser vorbei, dass man den Bewohnern, wären sie ans offene Fenster getreten, die Hand hätte schütteln können.
Sturmhard sagte: Muss mich so langsam um Dina kümmern.
Logisch, sagte ich und nahm einen letzten Schluck aus der Bierflasche.
Also viel Glück!

Ich kehrte in mein Abteil zurück, wo das Fenster noch offenstand und starker Schwefelgeruch in der Luft hing. Wenn die Turmuhr der Gedächtniskirche funktionierte, war es zwanzig nach zwölf. Der Zug glitt in den Bahnhof Zoologischer Garten. Ich wusste nicht, was mich auf den Gedanken brachte, dass meine Mutter, wenn man es genau nahm, im letzten Jahr gestorben war. Als ließe sich aus der Distanz ein Trost ableiten. Die entscheidenden Worte, die sie mit Blick auf den geschmückten Weihnachtsbaum an uns gerichtet hatte, waren gewesen: So viel Lametta für eine Tanne!

Rose nach Mitternacht

Es wäre übertrieben gewesen, zu behaupten, die Rose, die sich *Edelrose mit Schleierkraut* nannte, wäre schön gewesen. Sie war nicht mehr als eine Geste, die über die Dramatik meiner Reise hinwegtäuschte. Ein Verschleierungsmanöver. Mick, für den Spontanität das Höchste war, wäre tatsächlich fünfhundert Kilometer gefahren, um eine Rose zu überreichen. Bei ihm sah alles intuitiv aus. Nie war er der Getriebene, immer der von einer Idee Beflügelte. Man konnte sich wundern, dass der Automat namens *Florinda*, der in der Bahnhofshalle vor sich hinrostete, makellose Blumen ausgab.

Ich trug die Rose wie etwas Schützenswertes, während es um mich her krachte und zischte. In der durchsichtigen Folie sah sie künstlich aus, und ihr schwacher Geruch erinnerte weniger an etwas Blühendes als an ein süßliches Parfüm. Der konservierende Glanz, der auf ihren Blättern lag, ließ vermuten, die Blume sei haltbarer als jede Freundschaft.

Ich hatte keine Ahnung, was vor meinen Füßen tanzte und explodierte. Entflammte und verglühte. Schwärmer oder Knallfrösche. Oder kosmische Partikel. Mick hätte es mir sagen können. Ich gab doppelt acht. Da aus dem U-Bahn-Schacht dichter Rauch quoll, zog ich es vor, den Weg zu Fuß zurückzulegen. Das Risiko, mich in der Berliner Nacht zu verirren, nahm ich in Kauf.

Immerhin war ich die Strecke mehr als einmal mit Rebecca gelaufen. Mühelos konnte ich rekonstruieren, was sie an welchem Ort gesagt hatte. Beispielsweise vor den drei Eingangstüren der HdK, an der ihr Lehrer Karol Zajac unterrichtete. Auf der gegenüberliegenden Seite der Pianohandel, der Yamahafabrikate führte. Da ich allein war, durfte ich die Instrumente im Vorbeigehen bewundern. Am Ernst-Reuter-Platz stiegen Feuersäulen auf. Ich vermisste die Fontänen. Die Linden, die der Feuerwerksschein erhellte, wuchsen geisterhaft als Vertraute in den Nachthimmel.
Eine Ansammlung von Blaulichtern zwang mich, in eine Seitenstraße auszuweichen. Die Häuserfronten rückten näher, als liefe man durch eine Theaterkulisse. In jedem Fall durch ein anderes Zeitalter. Umso komischer, dass aus einer Eckkneipe Marianne Rosenbergs *Lieder der Nacht* zu hören waren. Ein Paar wankte mir entgegen. Das Mädchen zog eine Zigarette hervor und fragte nach Feuer. Ich sagte *sorry*, da ich keine Lust hatte, in meinen Jackentaschen nach Streichhölzern zu kramen. Pissnelke, rief ihr Freund. Vielleicht meinte er die Rose mit Schleierkraut in der Plastikfolie. Die beiden stolperten weiter. Ich beschleunigte meinen Schritt. Passierte eine Boutique mit kopflosen Schaufensterpuppen. Ein anderes Geschäft verblüffte mich so sehr, dass ich unvermittelt stoppte. In geschweifter Schrift stand auf dem Ladenschild: *Perlenwelt.* Darunter: *Atelier für Schmuckdesign. Auch individuelle Anfertigungen. Azura.*
Es war unsinnig, auch nur eine Sekunde länger vor der Ladentür stehen zu bleiben. Ich hatte ein Ziel, an

das mich meine Rose erinnerte. Dennoch zögerte ich, wenn auch keineswegs, weil aus den Räumen Musik drang. Einige Gäste tanzten zu einem expressiven Saxofonsolo. Es sah nach einem stilvollen Büfett unter Freunden aus, die das siebenundzwanzigste Lebensjahr hinter sich hatten.

Eine Stimme hinter mir fragte: Rein oder raus?!

Im nächsten Moment griff eine Hand an mir vorbei und zog die Ladentür auf. Wärme und Rauch schlugen mir entgegen. Was mich erstaunte, war ein bauchiges Glasgefäß, das zur Hälfte mit Bowle gefüllt war. Wenn es ein Silvesterbrauch war, kannte ich ihn nur aus der Gegend zwischen Lippfeld und Bottrop.

He, rief eine Frau, die sich aus der Tiefe des Ladens näherte, kennen wir uns nicht? Sie kniff ein Auge zu, als müsse sie sich scharf konzentrieren, und rief dann: Wahrhaftig, der Perlenaufleser!

Perlenaufleser, was für ein feines Amt, sagte der, der die Tür geöffnet hatte. Dafür bekam er links und rechts einen Kuss von Azura, deren Visitenkärtchen seit letztem Sommer in der Schublade meines Schreibtisches lag. Ich hatte ihr sogar eine Notiz im Tagebuch gewidmet, nicht wegen der Perlen, die ich vom Abteilboden für sie aufgesammelt hatte, sondern wegen ihrer Skandal-Lektüre *Angst vorm Fliegen*.

Ich bin eigentlich schon weg, sagte ich.

Schade, sagte sie.

Meine Eile musste mich nicht daran hindern, nach einem der Pfannkuchen zu greifen, deren Zuckerglasur zwischen Papierschlangen glänzte. Ungefragt reichte Azura mir ein Bowleglas, in dem fasrige Ananasstück-

chen schwammen. Sie sahen zum Glück etwas ansehnlicher aus als die Cocktailfrüchte, die ich aus Lippfelder Partybowlen kannte. Ich biss in den Pfannkuchen, aus dem Pflaumenmus quoll, leerte das Glas in einem Zug und dachte an eine zu herbe Limonade. Egal. Es schmeckte, als wäre ich dreizehn. Auf Azuras Armbanduhr mit futuristischer Digitalanzeige war es 00:55 Uhr. Ich musste augenblicklich weiter.
Schau mal, sagte sie und streckte mir eine Perle auf der flachen Hand entgegen: Kleiner Dank fürs Auflesen.
Was immer ich mit einer Perle anfangen sollte, es wäre zu viel des Aufwands gewesen, sie abzulehnen. Vielleicht brachte ihr zarter Schimmer Glück. Ein Schillern zwischen crème und rosé. Grandios! Am Ende war sie wertvoll, und ich konnte sie an der Hardenbergstraße gegen einen Yamahaflügel tauschen. Oder ins Grab meiner Mutter werfen.
Azura sagte: Good luck.
Als ich wieder auf der Straße stand, musste ich gegen eine leichte Benommenheit ankämpfen. Fürs Erste kam es nur darauf an, in Richtung Schloss zu gehen. Ich war überrascht, als ich nach geschätzten zehn Minuten die angestrahlte Kupferkuppel zwischen Baumwipfeln sah. Jubelte innerlich. Noch einmal so lange dauerte es, bis ich den Schriftzug des Cafés *Amerika* entdeckte, dessen buntglasierte Donuts Rebecca und ich regelmäßig bestaunt hatten. Die Sommerlinde ragte noch so vor ihrem Fenster auf, wie sie in tausend Jahren dort aufragen würde. Natürlich hatte es nichts Erbauliches, denn in tausend Jahren würde es den Straßenzug nicht mehr geben. Laut Rebecca. So wie es uns nicht mehr

geben würde, wenn ich mir in unserem Fall auch einen Hauch Unsterblichkeit gewünscht hätte.
An einem normalen Tag, in einer gewöhnlichen Nacht, hätte man schlecht um halb zwei an einer Haustür klingeln können. Doch es war, in mehrerer Hinsicht, keine gewöhnliche Nacht. Soweit es sich von der Straße einschätzen ließ, brannte in einigen Fenstern der oberen Stockwerke Licht, allerdings nicht dort, wo Rebecca wohnte. Oder *residierte*, wie sie es nannte. Ironischerweise. *Auf Augenhöhe mit den Baumwipfeln.* Eine andere Möglichkeit als die, meinen Finger auf den Klingelknopf zu senken, gab es nicht. Nicht zu klingeln wäre so absurd gewesen, wie das Haus zu finden und daran vorbeizugehen. Ich ließ meinen Finger mit viel Gewicht auf dem kleinen Metallknopf ruhen und bat den großen Zampano, dass Rebecca bitte zu Hause sei. Als könnte ein so adressiertes Wünschen, wo auch immer, Gehör finden. Ich hatte offenbar die Lektionen in Sachen Vergeblichkeit verlernt: Was immer man sich wünschte, rückte, indem man es wünschte, ins Unerreichbare.
Natürlich, warum sollte jemand, der wie ein den Wellen ausgeliefertes Boot steuerlos dahintrieb, Glück haben? Ich begrüßte das Gefühl der Aussichtslosigkeit, wie es mich überkam, wenn ich an der Lippfelder Haustür gestanden hatte. Nur dass dort die Sonne am blau lackierten Himmel schien. Als wäre die Welt stehengeblieben, während ich wartete. Und meine Mutter unterwegs war. Auf ihrem Stuhl die größten, tollsten, unvorstellbarsten Reisen unternahm. Ich versetzte, so sinnlos es war, der Eingangstür einen Stoß. Wischte

über alle Klingelknöpfe und befahl der höchsten Instanz, oder auch nur einem beliebigen Bewohner, aufzumachen.

Man konnte es Pech nennen oder sich wie ein Held fühlen, der gegen widrige Umstände ankämpfte, unfähig, sich sein Scheitern einzugestehen. Ich erlaubte mir, in die Silvesternacht hinein zu fluchen. Im nächsten Moment surrte der Türöffner. Reflexartig warf ich mich gegen die Tür, als sei körperlicher Einsatz nötig, um sie aufzudrücken. Ein Paar kam mir mit polternden Schritten auf der Treppe entgegen. Frohes Neues, rief die Frau. Der Rosenkavalier, rief der Mann und stimmte irgendeine Melodie an, die gewiss nicht aus dem *Rosenkavalier* stammte. Ich stieg bis ins vierte Geschoss und klingelte auch hier noch einmal, wenngleich wenig Hoffnung bestand, dass sich im Wohnungsinneren etwas rührte.

Wäre ich in Lippfeld geblieben, hätte ich sicher längst unter der Kuckucksuhr geträumt. Mein Vater hatte es vor Jahren fertiggebracht, um zehn Uhr – zwei Stunden bevor alle Welt das neue Jahr feierte – ins Bett zu gehen. Mit einer gewissen Genugtuung hatte er am nächsten Tag allen erzählt, dass ihn nicht einmal die Knallerei um Mitternacht geweckt habe.

Ich setzte mich auf die Treppe und suchte nach meinen Zigaretten. Das Licht im Treppenhaus erlosch. Mein Streichholz flammte auf. Ich konnte die Rose vor der Türschwelle zurücklassen und hoffen, dass Rebecca erriet, wer sie dort hingelegt hatte. Falls sie nicht vorher ein anderer wegschnappte. Natürlich konnte ich auch eine Nachricht hinterlassen. Das matte Schim-

mern der Flurfenster und das Glimmen meiner Zigarette mussten für ein paar Sätze ausreichen.
Die Rose, die Du auf der Türschwelle siehst, ist langlebig. Mehr langlebig als schön, zugegeben. Ich habe sie durch die Feuerwerksnacht getragen. Sie hat goldene Fontänen und funkelnden Regen gesehen. Eckkneipen, in denen Betrunkene schunkelten. Und sie ist heil geblieben. Ein Wunder! Nichts lässt mich zweifeln, dass es richtig war, in den Zug zu steigen. Selbst wenn ich als Gestrandeter vor Deiner Tür sitze. Ich bin dem Schnee entkommen. Habe den dunkelsten Punkt der Erde passiert. Unzählige Gleiswechsel überstanden. Wir sollten einmal zusammen nachts Zug fahren, ohne unser Ziel zu kennen.
Vermutlich war das meiste, was ich mit klammen Fingern kritzelte, nicht leserlich. Durch die Treppenhausfenster sah ich ein Rechteck Himmel, an dem verspätete Raketen explodieren. Nachzügler oder Kometen. Manchmal, im Widerschein, erkannte ich das Geäst der Linden. Im Grunde fühlte ich mich nicht einmal unwohl. Vor ihrer Tür. Nicht weit von ihrem Zimmer und ihrem Instrument entfernt. Allein deshalb, sagte ich ins Halbdunkel hinein, hat die Reise sich gelohnt. Was nun ein für alle Mal feststand: Falls Rebecca jemals nach Lippfeld kommen würde, würde sie meiner Mutter nicht mehr begegnen. Nicht den unerschöpflichen Vorrat an Weisheiten bewundern können. Obwohl ich mir nie wirklich gewünscht hatte, dass sie mich am Ende der Welt besuchte und mit meinen Eltern und mir am Tisch säße, erschreckte mich der Gedanke, dass es diese nie gewünschte Situation nie mehr würde geben können. Hier und jetzt durfte

ich verzweifelt und glücklich zugleich sein. In allerhöchstem Maß. Mich etwas wie ein Held fühlen, der eine weite Strecke für nichts als ein großes Empfinden auf sich genommen hatte.
Das Licht im Treppenhaus sprang an und der Nachthimmel im Fenster verblasste. Man konnte Stuckornamente und Wandmalereien bestaunen, die dem Aufgang etwas Herrschaftliches gaben. Ein roter Teppich bedeckte die Treppe und führte durch alle Stockwerke. Die Schritte kamen näher. Ich hielt den Atem an. Wartete, dass irgendwo das Klimpern von Schlüsseln zu hören wäre. Das Aufschnappen eines Schlosses. Doch die Schritte folgten dem Teppichläufer, der vor mir mündete.
Als Erstes erkannte ich Rebeccas Vater, der seinen Mantel schon aufgeknöpft hatte und einen etwas verwegenen Hut trug. Wie ihn mein Vater vor Jahren auf sonntäglichen Spaziergängen getragen hatte. In der Hand hielt er ein Programmheft, auf dem ich in goldenen Lettern las: *Silvestergala.* Knapp hinter ihm folgte Rebeccas Mutter mit hochgeschlagenem Pelzkragen. Maren entdeckte mich vor Rebecca und sagte überraschend gefasst: Das glaube ich jetzt nicht!
Rebecca war von allen die leuchtendste Gestalt – bis hin zur Mütze im lichten Gelb. Dass mein Leben nicht ganz so schlimm war, wie ich noch vor fünf Minuten geglaubt hatte, ging mir augenblicklich auf, als sie auf mich zustürmte. Ich hörte nicht, was sie rief, denn so wie sie mich umarmte, war ich ganz in ihrer Umarmung aufgehoben. Spürte die Nachtkühle, die ihrem Mantel entströmte. Ich war bereit, an ein Wun-

der zu glauben. Dabei musste unsere Begegnung sie mehr erstaunen als mich. Ich überlegte, obwohl ich noch überwältigt sein wollte, mit welchem Satz ich die Rose überreichen sollte. Wenn Worte nötig waren. Es konnte am Ende so aussehen, als sei alles ein schöner Einfall, ein Überraschungsbesuch mit einer Neujahrsrose, deren Blätter so rot glänzten, als seien sie für die Ewigkeit bestimmt.

III

Trauerzug

Es war mühsam, neben Tante Henrike zu gehen, da sie die meiste Zeit von Weinkrämpfen geschüttelt wurde. Ich gab acht, dass sie nicht auf dem vereisten Friedhofsweg ausrutschte. Oder über eine der Wurzeln stolperte, die wie urzeitliche Krallen aus der Erde ragten. Ihre Art, sich bei mir unterzuhaken, ließ mich an die Zähigkeit eines Tentakels denken, der seine Beute umklammerte. Nie hätte ich geglaubt, dass ihr Körper fähig war, so viel Kraft aufzubringen. Ihr zierliches Taschentuch hatte sich durch häufiges Schnäuzen in ein durchnässtes Stück Stoff verwandelt.
Tante Henrike litt, seitdem sie in Lippfeld war. Von allen Verwandten hatte sie die weiteste Anreise hinter sich. Mein Vater, der sie aus Hamborner Jugendtagen kannte, nannte es immer wieder einen Fehler, dass Tante Henrike fortgezogen sei – nach *da unten*. Mit *da unten* meinte er die Richtung im Autoatlas und nicht die geographische Lage. Denn die Gegend um Widenach war bergig. Laut Paul war das Bemerkenswerteste an Widenach ein halb verwittertes Basaltkreuz auf einer baumlosen Bergkuppe. Ich konnte nachvollziehen, dass mein Vater sich von Zeit zu Zeit laut fragte, warum jemand freiwillig in eine so gottverlassene Gegend zog. Dabei war die Antwort allen bekannt: wegen eines Mannes. Dessen frühen Tod interpretierte mein Vater dahingehend, dass er Frau

und Kinder im Stich gelassen habe. Ganz so, als sei es sein Plan gewesen, Tante Henrike in die ferne Nordpfalz zu locken, um sie dort als Witwe mit zwei Halbwaisen zurückzulassen.

Hinter uns gingen Onkel Bertram und Tante Marie, die einen die Augenpartie verdeckenden Schleier am Hut trug. Heike und Herbert stachen mit ihren blonden Haaren aus der dunklen Trauerprozession hervor. Schaute ich geradeaus, sah ich auf den Rücken meines Vaters. Er trug nicht seinen melierten Wintermantel, den er zwei Jahrzehnte lang getragen hatte. Es wäre an sich eine Sensation gewesen, über die sich meine Mutter hätte freuen können, wäre nicht ausgerechnet ihr Begräbnis der Anlass für den Kauf eines neuen Mantels gewesen. Zweifellos war Tante Maries eindringliches Zuraten nicht ohne Wirkung geblieben. Sie hatte meinen Vater ins Modehaus Grafen begleitet, wo die Verkäuferin schon mit ihrem ersten Vorschlag seine Vorstellungen so genau getroffen hatte, dass sich jede weitere Anprobe erübrigte. Wenn er so genügsam blieb, wie er war, würde das Modehaus Grafen erst in zwanzig Jahren wieder mit ihm rechnen können.

Immer noch sah ich auf den neuen Mantel meines Vaters. Wir gingen schon sehr lange so, und ich war bereit, etwas Mystisches in der Szene zu sehen, als wäre die Trauergemeinde verurteilt, bis ans Ende aller Zeiten weiterzugehen. Klar, es gab ein paar Meere, die einem solchen Unterfangen entgegenstanden. In meiner Vorstellung allerdings war der Prozessionszug in der Lage, über Wasser zu gehen. So wie wir über Eis und Schnee gingen. Längst angeschmutzten, teils schwarz geränderten Schnee. Eiszapfen hingen wie Stalaktiten an den Grabsteinen. Paul hatte berichtet, der Frost sei so tief in den Boden gedrungen, dass man beim Ausheben des Grabes Presslufthämmer eingesetzt habe. Schaute ich an meinem Vater vorbei, sah ich den Sarg. Die Gemeindemitglieder, die ihn trugen, erinnerten mit ihren altmodischen Zylindern an geheimnisvolle Gestalten aus historischen Filmen. Es sah in jedem Fall surreal aus. Und es hätte niemanden wundern können, wenn eine Kutsche um die Ecke gebogen wäre. Mein Vater selbst hatte für den Fall, dass er in der Gemeinde als Sargträger aushalf, einen solchen Zylinder im Schrank, wo er, flach gefaltet, ein unscheinbares Dasein fristete. Als Kinder hatten wir manchmal, wenn wir Zauberer spielten und meine Mutter nicht gerade in der Nähe war, den Zylinder hervorgeholt, mit einem Schlag aufgeklappt und uns für verschiedenste Kunststücke aufgesetzt. Vickie hatte sogar gewusst, dass der Hut *Chapeau Claque* hieß. Ich war mir sicher, dass es Magier waren, die den Sarg durch den Schnee trugen.

Verglichen mit Prozessionen, die man in Lippfeld kannte, war unser Trauerzug überschaubar. Mein Vater und selbst Tante Marie waren der Ansicht meines Bruders gefolgt, dass sich ein würdiger Rahmen nicht am Aufwand messen ließe. Herr Berger vom Tischlerei- und Bestattungsunternehmen Berger & Söhne hatte allerdings angemerkt: Nicht jeder in Lippfeld sehe das so. Natürlich hätte er auch sagen können: Bestattungen gehören zu den zeremoniellen Höhepunkten des Gemeindelebens, und jeder sollte bereit sein, die gemeinschaftsstiftenden Traditionen zu unterstützen. Gut, er war ein verständiger und diplomatischer Mensch, wie es sein Beruf erforderte. In Wahrheit standen wir aus seiner Sicht sicherlich kurz davor, den guten Brauch zu sabotieren. Wenn unser Konzept des minimalen Aufwands Schule machte, profitierten weder die Gärtnereien noch die Gastronomie. Selbst die Mitglieder des Kolpingvereins waren nicht geladen. Abgesehen davon, dass meine Mutter auch in Walsum, Hamborn und Marxloh Freundinnen hatte, die zum Abschiednehmen nach Lippfeld gekommen wären. Das Gasthaus *Zur Linde* war für jeden Besucher dankbar! Sich auf den familiären Kreis zu beschränken, führte, bei Licht besehen, zum Niedergang des Gemeinwesens. Das alles sagte Herr Berger nicht, aber ich sah seiner krausen Stirn an, dass er es dachte.

Das Schritttempo hatte sich weiter verlangsamt, da die Glätte einiges an Achtsamkeit erforderte. Vor allem für die Sargträger schien der Weg zur Herausforderung zu werden. Herr Jablonski war seit langem im Rentenalter, und auch die anderen erweckten nicht den Eindruck körperlicher Frische: Herr Hüttermann, der neben dem *California* wohnte und dort, als das *California* noch *Sportlerklause* hieß, Stammgast gewesen war. Und Herr Hesse, der seine Tage am Schalter der Post zubrachte und mit Vornamen Hermann hieß, ohne in Lippfeld fürchten zu müssen, mit einem toten Dichter verwechselt zu werden.

Wenn ich über den Sarg und über die sechs Zylinderhüte hinwegsah, blickte ich in einen weißgrauen Himmel, den meine Mutter *schmuddelig* genannt hätte und dem sich dürre Äste entgegenreckten. Auf einigen saßen Krähen oder Raben wie Abgesandte zur Beobachtung der Trauerzeremonie. Man hätte glauben können, sie seien erstarrt. Doch hin und wieder schüttelte ein Vogel sein schwarzes Gefieder und gab einen Ruf von sich, der über den schneebedeckten Friedhof hallte. Mit einiger Verzögerung folgte aus einem anderen Baum eine Antwort.

Während ich die Vögel betrachtete, die zu träge waren, sich durchs Himmelsgrau zu schwingen, wäre ich fast gegen meinen Vater gelaufen. Unversehens war der Prozessionszug zum Stillstand gekommen. Herr Jablonski hatte seine Hand vom Griff des Sargs gezogen und krümmte sich wie unter Schmerzen. Jemand beugte sich zu ihm. Herr Jablonski winkte ab. Soweit ich seine Geste aus dem Abstand richtig deutete, schien er zu sagen: Es geht schon wieder. Aber die anderen zögerten und gaben zu verstehen, dass die Situation ernst und Herr Jablonski zu geschwächt sei, um an seine Position zurückzukehren.

Von hinten eilte Frau Jablonski heran, um ihren Mann an den Wegrand zu begleiten. Solange sein Zustand keine Besserung erkennen ließ, stützte sie ihn, so gut es ging.

Wie schrecklich, flüsterte Tante Henrike. Das ist kein gutes Zeichen!

Es ist nicht mehr sehr weit, sagte ich.

Das ist kein gutes Zeichen, wiederholte Tante Henrike.

Die Schmerzen schienen Herrn Jablonski so zuzusetzen, dass seiner Frau nichts anderes übrig blieb, als ihn Stück für Stück auf den Boden hinabsinken zu lassen.

Kann denn niemand einen Krankenwagen rufen?, fragte Tante Henrike. Drehte sich zu den anderen Trauergästen und wiederholte: Kann denn niemand einen Krankenwagen rufen? Es könnte ein Herzinfarkt sein!
Herr Berger besprach sich halblaut mit Pfarrer Widenborg. Einer der drei Messdiener wurde zur Gaststätte Hecheltjen am Friedhofseingang geschickt, um von dort einen Notruf aufzugeben. Den Wartenden signalisierte Herr Berger, dass er die Rolle des Trägers übernehmen werde, und bückte sich nach dem Zylinder, der in den Schnee gefallen war. Nur die Krähen zeigten sich unbeeindruckt. Saßen einfach da und gaben ab und zu ohne jede Vorhersehbarkeit einen langgezogenen Ruf von sich, ehe sie wieder in Starre verfielen.
Ich war nahe daran, Gott im Stillen zu bitten, unseren Trauerzug heil ans Grab zu bringen. Was er uns an diesem Tag zumutete, schien mir alles andere als fair. Wenn er noch ein Fünkchen Erbarmen gehabt hätte, hätte er uns in Raben verwandelt. Wir würden gefühlskalt in den kahlen Bäumen hocken und hätten nichts anderes zu tun, als den Himmel mit den Schneewolken zu erdulden oder auf das steinerne Heer der Grabsteine zu blicken. Oder wir würden uns als Schwarm zusammenfinden und einmal um den Erdball fliegen. Bis wir wieder an der Grabstätte meiner Mutter wären. In jedem Fall wäre ich lieber um die Erdkugel geflogen, als hinter dem Sarg hergegangen, in dem meine Mutter lag. In jedem Fall wäre ich gern herzlos gewesen. Gegen jedes aufbrandende Empfinden gewappnet. Gegen jede Witterung. Gegen jedes Wort.

Ich verstand nicht alles, was Pfarrer Widenborg am Grab sagte, da er etwas zu schnell und leise sprach. Als warteten noch andere Termine auf ihn. Dazu kam das Schluchzen meiner Tante. Und meine Sorge, dass ihre Kräfte sie vor Ende der Trauerfeier verließen. So, wie sie sich an mich klammerte, waren mir große Gesten unmöglich. Während der Sarg in die Erde gelassen wurde, leuchtete von fern das Blaulicht des Krankenwagens herüber. Guten Gewissens konnte ich auf ein Kreuzzeichen verzichten. Allen war bekannt, dass meine Mutter keinen übertriebenen Wert auf Feierlichkeiten legte. Meine Großmutter, hieß es, habe sogar die Letzte Ölung verweigert, aber wer konnte schon wissen, ob sich ihr Aufbegehren gegen die Zeremonie gerichtet hatte oder gegen die Besiegelung ihres Endes.
Während ich mit Tante Henrike langsam ans offene Grab trat, jederzeit bereit, sie vor dem Zusammensinken zu bewahren, wiederholte sie halblaut den Namen meiner Mutter. Presste ihr feuchtes Taschentuch ins Gesicht. Ihre Hände zitterten zu sehr, als dass es ihr möglich war, eine der bereitliegenden Blumen zu greifen. Ich zog Azuras Perle hervor und ließ sie in die Graböffnung fallen. Hörte, wie sie mit einem hellen Ton aufs Holz traf. Stellte mir vor, wie sie in die Deckelaufkantung rollte. Es war ein sicherer Platz. Für eine kleine Ewigkeit. Wie lang auch immer eine Perle Bestand hatte.
Die Vögel verharrten reglos in den Ästen, wie sie seit Beginn der Prozession dort verharrt hatten. Nichts rührte sie. Sie würden in den Bäumen hocken, bis der Friedhofswärter anrückte und Erde auf den Sarg

schaufelte. Vielleicht säßen sie noch da, wenn wir am nächsten oder übernächsten Tag wiederkämen, um das Grab zu besuchen, und sie säßen noch da, wenn das Grab irgendwann aussah wie all die anderen Gräber, mit einem Stein aus Marmor, mit Efeu bedeckt und geschmückt mit wechselnden Blumen je nach Jahreszeit.

Neue Tempel

Nach dem Schlussgebet ergriff Pater Heribert das Wort. Selten war es stiller im Speisesaal gewesen. Fast hätte man erwartet, dass selbst die Apostel ihm Gehör schenkten. Es hatte Gerüchte gegeben, dass der Fortbestand des Konvikts gefährdet sei. Sogar in der Regionalzeitung war ein Artikel erschienen. Der Titel: *Fromme Geschäfte*.

Pater Heribert sagte: Niemand muss fürchten, dass er eines Mittags aus der Schule kommt und das Konvikt nicht mehr steht.

Hier und da lachte jemand. Offenbar kam es Pater Heribert darauf an, die Meldungen, die kursierten, herunterzuspielen. Aus einer großen Sache eine kleine zu machen. Natürlich lachten die, von denen ohnehin kein Widerspruch zu erwarten war. Darunter Oli Sander, der schon mit siebzehn in seinen grauen Hosen aussah, als lägen die Jugendjahre hinter ihm.

Es wird allerdings Veränderungen geben, sagte Pater Heribert, das sollte uns allen bewusst sein. Die Entwicklung der letzten Jahre bringt es mit sich, dass sich uns neue Aufgaben stellen. Ein Nachdenken über die Rolle des Konvikts gehört dazu. Vielen ist bekannt, dass ein wesentlicher Zweck der Neugründung darin bestand, Jugendlichen aus der Region den Besuch des Gymnasiums zu ermöglichen. Heute gibt es viele schulische Einrichtungen, und die Entfernungen spielen keine Rolle mehr. Als das Konvikt nach dem Krieg wiedereröffnet wurde, beherbergte es 100 Schüler, heute sind es 34. Die Zahl wird sich in wenigen Jahren halbieren. Schon jetzt sind die Räumlichkeiten, wie ihr wisst, zu groß, zwei Drittel unserer Zimmer stehen leer. Anpassungen, die ich hier nicht im Einzelnen erläutern kann, sind unabdingbar. Entscheidend ist, dass wir auch nach der absehbaren Auflösung des Nachkriegskonvikts diejenigen Schüler weiterbetreuen, die nachvollziehbare Gründe haben, hierzubleiben. Deren Eltern im Ausland leben. Oder die in der Abiturphase sind. Die Zimmer werden sich nach und nach leeren. Was auch mich traurig stimmt, doch wir können und wollen uns den sich verändernden Bedingungen nicht entgegenstellen. Bei Unklarheiten bitte ich euch, sich persönlich an mich zu wenden. Auch eure Eltern können in Einzelgesprächen mit uns beraten, wie wir den Übergang gemeinsam bewerkstelligen.

Ich wusste nicht genau, zu welcher Gruppe von Schülern ich gehörte. Selbst wenn mein Vater nicht im Ausland lebte, zählte ich vermutlich eher zu denen, die aus nachvollziehbaren Gründen hier waren. Wie Siggi Kinzel. Und anders als Oli Sander, der sich nur die tägliche Anreise aus Maria Veen ersparte, wo seine Eltern am Benediktushof arbeiteten. Wie auch immer. Es war mir nicht wichtig, ob ich kürzer oder länger in Franziskaner-Obhut blieb. Ich kam mir alt genug vor, zu Jimi Hendrix zurückzukehren und meinen Kram allein zu erledigen.

Wolf Kanne schnippte mit den Fingern, und als Pater Heribert nickte, fragte er: Stimmt es, dass das Kloster

abgerissen wird und ein Woolworth in der Lippestraße entsteht?
Ich denke, sagte Pater Heribert, solche Details tun im Augenblick nichts zur Sache.
Es wird also dort, wo das Kloster steht, kein Kaufhaus errichtet?, fragte Harri Borländer, der ein Freund des *Rote-Fahne*-Lesers und alles hinterfragenden Josef Langhoffs war.
Es wird darum gehen, die bestmögliche Lösung für alle zu finden, sagte Pater Heribert. Wer auf eine Beherbergung im Konvikt angewiesen ist, wird bleiben können, was nicht heißt, dass es an genau dieser Stelle der Stadt sein wird.
Also doch Abriss!, rief Wolf Kanne.
Felix Schiller sagte halblaut: Es steht ja in der Zeitung. Ein Kaufhaus ist lukrativer als ein Internat.
Pater Heribert erklärte: Alles, was ihr wissen müsst, ist gesagt. Vieles ist noch nicht entschieden. Daher macht es keinen Sinn, sich in Spekulationen zu ergehen. Nicht alles, was in der Zeitung steht, stammt aus verlässlichen Quellen. Das solltet ihr wissen. Ich wünsche euch eine gute Nacht.
Während wir hinausgingen, sagte Harri Borländer: Glaubt mir, die Sache ist besiegelt. Verkauf an Woolworth. Man wird uns ein funkelndes Kaufhaus vor die Nase setzen. An prominentester Stelle zwischen Marktplatz und zukünftiger Fußgängerzone. Damit kann kein Kloster und keine Klosterkirche konkurrieren.
Na, sagte ich, warst du jemals in der Klosterkirche?
Geht ja nicht um mich, sagte Harri Borländer, oder

muss man Franziskus heißen, um gegen den Abriss zu sein?
Es reicht, wenn man nicht auf den Kopf gefallen ist, sagte Felix Schiller.
Leute, Leute, sagte ich, das ist mir so was von scheißegal, andererseits, klar könnte man sich was Schöneres wünschen als ein Paradies der Wühltische.
Zum Beispiel?
Na, keine Ahnung, ein Parkhaus?
Ein Spielcasino!
He, sagte ich zu Oli Sander, der vielleicht eines Tages Theologie studieren würde, frag doch mal, ob sie dir da Vincis *Abendmahl* vermachen, bevor der Abrissbagger kommt.
Die Silberlinge kriegt er dazu, sagte Harri Borländer.
Das Original würde ich natürlich nehmen, sagte Oli Sander.
Schon mal gehört, dass es ein *Wand*gemälde ist?, fragte Felix Schiller.
Bye-bye, Leute, sagte ich.
Rauchen wir nicht noch eine?, fragte Harri Borländer.
Ungern, sagte ich. Es war nicht auszuschließen, dass Siggi Kinzel und seine Leute sich im Clubraum versammelt hatten. Seine Gegenwart hätte mir die Laune verdorben, selbst wenn er sich seit dem unglücklichen Tritt mir gegenüber zurückhielt.
Gehen wir zu Freddi!, sagte Felix Schiller und schob mich ein Stück voran.
Harri Borländer hob scherzhaft seine Faust. Ich kam mir nicht wie ein Rebell vor. Freddi hatte vor meiner Zeit das Internat verlassen, und seither stand sein Zim-

mer leer. Den Schlüssel verwahrte Felix Schiller, der das Andenken an Freddi hochhielt und nur Eingeweihten Zutritt gewährte.

Wir schalteten das Licht ein und vertrauten darauf, dass niemand glaubte, Freddi sei zurückgekehrt oder habe in seiner Abwesenheit Besuch, wenn es denn jemanden gab, der prüfte, ob irgendwo Lebenszeichen existierten. Für mich sah es aus, als sei Freddi überstürzt aufgebrochen, denn er hatte nicht einmal die Bilder von der Wand genommen, sogar einige Bücher hatte er auf dem Tisch liegen lassen. Möglich, dass er nur versäumt hatte, sie in die Bibliothek zurückzubringen. Und seitdem Freddi fort war und sein Zimmer wie viele andere leer stand, interessierte auch niemanden mehr das Poster, auf dem, neben einer vollen Babyflasche, der Spruch prangte: *Der Aktionär ist das größte Säugetier.* Rein theoretisch hätte Pater Heribert mich auch in Freddis Zimmer einquartieren können. Es wäre egal gewesen. Das bronzene Kreuz, das über der Tür hing, gehörte zur Standardausstattung.

Also, sagte Harri Borländer, ich finde, wir müssen auf jeden Fall handeln.

Oli Sander, den niemand eingeladen hatte mitzukommen, sagte: Wir sollten etwas leiser reden, oder?

Du kannst gerne gehen, sagte Harri Borländer, rauchst ja sowieso nicht.

Ich würde irgendwann einmal einen Zug probieren, sagte Oli Sander.

Er wird übermütig, sagte ich.

Flugblätter verteilen fände ich gut, sagte Felix Schiller.

Sofern der Abriss wirklich besiegelt ist ..., sagte Oli Sander.
Kaufrausch statt Klosterstille!
Wo wir jetzt sitzen, wird man Turnschuhe kaufen können.
Ist das ein Argument für oder gegen den Abriss?
Und Zahnbürsten.
Zichten!
Woher wollt ihr das wissen?, fragte Oli Sander.
Ich rauchte mit den anderen meine Zigarette zu Ende, und wenngleich Felix aus dem Schreibtischdepot noch eine angebrochene Flasche Apfelkorn zog, hielt mich nichts in der Runde. Es war alles okay. Mir waren Kloster, Konvikt und Woolworth egal. Zugegeben, um die Orgel wäre es schade gewesen. Ich würde Pater Heribert fragen können, ob es dafür einen Plan gab. Und für den Feurich.
Nacht dann, sagte ich.
Im Flur war es erwartungsgemäß still. Die Patres hatten, so oder so, andere Sorgen, als sich um konspirative Treffen zu kümmern.
Auf meinem Schreibtisch lag noch das Foto, das Onkel Bertram mir überlassen hatte. Ich hätte meine Mutter darauf nicht erkannt. Die Rückseite verriet: *Weißer Sonntag 1942, Hamborn.* Sie trug ein kurzes Kleid und Kniestrümpfe. Die bloßen Knie stachen auf der immer noch kontrastreichen Aufnahme mit jedem Knöchelchen hervor. Die im Hintergrund aufragenden Schornsteine konnten dem feierlichen Moment nichts anhaben. Meine Mutter lächelte so bestimmt wie entspannt, als genieße sie es, in mädchenhafter Pose mit

Blütenkranz und Kommunionkerze im Mittelpunkt der Welt zu stehen.

Unter der Jahreszahl hatte jemand in Sütterlinschrift notiert: *Wende dein Gesicht der Sonne zu, dann fallen die Schatten hinter dich.*

Ich zweifelte, dass jemand im Kommunionsalter die Worte verstanden hätte. Jedenfalls gefielen sie mir so wenig wie die Handschrift, in der sie verfasst waren. Ich wusste von meinen Tagebuchnotizen, dass man, wollte man das Geschriebene aushalten, nicht aufhören durfte, weiterzuschreiben. Als könnte man die zum Vorschein kommenden Unzulänglichkeiten durch neue Unzulänglichkeiten zum Verschwinden bringen. Klüger war es, man zog sich früher oder später auf einen Stuhl zurück und schwieg.

Klassenspiel

Ich nahm die Freitreppe schwungvoller als sonst, auch wenn mich nirgends Rebeccas Spiel erwartete. Es waren nur simple Tonleitern, die durchs Folkwang-Treppenhaus hallten. Ein Auf und Ab ohne Aussicht auf Erlösung. Carl Czerny hätte sich gefreut. Mein Ziel war der *Kleine Vortragssaal*, der auch *Roter Salon* genannt wurde. Der schon ältere Teppich unter dem Flügel musste einmal bordeauxfarben gewesen sein. Vielleicht war er so gnädig und schluckte falsche Töne.

Das halbjährliche Vorspiel der Klavierklasse glich einem Wettbewerb unter Ausschluss der Öffentlichkeit. Es verlangte in jedem Fall Nerven, denn es war *eine* Sache, seine Stücke wirkungsvoll zu präsentieren, und eine *andere*, sich zur Präsentation der anderen zu äußern. Im Idealfall hätte man an einen inspirierenden Austausch denken können. An etwas Zuspruch. Doch Begeisterung zu erwarten, wäre alles andere als realistisch gewesen. Wer hier zuhörte, hatte zu viele erstklassige Interpreten erlebt, als dass irgendeine Darbietung ihn vom Stuhl riss. Es kam vor, dass Schüler aufsprangen und aus dem Raum flohen. Professor Dammthal neigte in solchen Fällen zu hintergründigen Kommentaren wie: Auch Umwege erweitern unseren Horizont.

Mir ging es – zumindest heute – nicht um Beifall, mir reichte es schon, wenn ich ohne allzu heftige Kritik davonkam. Es gab, bei Licht besehen, Aufregenderes, als ein paar Klavierstücke vorzuführen. Immerhin blieben mir im Falle des Scheiterns die Crazy Hearts. Es tat gut zu wissen, dass ich weder auf Chopin noch auf die Urteilsfähigkeit der anderen angewiesen war. Möglich, dass meine Auswahl, die vor allem der Linken einiges abverlangte, nicht den Erwartungen entsprach. Den Programmerfordernissen. Egal. Ich dankte dem Feurich und dem heiligen Franziskus, der meine Überei klaglos ertragen hatte.

Es war Punkt drei, als ich in den kleinen Saal trat, nicht wirklich zu spät, wenn auch fast alle schon auf ihren Stühlen saßen. Kurz nach mir kam Adrian Barin, der hörbar nach Luft rang und schon beim Eintreten unnötigerweise rief: Entschuldigung, meine Bahn ...

Professor Dammthal deutete mit einer knappen Geste zum freien Platz neben mir. Adrian Barin ließ sich auf den Stuhl fallen und gab mir die Hand, die sich anfühlte, als habe er Fieber. Vielleicht war er von der Haltestelle bis zum *Roten Salon* gerannt.

Es war üblich, dass Professor Dammthal fürs Vorspiel den Lehrer einer anderen Klavierklasse hinzuzog. Ansonsten wäre man doch zu sehr unter sich gewesen. Bei aller Bereitschaft zur gegenseitigen Kritik wusste man, was von wem zu erwarten war. Kannte diejenigen, die einem wohlgesonnen waren, und diejenigen, die einen gern quälten. Lew Komarow war relativ neu und Absolvent der Moskauer Hochschule, die Rebeccas Mutter einmal *Pianistenschmiede* genannt hatte. Es hieß, er nehme nur Schüler in seine Klasse auf, die ihm schriftlich zusicherten, an keinem Tag weniger als sechs Stunden zu üben, ganz egal, was der Tag mit sich brachte. Da Lew Komarow auffallend schmale Hände hatte, fragte ich mich, wie er die weitgriffigen Virtuosenwerke von Liszt bis Rachmaninow bewältigte. Ich konnte getrost sein, nie in seine Klasse aufgenommen zu werden, da ich weder am Todestag meiner Mutter noch am Tag ihrer Bestattung sechs Stunden geübt hatte. Um genau zu sein, hatte ich zwischen Weihnachten und Neujahr keine einzige Minute geübt. Allerdings waren seither viele Nächte im Konvikt zu grandiosen Chopin-Sitzungen ausgeufert. Ich hätte Lew Komarow fragen können, ob mein Nachtspiel die Tagesdefizite ausglich. Aber ich war mir sicher, dass er verneint hätte, da es ihm um die Idee disziplinierten Studierens ging. Anfallartiges und rauschhaftes Üben zählten nicht.

Lew Komarow hatte schon zweimal auf seine Uhr geschaut, als wollte er Professor Dammthal diskret – obwohl es sehr offensichtlich geschah – darauf hinweisen, dass es bereits nach drei war. Wer einem Sechs-Stunden-Pensum huldigte, konnte keinen Aufschub akzeptieren. Vermutlich waren Professor Dammthals Ansprüche nicht weniger hoch, doch drückte er sich freundlicher aus. Niemand erschrak jedenfalls, wenn er darauf hinwies, dass ein Arbeitstag acht Stunden habe. Damit stellte er sogar Lew Komarow in den Schatten, selbst wenn man den Sonntag abrechnete. Ich hätte Professor Dammthal gern gegen Komarow verteidigt und meinen sich keine Freizeit gönnenden Vater erwähnt, der gewiss mehr Stunden auf Baustellen zubrachte als Komarows Schüler am Flügel.

Professor Dammthal sagte: Ein strahlender Februartag, ich freue mich, euch zu sehen, und bin zuversichtlich, den einen oder anderen bemerkenswerten Vortrag zu erleben. Damit wir nicht vor lauter Herzlichkeit vergessen, dass wir hier sind, um zu lernen und einige Anregungen mitzunehmen, habe ich Professor Lew Komarow als Zuhörer in die Runde gebeten. Er ist natürlich mehr als ein Gast, der uns Komplimente macht, er wird uns helfen, besser zu werden!

Obwohl Professor Dammthals Worte, vor allem die Vorstellung Lew Komarows, nicht sehr beruhigend klangen, applaudierten alle. Möglicherweise ließ sich Professor Komarow durch Beifall milde stimmen. Es wurde behauptet, Komarow heiße so viel wie *Stechmücke*, was stimmen konnte oder nicht, die wenigsten wünschten sich ihn als Lehrer.

Warum sollte nicht der, der als Letzter kommt, den Auftakt machen?, fragte Professor Dammthal.

Adrian Barin nickte uns lächelnd zu, als wollte er uns im Geheimen zu seinen Komplizen machen. Niemand riss sich darum, ein Klassenvorspiel zu eröffnen. Zumal wenn man gerade einen Spurt hinter sich hatte. Vor dem Klavierschemel stoppte Adrian, schaute in die Runde und gab bekannt: Beethoven, Sonate Nr. 17 in d-Moll.

Hatte man die eine oder andere Beethoven-Einspielung im Ohr, fiel es schwer, sich für Adrians Eröffnung zu begeistern. Erst mit dem Thema fand er zu einer erkennbaren Linie und schaffte es sogar, dass ich ihm aufmerksamer zuhörte. Doch gerade hatte er ins Spiel gefunden, sprang Lew Komarow auf, griff sich

ans Herz und rief: Mehr Gefüüühl! Dieses Thema, wo bleibt der Ausdruck? Diese wunderbare Me-lo-die. Das klingt ja, wie sagt man, wie *hingeschluuudert*. Zu allem Überfluss sang Lew Komarow die Kantilene mit so viel Ergriffenheit, dass es wie eine Parodie klang.
Vielen Dank, sagte Professor Dammthal, wir haben verstanden. Also, lieber Adrian, bitte noch mal das Thema mit etwas mehr Nachdruck oder meinetwegen *Ausdruck* und dann ohne Wiederholung weiter.
Mir schien, dass Adrians Spiel durch die Hinweise Lew Komarows nicht besser oder ausdrucksvoller wurde, im Gegenteil, es blieb fahrig. Zwei-, dreimal stolperte er bei den Repetitionen. Verhaspelte sich sogar. Er hätte improvisieren sollen, es hätte weniger mühsam geklungen und wäre sicher interessanter gewesen. Doch dann, gegen Ende, gelang ihm ein sehr schönes, packendes Finale mit Pianissimo-Ausklang. Beim Applaus achtete ich darauf, dass ich derjenige war, dessen Hände als letzte zur Ruhe kamen. An der allgemeinen Aussprache beteiligte ich mich nicht, auch wenn ein reges Kommentieren erwünscht war. Adrian litt, wie seine unruhigen Daumen zeigten, die sich, als wickelten sie unsichtbares Garn, umso rascher umeinander drehten, je ungnädiger die Urteile ausfielen.
Im Fenster sah ich den achteckigen Kirchturm der Werdener Abtei, der hellgrün mit seinem Faltwerk in den Himmel stach. Während schon der nächste Vortrag folgte, dachte ich daran, dass ich an diesem Tag von einem Kloster ins andere gereist war, wenn auch im zweiten mehr Skalen als Gebete erklangen.
Ich konnte mir nicht erklären, warum sich ein Groß-

teil meines Lebens hinter Klostermauern abspielte, und hätte vermutlich auch nicht darüber nachgedacht, wenn Rebecca neben mir gesessen hätte. Professor Dammthal hatte sie gern mit einem ironischen Kommentar ans Instrument gebeten, der nur hatte verbergen sollen, dass sie seine Lieblingsschülerin war. Zu seinen Standards gehörte der Hinweis, dass sich niemand den Kopf darüber zerbrechen müsse, was sie vortragen werde. Das Kuriose allerdings war, dass sie meist gar nicht Mozart spielte. Sicher um die Erwartungen zu unterlaufen. Aber natürlich wusste jeder im Raum, dass sich alles, was sie spielte, um Mozart rankte. Sie bot uns also immer nur, was ihr möglich war, wenn sie nicht Mozart spielte: Mendelssohn, Schumann oder Debussy. Ohne sie kam mir das Klassenvorspiel wie eine nicht endende Aneinanderreihung unbedeutender Töne vor, inklusive meiner ausstehenden Etüden.

Dabei nahm mich plötzlich ganz unerwartet Franca Vitalis Spiel gefangen, die mit unglaublicher rhythmischer Brillanz die zweite Klaviersonate von Pierre Boulez bewältigte. Allen war sofort klar, dass ihre Darbietung der Höhepunkt des Vorspielnachmittags sein müsste. Lew Komarow legte seine Hand an die Brust und deutete eine Verbeugung in ihre Richtung an, als sie den ersten Satz beendete. Wir applaudierten, und keiner war in der Lage, etwas halbwegs Vernünftiges zu ihrem Vortrag zu sagen. Wäre Pierre Boulez' Sonate ein Bild gewesen, hätte man vermutlich etwas Abstraktes gesehen, dem sich schwerlich Fehler in der Perspektive oder Ungenauigkeiten in den Proportionen vorwerfen ließen. Nur Witold Nowak wagte sich mit einem kritischen Gedanken hervor und wandte ein, dass es ihm schwerfalle, die herausfordernde Darbietung in all ihren Nuancen zu begreifen. Das Spiel habe ihn gleichermaßen überwältigt wie überfordert. Wen immer man dafür verantwortlich machen möchte, ihn als Zuhörer, den Komponisten oder die ambitionierte Interpretin.

Nehmen wir zu Protokoll, antwortete Professor Dammthal.

Adrian sagte leise zu mir: Weißt du, dass Franca und Witold früher mal zusammen waren? Bis sie ihn in den Finger gebissen hat.

Ich war mir nicht sicher, ob ich Adrians Äußerung ernst nehmen sollte. Mich hätte allenfalls interessiert, ob der Biss gut verheilt war oder Witold Nowaks Karriere gefährdete, aber Professor Dammthal sah plötzlich in meine Richtung, und ich musste zusehen, dass ich mich auf meinen Vortrag konzentrierte.

Falsche Töne in einer Chopin-Etüde fielen zweifellos mehr auf als in einer Boulez-Sonate. Ich begann mit der Etüde Opus 10, Nummer 9, über deren vorwärtsdrängender Bewegung im Bass sich ein zerrissenes Sehnsuchtsmotiv entspann. Die Revolutionsetüde war eigentlich zu oft von glanzvollen Pianisten gespielt worden, als dass man mit ihr jemandem imponieren konnte. Ich hoffte, das Tempo sprach für sich. Mit gleicher Vehemenz stieg ich in die Oktavenetüde ein, die von einem atemberaubenden Crescendo lebte – und natürlich vom sanglichen Mittelteil. Mein Geheimnis war, dass alle Stücke die Virtuosität der Linken forderten und meinen lädierten Finger schonten.

Mir schien es kein schlechtes Zeichen, dass Lew Komarow mich ausspielen ließ – wenn andererseits die Etüden auch zu rasant vorbeizogen, als dass man sie einfach wie einen Sonatensatz unterbrechen konnte. Doch kaum war der Applaus verebbt, hob er seine Hand und rief: Nur eine Frage! Nur eine Frage, bitte! Tatsächlich zögerte er, als müsse er darauf warten, dass ich – oder wer auch immer – ihm das Wort erteile. Ich sah zur grünen Kirchturmspitze mit ihrer goldenen Kugel, die die Februarsonne einfing.
Alles schön und gut, sagte Lew Komarow, ich habe mich nicht gelangweilt, das waren drei prägnant vorgetragene Etüden. Nicht nur das, auch die Melodik, das Sentiment, vor allem bei der Nummer 10, waren beachtlich. Gut, aber sagen Sie mir, lieber ...
... Schneider, sagte ich, Ben Schneider ...
... ja, lieber Ben Schneider, warum um Gottes willen ausgerechnet *diese* drei Werke, diese noch nie gehörte Kombination von Chopin-Etüden? Es gibt keinen Grund, wirklich nichts, was dafürspräche, diese drei bravourösen Stücke in *Konfrontation* zu bringen. Oder? Was sagen die anderen?
Die Antwort wäre einfach gewesen, hätte ich sie geben dürfen, hätte ich sagen können, dass genau diese Etüden den Ringfinger meiner Rechten nicht überforderten. Doch zugegeben, es war kein glückliches Argument, kein musikalisches jedenfalls und damit kein für Lew Komarow akzeptables.
Er kann halt nur diese drei Etüden, sagte Witold Nowak und meinte es witzig.
Ja, immerhin, rief Franca.

Jede Chopin-Etüde, das wiederhole ich gern, ist eine Herausforderung, sagte Professor Dammthal, da gibt es nicht viel auszusetzen, allerdings sollten wir uns auch überlegen, *was* wir spielen und *warum* wir *was* spielen und ob es einen übergreifenden *Sinn* ergibt.
Wäre es nicht langweilig, wenn man sein Programm immer nur erwartbar zusammenstellt?, fragte Axel, ein Student, der, wie ich gehört hatte, schon zweimal durch die Zwischenprüfung gefallen war.
Herrgott nein, rief Lew Komarow, Herr Schneider will uns vorführen! Uns auf die *Prrrobe* stellen!
Sehen wir es ihm nach, sagte Professor Dammthal.
Geschenkt, rief Lew Komarow und wischte spaßhaft durch die Luft, aber bitte tun Sie das nie auf einem *Konzerrrt*, lieber Ben Schneider.
Das Wort *Konzert* schleuderte er förmlich in den Raum und zielte mit dem Zeigefinger auf mich, was etwas theatralisch wirkte und womöglich auch komisch aussehen sollte, sodass die meisten lachten. Ich kehrte unversehrt an meinen Platz zurück.
Professor Dammthal fragte: Wen hören wir als Nächstes?
Hätte neben mir nicht Adrian gesessen, sondern Rebecca oder wenigstens mein zweites Ich, hätte ich gesagt: Du weißt sicherlich, warum ich diese drei Etüden ausgesucht habe, einmal abgesehen von meinem Finger-Handicap: Die erste Etüde war die, die für die Trauer steht, die zweite für die Lust, dass die Revolution uns heimsuchen wird, und die dritte, die Oktavenetüde, für die Katastrophen, durch die wir uns täglich kämpfen, ehe wir uns milde verzweifelt der Nacht überlassen.

Kleines Immergrün

Nirgends hingen die Wolken an diesem Nachmittag tiefer als in Lippfeld. Schaute man Richtung Bruch, konnte man glauben, zwischen den Nebelschleiern der Wiesen hausten Geister. Chimären und Dämonen. Der Ton der Kirchturmuhr verlor sich im Nebel. Ich hätte Rebecca einen freundlicheren Tag für ihren Besuch gewünscht.

Als wir zur Mittelstraße einbogen, spürte ich ihre Hand. Sie erinnerte mich daran, dass es eine gute Gelegenheit war, nicht wie Fremde nebeneinanderzugehen. Wie auf ein verabredetes Zeichen griffen unsere Finger ineinander. Ein Hauch von Kölnisch Wasser wehte uns aus der Drogerie Lippach entgegen. Verband sich mit dem Geruch aus dem Grill-Imbiss. Nie wieder würde ich die Drogerie betreten, um eines der schimmernden Eau-de-Cologne-Fläschchen zu kaufen, die sich nicht nur zu Muttertag in der Auslage reihten.

In Berlin wären wir unsichtbar gewesen, und niemanden hätte interessiert, ob wir Hand in Hand gingen und glücklich aussahen oder Grimassen vor den Schaufenstern schnitten. Ich hätte mich nicht fortwährend gefragt, was Rebecca darüber dachte, dass ich an diesem Ort endlose Stunden verbracht hatte. Jeden Moment erwartete ich Sätze, in denen sie sich erstaunt darüber gab, dass man hier wohnen könne, oder dass sie fragte, warum die Häuser so klein seien und warum

jeder Zweite uns entweder sehr freundlich grüßte oder sehr finster an uns vorbeisah.
Ich sagte: Da mich jeder hier kennt und wir jetzt Hand in Hand gehen, gehörst du dazu, ob du magst oder nicht. Aber es war ja dein Wunsch, mit mir dieses Ende der Welt zu besichtigen, und nun wunderst du dich, wie klein alles ist und dass grauhaarige Frauen hinter den Fenstern sitzen und uns beobachten, findest es komisch, dass eine alte Kapelle als Bücherei dient und dass zwei Kirchen miteinander konkurrieren, obwohl schon eine Kirche mehr als genug wäre, und natürlich fragst du dich, wie man, wenn man in einem solchen Dorf geboren wurde, jemals dazu kommt, Chopin zu spielen. Ich gebe zu, ich selbst bin ziemlich verblüfft und habe keine Antwort auf deine Fragen.
Rebecca sagte: Wie freundlich die Leute hier sind.
Freundlich *scheinen*, sagte ich.
Weißt du, sagte sie, als Kind war ich einmal in einem holländischen Dorf, wo alle Häuser aus roten Ziegeln und sehr klein waren. In den Straßen hat es ausgesehen wie hier. Damals habe ich gedacht, dass in dem Ort nur Kinder wohnten.
Vor dem *Rinaldo* stand Theresa, ganz wie vor ihrem Unfall, zumindest ohne ihre Gehhilfe, und rauchte. Was geblieben war, waren ein paar rötliche Spuren im Gesicht und die dauernde Abwesenheit einer blauen Honda, auf der sie mit Ulf in die Welt hinausgefahren war.
Oho, sagte sie.
Nichts los, was?, fragte ich.
Sehnsucht?, fragte sie.

Ich sah, dass im Innern nur Rinaldos Freunde vor ihren Espressotässchen saßen. Mit ihren pomadigen Haaren und goldenen Kettchen hätte man sie für italienische Showgrößen halten können.
Wir sind etwas in Eile, sagte ich.
Niemand hält euch auf, sagte Theresa.
Gut zu wissen.
Übrigens heiße ich Theresa, sagte sie zu Rebecca.
Wie nett auch immer ihre Begrüßung gemeint war, mir war nicht an einer längeren Unterhaltung vor dem *Rinaldo* gelegen.
Rebecca sagte: Ben versucht mich davon zu überzeugen, dass Lippfeld ein langweiliger Ort ist.
Und?, fragte Theresa.
Noch bin ich anderer Ansicht.
Ich muss leider wieder rein, sagte Theresa, obwohl, abgesehen von Rinaldos Freunden, niemand im Café saß.
Gruß an die Gäste, sagte ich.
Theresa blickte auf den kleinen Strauß, den Rebecca für das Grab meiner Mutter dabeihatte, und sagte: Dann macht's gut.
Machen wir, antwortete ich und sah zu, dass wir weiterkamen. Hinter dem Schwanenteich, unter dessen Bänken der Wind Laub sammelte, ging es hügelan. Von der Friedhofhöhe konnte man auf die Kirchtürme und fernen Schornsteine schauen. Ich blickte auf den Kiesgrund, der unter unseren Schuhen knirschte. Wer das Friedhofsportal passierte, wurde mit einem Spruch beschenkt, der den Torbogen zierte. Rebecca verlangsamte ihren Schritt und las: *Was ihr seid, das waren wir. Was wir sind, das werdet ihr.*

In jedem Fall war der Friedhof ein friedlicher Ort, der von Rentnern und Rentnerinnen bevorzugt wurde und nicht von Dorfrebellen, die einen zum Bier einluden oder sich in Andeutungen ergingen, was man alles an abenteuerlichen Dingen erlebt habe, an Unsäglichem, über das man besser nicht redete – schon gar nicht in Gegenwart einer Nichtlippfelderin. Wer hier lag, schwieg. Der Weg war mir noch bestens vertraut, jede Wurzel, die schwarz in der Nässe glänzte. In den Baumkronen hing kein Schnee mehr, aber immer noch hockten Krähen in den Ästen.

Wir sahen schon den Wall der neueren Gräber, als aus dem Querweg hinter der Wasserstelle eine gebückte Gestalt hervorkam. Sie trug eine Kombination aus dunkelgrünem Umhang, Gummistiefeln und breitkrempigem Filzhut. Wären wir nicht auf dem Friedhof gewesen, hätte man an einen Jäger beim Pirschgang denken können. Wenn mich nicht alles täuschte, war es Herr Görtler aus der Siedlung. Dabei hatte ich angenommen, dass er längst neben seiner Frau beigesetzt worden sei. Schon damals, als er uns sein Ibach-Klavier vermacht hatte, war er laut Aussagen meines Vaters todkrank gewesen. Und es hatte geklungen, als wäre es nur eine Frage von Wochen, ehe er mit seinem gebrechlichen Leib voller Metastasen ins Grab sinke. Doch offenbar hatten die Ärzte seine Widerstandskraft unterschätzt, oder es war ein Wunder in Lippfeld geschehen.

Keiner tut etwas, rief Herr Görtler.

Rebecca sah mich fragend an, und ich nickte, als wäre völlig klar, was Herr Görtler meinte. Sicherlich reichte

es, ihm einfach zuzustimmen, egal, ob man ihn verstand oder nicht.
Seht ihr, sagte er und wies über den Friedhof: Dort hinter den letzten Kiefern liegt das Grab meiner Frau. Wenn ihr daran vorbeikommt, werdet ihr feststellen, dass der Stein schief steht. Jedes Jahr sackt er ein paar Zentimeter ab und wird irgendwann umstürzen, mag sein, dass ich es nicht mehr erlebe, doch es macht mich traurig zu sehen, dass es niemanden kümmert.
Bedauerlich, sagte ich.
Mein Beileid übrigens, sagte Herr Görtler, deine Mutter war eine kluge Frau. Ich erinnere mich, als sie an meiner Tür stand und sagte: Herr Görtler, Sie haben doch ein altes Klavier. Wenn niemand mehr darauf spielt, könnten Sie es uns vielleicht leihen.
Oh, wie interessant, sagte Rebecca und blickte mich an.
Na ja, Herr Görtler, sagte ich, mein Vater hat mir die Geschichte anders erzählt.
Dein Vater!, sagte Herr Görtler und führte eine kleine, abschätzige Bewegung aus. Geben Sie mir etwas Bedenkzeit, habe ich zu deiner Mutter gesagt. Denn damals erinnerte mich das Klavier noch zu sehr an meine Frau, die öfter darauf gespielt hat. Robert Stolz und andere schöne Sachen. Ja, wenn ich mich richtig entsinne, habe ich deinen Vater vor dem Haus angesprochen. Er musste das Klavier ja nur von einem Ende der Straße zum anderen rollen. Die Ärzte hatten mir prophezeit, ich werde noch höchstens drei Monate leben. Stellt euch das vor. Drei Monate! Aus den drei Monaten sind zehn Jahre geworden! Ich weiß bis heute nicht, ob es ein Geschenk oder eine Strafe ist!

Unglaublich, sagte Rebecca.
So ist es, sagte Herr Görtler. Er musste, weil er gebückt dastand und ziemlich klein war, seinen Kopf steil heraufdrehen, um uns anzusehen. Wahrscheinlich war er in den letzten zehn Jahren Zentimeter um Zentimeter geschrumpft. Auf jeden Fall war er greisenhafter geworden. Mit den knöchernen Fingern der Rechten umklammerte er den Knauf seines Stocks.
Aber jetzt, rief er, muss ich weiter!
Alles Gute, sagte ich.
Sicher sah Rebecca es wie ich: Es war sein Job, Tag für Tag in Jägertracht über die Friedhofswege zu gehen und sich um die unaufhaltsam absackenden Grabsteine zu sorgen. Am Ende würde er nicht einfach sterben, sondern zum Friedhofsgeist mutieren. Und als Phantom seine Mission fortsetzen. Oder die trauernden Besucher mit zittrigen Fingern erschrecken und vom Robert-Stolz-Spiel seiner Frau schwärmen.
Solange die Erde sich nicht gesetzt hatte, würde man am Grab meiner Mutter keinen Stein aufstellen. So viel war vom Steinmetz zu erfahren gewesen. Keine Ahnung, was für die Nichtlebenden schlimmer war, keinen Grabstein zu haben oder einen, der absackte. Der verwitterte und irgendwann wie eine stürzende oder gefallene Gestalt zwischen knorrigen Gewächsen aussah.
Rebecca konnte nicht davon ausgehen, dass ich ein Ritual kannte, das uns den Besuch erleichterte. Ich hatte nichts parat. Mir war klar, dass andere an Gräbern Gebete sprachen oder Kerzen anzündeten. Sich überhaupt benahmen, als käme man den Toten näher.

Sicher erwartete Rebecca nichts von alledem. So wenig wie ich erwartete, dass sie etwas anderes tat, als stumm neben mir zu stehen. Oder höchstens ihren Strauß auf dem Grab abzulegen.
An den Rändern wuchs Immergrün, das schon Teile der Grabkante bedeckt hatte. Was an Erika sichtbar war, leuchtete nicht mehr in kräftigem Lila, sondern war durch Frost und Nässe ausgebleicht und gab allenfalls ein blasses Rosa her.
Hätte ich mit meiner Mutter sprechen können, hätte ich ihr natürlich mitgeteilt, dass ich mich glücklich schätzte, an diesem Ort nicht allein zu sein, sondern in Begleitung der schönsten, klügsten und musikkundigsten Person überhaupt. Du siehst, trotz des Nebels hält sich ein Schimmer in ihrem Haar, ein rötlicher Ton, aber nicht hell, eher die Farbe von Kastanien. Und trotz des tristen Tages schaffen es ihre Sommersprossen, sich zu zeigen. Zugegeben: Wenn die Sonne scheint, sind sie markanter. So sind sie nur Anmutung. Doch sie verschwinden nie ganz. Außer wenn Puder oder Schminke bei Auftritten jede Unfeinheit kaschieren. Du wirst verstehen, dass ich nicht weiter abschweife. Was immer noch zu sagen wäre, warum sollten wir mehr Worte wechseln als vor der Kulisse des Kurparks? Als im Leben? Oder doch zumindest in den letzten Jahren. Oder waren es Jahrzehnte? In jedem Fall gefühlte Ewigkeiten.
Das Kleine Immergrün, das auf dem Grab wuchs, würde im Frühjahr in den leuchtendsten Tönen blühen. Wenn man etwas Glück hatte. Soweit ich mich entsann, war es eine Pflanze, die sich wie Unkraut aus-

breiten konnte. Die wucherte und verwilderte. Alles unter sich begrub. Laut Rektor Fahle. Laut Rektor Fahle konnte das im Kleinen Immergrün enthaltene Gift sogar zu Schädigungen des Herzens führen.

Wie viel Krähen es hier gibt, sagte Rebecca.

Wenn man sich nur lang genug nicht rührte, würde der Nebel einen so sanft wie unwiderruflich verschlucken. Mitsamt den Grabsteinen und Kiefern. Ich war mir sicher, erst außerhalb der Friedhofsmauern würden uns wieder Sätze einfallen. Ich sehnte mich nach Lichtern, Stimmen und Farben, selbst wenn es nur Lippfelds Lichter, Stimmen und Farben waren. Es konnte nicht schaden, Rebeccas Hand fester zu umschließen, als könnten wir uns sonst verlieren. Ohne ein Wort gingen wir den Weg zurück. An der Wasserpumpe hing eine rostige Gießkanne, die alles über die Verstorbenen wusste. Den sinnreichen Spruch auf dem Torbogen mussten nur die Eintretenden lesen. Dabei hätte man auch den Hinausgehenden einen Satz schenken sollen, oder sie doch mit ein paar Worten zur Rückkehr in die Welt beglückwünschen können.

Lippeland

Wir hatten bereits das Ende der Mittelstraße erreicht, als ein orangefarbener Käfer vor uns bremste. Gern wäre ich mit Rebecca in einen der Läden verschwunden, doch weder die Drogerie Lippach noch das Modehaus Grafen boten sich als Rückzugsort an. Also besser ausharren und mit Fassung zuschauen, wie das Fahrzeugfenster heruntergekurbelt wurde. Wie sich ein Gesicht aus dem heruntergekurbelten Fenster streckte. Vermutlich war Kuddels Grinsen freundlich gemeint. Er wollte aussehen wie jemand, mit dem keiner gerechnet hatte, dabei wirkte er nicht halb so gewitzt, wie er glaubte.

Auch wenn jemand, der in einem Käfer durch Lippfeld fuhr, kein Beispiel für Weltläufigkeit war, sagte ich zu Rebecca: Das ist Kuddel, den es vor unfassbar vielen Jahren aus New York an den Schwanenteich verschlagen hat.

Brooklyn, sagte Kuddel.

Wir sind nur auf der Durchreise, sagte ich.

Kann nicht sein, antwortete Kuddel, Mick gibt heute Abend eine Party zu euren Ehren.

Ich erinnerte mich nicht, jemanden über unseren Lippfeld-Aufenthalt informiert zu haben. Es konnte nur ein Missverständnis sein oder eine trickreiche Behauptung Kuddels, der Mick erst noch einweihen würde und auf dessen Spontanität setzte.

Party, sagte Rebecca, klingt nicht schlecht.
In diesem Fall gehen unsere Meinungen auseinander, sagte ich.
Pech für dich, sagte Kuddel.
Ich glaube, sagte Rebecca leise an meinem Ohr, wir haben noch nie zusammen getanzt.
Als wäre das ein Versäumnis, sagte ich.
Inzwischen war Kuddels *Clementine* zum Hindernis auf der Mittelstraße geworden.
Ihr solltet einsteigen, sagte er, gerade so, als seien wir für den Stau verantwortlich. Ich hatte keine Ahnung, wohin er mit uns zu fahren beabsichtigte. Dass Vickie nicht neben ihm saß, hatte sicherlich gute Gründe, jedenfalls fiel mir auf, dass es im Wagen nach Bier roch.
Und sonst?, fragte ich.
Na, alles top, sagte er.
Sicher?
Kuddel langte hinüber zum Handschuhfach und kramte zwischen fleckigen Straßenkarten und leeren Dosen zwei Fläschchen Jägermeister hervor.
Ein bisschen früh, oder?
Nie *zu* früh!
Rebecca fand es hoffentlich witzig oder einfach nur etwas schräg, dass wir jeder ein Fläschchen tranken. Dass Kuddel ihr keinen Jägermeister anbot, verstand ich als ein Zeichen guten Stils, denn nur alten Freuden oder hoffnungslosen Alkoholikern konnte man ein solches Angebot unterbreiten. Vermutlich hatte Rebecca noch nie jemanden in ihrem Leben Jägermeister trinken sehen. Und schon insofern hatte sich der Lippfeld-Ausflug gelohnt, jedenfalls wollte ich glauben, sie

könne so eine ihr bislang unbekannte Facette meines Ichs kennenlernen.
Was sagt Vickie?, fragte ich.
Müsstest du *sie* fragen, sagte Kuddel.
Ein anderes Mal, sagte ich. Es wäre zu weit gegangen, sich danach zu erkundigen, ob erst der Jägermeister gewesen war oder erst das Freundschaftsende. Dabei hatte ich mich schon fast an Kuddel und Vickie als Paar gewöhnt.
Kuddel bog zum Schwanenteich ein, wo erwartungsgemäß niemand bei drohendem Schneeregen auf den Bänken saß. So blieb nur die trübe Teichfläche, an der die Kopfweiden als graue Gestalten standen, deren ewige Strafe es war, Nebel zu trinken. Und dem rostigen Mühlrad beim unaufhaltsamen Verfall zuzusehen.
Zigarette?, fragte Kuddel.
Okay, sagte ich. Schaute mich vergewissernd zu Rebecca um.
Es gib tatsächlich Schwäne, sagte sie.
Aber kein versunkenes Dorf, sagte ich und reichte ihr eine Camel.
Ich nahm es als grandioses Zeichen ihrer Solidarität, dass sie nach wie vor rauchte, obwohl sie, wären wir uns nie begegnet, bestimmt nie zur Raucherin geworden wäre. Ihr konnte nicht entgehen, dass eine glimmende Zigarette bei denen, die hier Jahr für Jahr ausharrten, wehmütige Empfindungen wecken musste und eine Illusion von Freiheit heraufbeschwor.
Es konnte nicht unser Plan sein, mit Kuddel den Rest des Tages durch die Frontscheibe seiner *Clementine* aufs Wasser zu blicken. Wir hätten ihn mit ein paar tröst-

lichen Worten zurücklassen können, um am Ibach einige vierhändige Stücke zu spielen. Oder Melodien von Robert Stolz. In Gedenken an Herrn Görtler und seine Frau. Mit schwebte sogar das *California* vor, wo ich Rebecca zum Flippern hätte überreden können. Ihre Finger waren mit Sicherheit schnell genug. Wir hätten natürlich gleich in den nächsten Bus Richtung Essen steigen können. Alles schien besser, als sich in Kuddels Käfer der Nachmittagslethargie zu überlassen. Worauf sich allenfalls hoffen ließ: Wenn wir nur lange genug dasäßen, würde Rebecca einsehen, dass Lippfeld die letzte Station vor dem Nichts war und kein Anlass bestand, jemals wiederzukommen. Dann immerhin hätte sich unser Dasitzen gelohnt.

Na, sagte ich, das hast du nun davon.

Ich wusste nicht, erklärte Rebecca, dass Lippfeld einen so schönen Teich hat.

Jetzt weißt du's, sagte ich.

Kuddel rief: Ich sag's ja immer ...

Und erzähl uns nicht, sagte ich, die alte Mühle gefällt dir.

Rebecca sagte: Die alte Mühle gefällt mir.

Du hast eine tolle Freundin, sagte Kuddel.

Tja, antwortete ich, würdest du dich besser benehmen, hättest du auch noch eine.

Vickie hat halt ihre Launen, sagte Kuddel.

Wahrscheinlich ist es ihr zu langweilig geworden.

Sagt der große Entertainer.

Nur kein Neid.

Als wollte Kuddel sich an mir rächen, drehte er sich zu Rebecca und fragte: Wie wär's mit etwas Sightseeing?

Tolle Idee, sagte Rebecca. Sie war einfach zu höflich, oder sollte ich glauben, dass sie darauf brannte, in Kuddels *Clementine* durch den trüben Nachmittag zu fahren? Von einer Lippfelder Nichtigkeit zur anderen? Andererseits war klar, dass mit jeder Minute, die wir am Schwanenteich standen, die Wahrscheinlichkeit wuchs, dass der eine oder andere trotz miesen Wetters aufkreuzte und allerlei aus der Vergangenheit zum Besten gab.

Dass Kuddel als Erstes Olschewskis Trinkhalle ansteuerte, wunderte mich nicht, auch wenn sie keine Sehenswürdigkeit war. Vermutlich gehörte er, neben Mick, zu den letzten Kunden, die sich tagsüber hier versorgten, anstatt in den Supermarkt zu gehen. Ich verstand, dass sie wenig Lust verspürten, mit einem halben Dutzend Bierdosen an einer Kasse anzustehen, wo man nicht einmal anschreiben lassen konnte.

Es gelang mir nicht, das Bier, das Kuddel mir anbot, abzulehnen. Obwohl wir schon gemeinsam einen Jägermeister getrunken hatten. Als ich – nur um den Eindruck zu vermeiden, jemand solle ausgeschlossen werden – Rebecca die Flasche nach hinten reichte, sagte sie: So früh noch nicht. Und ich ergänzte: Und außerdem trinkst du überhaupt kein Bier.

Das auch, sagte Rebecca, ohne sich Mühe zu geben, es scherzhaft klingen zu lassen. Es war, wie ich bei jedem Schluck aus der Flasche dachte, kein wirklich gutes Unterfangen, wenn von dreien zwei tranken. Was sollte Rebecca davon haben, wenn sie die Dorflinde sah oder die Kirche, in der ich einmal in meinem Leben miserabel gebeichtet hatte? Wenn wir die Bushaltestelle mit den zerkratzten Sitzen und den besprühten Wellblechen passierten? Zu allem Unglück stoppte Kuddel vor dem *Rinaldo* und sagte wichtigtuerisch: Ich war Zeuge, als Ben vor den Gästen dieses Cafés mit einem Kinnhaken zu Boden ging.

Nicht wahr!, sagte Rebecca.

Alte Geschichte, sagte ich.

Alte Geschichte, bestätigte Kuddel.

Wir passierten den steinernen Löwen des Ehrenmals und bogen in Richtung Lippeaue ab. Hin und wieder waren wir mit dem Rad zum Fluss hinuntergefahren, um dort nichts weiter zu tun als das, was wir auch am Schwanenteich taten. Nur in etwas größerer Verlassenheit. Vor einem etwas weitläufigeren Panorama. Tatsächlich hatte es etwas für sich, wie die Lippe zwischen Weiden und Pappeln durch die Aue zog. In weiten Schleifen, sodass man denken konnte, sie wollte eigentlich wieder zurückfließen. Leider fehlte der Landschaft heute jede farbliche Nuance, es gab weder das Grün der Wiesen noch den hellen Sandton der Kuppen, die nur Andeutungen von Hügeln waren.

Kuddel bremste, und ich sprang aus dem Wagen, öffnete wie ein eilfertiger Chauffeur die Tür für Rebecca, um sie ans Ufer zu führen. Im Strom zogen kleinere Strudel, deren Anblick in mir die Vorstellung hervorrief, dass jeder, der dort hineingeriet, auf den Grund gezogen würde. Sicherlich war der Fluss nicht sehr tief. Für Sekunden glaubte ich, eine faulige Süße wehe uns an. Und über allem hing – schwächer als im Sommer – ein Hauch, den man von nahen Raffinerien kannte.

Ich legte den Arm um Rebeccas Schulter und wollte glauben, dass auch ihr der Fluss in seiner schmutzig braunen Undurchdringlichkeit unheimlich vorkam. Vereinzelt stiegen Blasen aus der Tiefe. Die Szenerie war in jedem Fall geheimnisvoller als das weitläufige Ufer des Baldeneysees. Es bedurfte keiner überbordenden Fantasie, um hinter jedem Strauch, hinter jeder Baumgruppe Fabelgestalten zu vermuten. Nymphen oder uralter Flussgötter, die auf angeschwemmten Fässern mit Öl hockten.
Hübsch, sagte Rebecca und schaute zur Insel, die wie ein winziges Eiland aus der Strömung ragte, als wollte die Lippe ein kleiner Mississippi sein. Ein paar dürre Sträucher wuchsen darauf. Wacholder oder Weißdorn. Jenseits der Insel, hinter den letzten Nebelpappeln, mündete der Fluss im Nirgendwo.
Man kann sogar übersetzen!
Abenteuerlich, sagte Rebecca.
Tatsächlich gab es im Uferschlick Reste eines Kahns. Wahrscheinlich hatten Angler ihn genutzt, als noch Karpfen oder Barsche im Fluss schwammen. Ich winkte Kuddel heran und bat ihn, das Boot mit mir ein Stück ins Wasser zu manövrieren. Der Flussarm war so schmal, dass es reichte, den morschen Rumpf quer in die Strömung zu drehen. Ich war von einem seltsamen Eifer ergriffen, als käme es darauf an, Rebecca um jeden Preis die Insel zu zeigen. Wir balancierten über die rutschigen Planken und erreichten die Inselspitze. Kuddel blieb als einsame Nebelerscheinung am Ufer zurück.
Jetzt staunst du, sagte ich zu Rebecca.

Und wie, sagte sie.
Das Interessanteste, was Lippfeld zu bieten hat.
Wir blickten auf einen Haufen angekohlter Abfälle, die eine kleine Sandmulde füllten. Hinter Brennnesseln ragten die Reste einer ausrangierten Regentonne auf.
Sollen wir uns setzen?, fragte ich und deutete auf einen Stein, den man für einen Findling halten konnte.
Ich glaube, sagte sie, du bist schon etwas betrunken.
Etwas vielleicht, sagte ich und zog sie auf den Stein.
Und nun?, fragte Rebecca.
Hast du dich nicht in deinem letzten Brief nach dem Klassenvorspiel bei Professor Dammthal erkundigt?, fragte ich. Es war irgendwie amüsant und etwas kurios. Franca hat alle mit ihrer Boulez-Sonate aus den Socken gehauen. Ich konnte immerhin mit einer inkonsequenten Kombination von Etüden verblüffen. Lew Komarow meinte: *Herr Schneider will uns vorführen!*
Wieso das?
Fühl mal, sagte ich und streckte Rebecca den vierten Finger meiner rechten Hand hin. Es stimmte wohl, ich war nicht mehr ganz nüchtern, sonst hätte ich mein Handicap für mich behalten und im Stillen auf Besserung gehofft. Egal, wie lang. Ich sagte ihr nicht, wie komisch sie aussah, wenn sie ohne Brille etwas aus nächster Nähe betrachtete und dabei ihre Augen zusammenkniff. Sie nahm es erwartungsgemäß sehr genau. Befühlte den Knöchel des einen Fingers und zum Vergleich den des anderen. Ich ließ ihre akribische Begutachtung über mich ergehen, als wäre sie Medizinerin.
So oder so, sagte sie, damit musst du zum Arzt.

Ich konzentriere mich beim Üben auf die Linke.
Tolle Idee ...
Man braucht nur Geduld.
Sei nicht albern, sagte Rebecca und krauste ihre Stirn. Für die Furchen zwischen ihren Brauen war es keine Frage, dass meine Zukunft als Pianist auf dem Spiel stand.
Mit niemandem, sagte ich, wäre ich lieber auf dieser Insel als mit dir, selbst wenn die Lippe nicht der Mississippi ist.
Wir werden hier keine Ewigkeit bleiben können.
Ach, murmelte ich und lehnte meinen Kopf an ihre Schulter.
Ich spürte, dass etwas in ihr vor sich ging. Möglicherweise reiften im Verborgenen schon Pläne, wie mein Finger zu retten sei. Wir blickten über die Wiesen, hinter denen die Welt keine Umrisse mehr kannte. Dämonen schauten hinter krüppligen Bäumen hervor. Strichen durchs Ufergebüsch. Für mich gab es keinen überzeugenden Grund, die Insel jemals wieder zu verlassen. Anders als Rebecca durfte ich mir dank meines Leichtsinns solche Gedanken erlauben. Konnte mich höchst unrealistischen Varianten unseres Zusammenlebens auf der Insel hingeben, während sie neben mir schwieg. Schweigend brütete sie etwas aus, umgeben vom trägen Strom des Wassers, das weißgrauen Schaum gegen das Ufer trieb.
Nach und nach würde die vom Fluss aufziehende Kühle alle Prozesse in uns verlangsamen und uns von den Dringlichkeiten des Alltags erlösen. Es musste eine unbekannte Zwischensphäre geben, die weder

Licht noch Schatten war und in der das Herz einen Rhythmus fand, der zur Abgeschiedenheit dieses Ortes passte.

Alte Freunde

Zur Begrüßung bot Mick das übliche Ritual aus Überschwänglichkeiten. Es gehörte dazu, dass er mich ein Stück mitriss und heftig die Arme schwang. Was am meisten auffiel, war sein schwarz-rotes Stirnband, mit dem er ein bisschen nach Südsee-Pirat aussah. Oder nach einem Meuterer der Bounty.

Ich hatte Rebecca gewarnt, soweit man jemanden vor Mick warnen konnte. Es wäre einfacher gewesen, den Abend mit Lesen oder Musikhören zu verbringen. Andererseits war für Rebecca alles nur ein Gastspiel: Sie kam, schaute und fuhr wieder ab. Ich konnte nur hoffen, dass Micks Party sich nicht zu einer Abfolge von Peinlichkeiten entwickelte. In jedem Fall hätte ich es vorgezogen, nicht an Ereignisse vor unserer Zeit erinnert zu werden. Ein kluger Vorsatz wäre gewesen, kein Gespräch mit *Weißt-du-noch?* zu beginnen. Natürlich, es war erlaubt zu lachen. Zu reden. Zu tanzen, sofern man Deep Purple und Sechzigerjahresongs mochte.

Wahnsinn, rief Mick, während er Rebecca ansah: Das nenne ich einen großartigen Moment! Ben hat mir schon *alles* von dir erzählt!

Wie reizend, sagte Rebecca.

Mick lachte und nahm ihren Arm, um sie sanft ins Zimmer zu ziehen: Was darf ich euch anbieten?

Ich sagte in diese und jene Richtung Hallo, spürte Hände auf meiner Schulter. Es fühlte sich an, als wäre ganz Lippfeld versammelt, obwohl sicher nicht mehr als zwei Dutzend Leute in der Wohnung herumstanden. Mick nötigte uns auf die Couch, deren hellbraunes Stoffgewebe speckig glänzte. Es waren zweifellos eine Menge Missgeschicke mit überschäumendem Bier und glimmenden Zigaretten darauf geschehen.

Ich wagte nicht, Rebecca anzusehen, während wir uns setzten, sagte aber leise: Sei auf alles gefasst!

Also, was darf ich euch anbieten?, fragte Mick.

Rebecca schaute zu mir, als erwarte sie einen Tipp.

Ich erklärte: Meines Wissens beschränkt sich das Angebot im Wesentlichen auf Bier und Jägermeister.

He, sagte Mick, du hast den Bordeaux vergessen!

Und den Bacardi, rief Gabi, die ein überall zu knapp wirkendes lila Kleid trug, das auch ein T-Shirt sein konnte.

Also dann Bordeaux, sagte ich, obwohl der Wein vermutlich weniger verträglich war als das Bier. Es war die Sorte, die für 1,99 Mark im Neonlicht des Supermarkts stand und vorzugsweise als Überlebensration diente, wenn alles andere zu kostspielig war. Schon beim Eintritt hatte ich eine Reihe von Gästen bemerkt, mit denen ich lieber nicht im Beisein Rebeccas reden wollte. Darunter Mona, die in einem taillierten Ripp-Pullover neben Micks Bruder stand und die ich vor Jahren geküsst hatte. Wie angenehm wäre es gewesen, hätte ich die Begegnung mit ihr vergessen und nicht an ihr blumiges Parfüm gedacht, das wie ein heimtückisches Gift auf den Verstand wirken konnte.

Aus den Boxen klang Deep Purples *Stormbringer*, doch noch schien niemand in Tanzstimmung, und sicher

würde keiner im halbwegs nüchternen Zustand zwischen herumliegenden Flaschen, aufgerissenen Verpackungen und Bierdosen tanzen. Ganz abgesehen vom begrenzten Raumangebot. Nur Mick probierte es mit tänzelnden Schritten, während er von einem zum anderen Gast wechselte. Bis auf Weiteres sah seine Party nach einem mittelgroßen Besäufnis unter alten Bekannten aus.
Ich weiß nicht, sagte ich zu Rebecca, ob es klug ist, dir meine Freunde vorzustellen. Soweit es *Freunde* sind.
Es ist in jedem Fall amüsant, sagte Rebecca.
Mick ist und bleibt Mick!, sagte ich.
Dass er nächtliche Touren unternahm, die nicht immer glückten, musste ich Rebecca gegenüber nicht im Detail ausführen. Seit dem Kioskdebakel war seine Freundschaft zu Alex so jäh abgekühlt, dass er ihn nicht eingeladen hatte. Stattdessen sah man an seiner Seite jemanden, den alle Maxim riefen und der einen Ford Capri fuhr. Der Wagen parkte so vor dem Haus, dass jeder, der hereinwollte, nicht umhinkam, ihn in seinem metallicgrünen Glanz zu bewundern.
Kuddel hatte berichtet, Maxims Vater führe ein Elektrogeschäft, das weitaus profitabler sei als die Läden, die man üblicherweise von den Ausfallstraßen in Duisburg oder Essen kenne. An der Ladentheke handle er mit Elektroartikeln und im Hinterraum mit Waffen aus russischen Armeebeständen. Maxim müsse man sich als seine rechte Hand vorstellen. Und nicht zuletzt als seinen potenziellen Nachfolger. Der Clan stamme aus einer winzigen Ortschaft im Schwarzmeerkaukasus. Was ich wusste, musste ich nicht preisgeben, nicht hier

und jetzt. Irgendwann, wenn ich sicher sein durfte, dass Rebecca und ich diesen Ort nie wieder besuchten, konnte ich ihr Geschichten erzählen, die durch die Ferne der Ereignisse mitteilbar wurden.
Maxim, der offenbar darauf brannte, uns kennenzulernen, stand unversehens vor uns und lächelte mich an, als wüsste er alles über mich und die Missgeschicke meines Lebens. Das wissende Lächeln stand ihm.
Mick's very best friend, rief er.
Behauptet wer?, fragte ich.
Ich wusste nicht, ob man jemandem ansah, dass seine Familie aus dem Schwarzmeerkaukasus kam. Maxims Äußeres jedenfalls wirkte unauffällig. Sein dünner Rollkragenpullover war höchstens ein bisschen eleganter als das, was die anderen trugen. Ein heller Flaum schimmerte auf seiner Oberlippe. Das Gesicht blass und weich. Wenn er sprach und nach einer Formulierung suchte, bewegte er seine Finger, als prüfe er die Qualität eines Stoffs in der Luft.
Ich hatte mir schon zum zweiten Mal vom Bordeaux nachgeschenkt, während Rebecca auf Wasser umgestiegen war. Entweder dachte sie ans Klavierspiel, oder der Wein schmeckte einfach so miserabel, dass mehr als ein Glas für sie nicht verkraftbar war. Ihre Vorsicht war verständlich. Das Einzige, was sich über den Wein Gutes sagen ließ, er schmeckte umso weniger schlecht, je mehr man von ihm trank.
Morgen hast du Kopfweh, sagte Rebecca und strich mir durchs Haar.
Habe ich schon jetzt, sagte ich.
Wir könnten gehen, sagte sie.

Ich war überrascht und bemühte mich, mir meine Überraschung nicht anmerken zu lassen, als Kai Hendricksen und Susanna von Mick hereingeführt wurden. Natürlich hatte ich kein Recht, Mick vorzuschreiben, wen er einlud und wen nicht. Vor allem war ich der Meinung gewesen, dass all jene, die ich nicht als Freunde betrachtete, auch für ihn als Freunde nicht in Betracht kamen. Aber offenbar hatte ich mich getäuscht oder einfach nicht mitbekommen, wie sich die Spielregeln änderten. Mick tänzelte um Kai und Susanna herum, als sei er hocherfreut, dass sie sich die Ehre gaben, auf seiner Party zu erscheinen.
Euch muss ich ja nicht vorstellen, sagte er und legte einen Stopp vor der Couch ein.
Gut, ich war in friedlicher Absicht gekommen – niemand wollte Mick die Partylaune verderben –, dennoch war ich nahe daran, mich für seine mehr boshaften als komischen Scherze zu revanchieren. Anstatt zu lächeln. Zumindest gestattete ich mir die Bemerkung: Dein Bordeaux schmeckt furchtbar.
Ben, der große Weinkenner!, rief Mick.
Ich wandte mich an Rebecca und sagte: Tut mir leid, wenn wir dich langweilen.
Während Mick von Susanna zu Rebecca sah, fragte er in einem Ton, der arglos klingen sollte: Ihr kennt euch sicher nicht?
Ich rätselte, ob es der Alkohol war, Dummheit oder eine geheime Lust, mich in missliche Situationen zu bringen. Selbst Mick musste klar sein, dass die wenigsten Freundinnen darauf brannten, die frühere Freundin ihres Freundes kennenzulernen.

Kai Hendricksen gab Rebecca die Hand, zögerte, ehe er auch mir die Hand hinstreckte. Wir hatten einen Deal. Tatsächlich sparte er sich sein *Hallo Kleiner* und beeindruckte durch ein an Höflichkeit kaum zu überbietendes: Schön, euch zu treffen! Hatte ich mich in ihm getäuscht? Am Ende war er ein umgänglicher und geradezu liebenswürdiger Mensch, was ich nur in all den Jahren nie bemerkt hatte. Offenbar war es nichts als Neid, was ich empfand, da ich lange hatte mitansehen müssen, wie Kai Hendricksen mit fast allen Mädchen Hand in Hand durch Lippfelds Straßen ging. Und zuletzt sogar mit Susanna.

Bens erste große Liebe, verkündete Mick im Stil einer Sensation, während er auf Susanna wies. Ich hätte ihn gern als drittklassigen Possenreißer auf eine Laienbühne verdammt.

Hör mal, sagte ich, noch so ein Spruch, und ich bin weg.

Entschuldige, rief Mick, ich wusste nicht, dass du deine Vergangenheit verleugnest.

Unbedingt, sagte ich.

Na, sagte Kai Hendricksen, bei Mick sollte man nicht jedes Wort ernst nehmen.

Es war unfassbar, dass jemand wie Kai Hendricksen mir beisprang, als wäre ich nicht mehr in der Lage, mich gegen Micks Übertreibungen zu wehren.

Und wie ist es *dir* bisher in Lippfeld ergangen?, fragte Susanna.

Nicht schlechter als gedacht, sagte Rebecca.

Micks Bruder sagte: Falls dir Lippfeld nicht gefällt, ist es nicht weit nach Gelsenkirchen.

Und falls ihr Gelsenkirchen nicht gefällt?

Lasst uns auf Ben anstoßen, sagte jemand.
Maxim sagte: Es ist in jedem Fall heldenhaft, unter Franziskanern zu leben.
Ihr solltet ein wenig mehr Mitgefühl mit ihm haben, rief Mona.
Haben wir, sagte Gabi und setzte sich unversehens auf meinen Schoß. Ich sah bestürzt zu Rebecca. Rebecca lachte. Trank von ihrem Wasser.
Solche Freunde hätte ich auch gern, sagte sie.
Dicht an ihrem Ohr zischte ich: Heute bist du die Heuchlerin.
Und du spielst auch Klavier?, fragte Susanna in Rebeccas Richtung.
Ben und ich waren in derselben Klavierklasse.
Klavierklasse, lallte Kuddel und hob seinen Zeigefinger in die Luft. Trank. Rief wieder *Klavierklasse* und schüttelte sich vor Lachen.
Ja, Kuddel, sagte Kai Hendricksen, für dich käme natürlich nur eine *Jägermeisterklasse* in Frage.
Während ich mich so unauffällig wie unnachgiebig mühte, Gabi von meinem Schoß zu drängen, sagte sie zu Rebecca: Kuddel ist ein Extremfall.
Komm, sagte ich zu Gabi, tanz doch mal mit ihm.
Erst mit ihm, dann mit dir, rief Gabi und sprang tatsächlich auf.
Und, fragt Kai Hendricksen in Rebeccas Richtung, was spielst du so?
Ich schwang mich von der Couch und drängte mich an den anderen vorbei in die Küche, wo eine erstaunliche Reserve an Bordeauxflaschen stand. Dass der Wein eine Zumutung blieb, war mein geringstes Problem.

Sollte er sich als pelziges Empfinden auf die Zunge legen und ihr einen giftig violetten Schimmer verleihen. Hauptsache, die Vorräte reichten, um die bösen Geister zu vertreiben.
Gerade hatte ich mein Glas gefüllt, als jemand fragte: Kann es sein, dass wir uns neulich im *California* gesehen haben?
Möglich, sagte ich.
Ich glaube, du bist der, der aufgesprungen ist und zu den Bee Gees getanzt hat.
Ausgeschlossen.
Sam, übrigens.
Ich erinnerte mich nicht so genau an Sam, der Tabak auf einem King-Size-Blättchen verteilte. Ein paar Krümel von einem dunkelbraunen Riegel hinzufügte. Was er mit ritueller Hingabe fabrizierte, bot immerhin die Chance auf ein winziges Glück. Ich nahm einen Zug und beobachtete, wie der Joint zwischen meinen Fingern aufglomm. *It's all too late anyway.* Mir gefiel der Satz. Ich schenkte mir vom Bordeaux nach und hoffte darauf, dass sich das, was Mick *Party* nannte, allmählich in etwas Nebulöses verwandelte oder sich spätestens bis Mitternacht vollends verflüchtigte.
Maxim, der mitbekommen hatte, dass wir rauchten, näherte sich aus dem Nachbarraum und zupfte lächelnd am Rollkragen seines Pullovers. Ließ sich den Joint reichen. Während er gemächlich zog, verlor sich das Lächeln nicht ganz aus seinem Gesicht. Ich lehnte mich zurück und überließ mich der Vorstellung, mein Körper sei etwas mir Fremdes, das in seiner Entspanntheit keine Schwerkraft kannte.

Eine Sekunde dachte ich, es sei eine durchs Rauchen verursachte Täuschung, als ich *In My Life* aus den Lautsprechern hörte. Jedenfalls passte es nicht ins bisherige Deep-Purple-Programm. Wirkte wie ein Song aus einer anderen Ära. Der allerdings immer noch hörenswert war. Mick schwankte zu den Klängen durch den Raum, und die Umstehenden mussten ausweichen, um einen Zusammenprall zu vermeiden. Seine Hände setzten zu einer Flatterbewegung an. Als wollten sie eine Reise durchs Leben symbolisieren. *There are places I'll remember all my life.* Natürlich mochte es aus seiner Sicht passen, dass der Text einem wehmütigen Rückblick in vergangene Zeiten glich. Obwohl ich – wenn er denn mit der Nummer auf mich anspielte – noch nicht gar so lang aus Lippfeld fort war, dass ich sentimental wurde, wenn ich die Kirchturmuhr oder die Araltankstelle sah.

Als in der Mitte des Songs das Cembalo einsetzte, deutete Mick zu mir. Alle schauten her. Ich winkte ab. Das Cembalo brillierte mit seinen silbrigen Klängen, als hätte Bach eine Passage aus einer Invention beigesteuert. Es wirkte in jedem Fall verblüffend, dass inmitten des Stücks eine vergangene Epoche aufblitzte.

Dass ich immer noch vom miserablen Rotwein trank, wunderte mich. Es war schlau, wie Rebecca die gestreckte Hand übers Glas zu halten, sobald jemand vorhatte, es mit etwas anderem als Mineralwasser zu füllen. Eindeutiger konnte man nicht darauf verweisen, dass man verschont zu bleiben wünschte. Ich hatte es wieder auf die Couch geschafft und sagte: Manche Abende sind nur im Rausch zu ertragen.

Ein bisschen herausfordernd ist es schon, sagte Rebecca, so nett deine Freunde sind.
Mit deinen Eltern am Tisch zu sitzen, war auch ein bisschen herausfordernd, antwortete ich.
Du bist wirklich betrunken, sagte Rebecca.
We're all totally free, rief Kuddel.
Tanzen wir?, fragte Jessica, die ich bisher gar nicht bemerkt hatte. Mir war nicht klar, wen sie meinte, Mick oder mich. Oder gar Kuddel.
Tatsächlich war in der Mitte des Raums ein rhythmisches Wogen und Drehen entstanden. Ich spürte, wie jemand nach meinem Arm schnappte, um mich vom Sofa zu ziehen. Da die Enge ausgreifende Aktionen verhinderte, bewegte sich vorerst jeder mehr oder weniger auf der Stelle. Es zeugte nicht von Weitsicht, dass Mick alles so belassen hatte, als wäre nicht mit einem solchen Stimmungsaufschwung zu rechnen gewesen.
Während ich zwischen den Tänzern mehr schwankte als tanzte, schaute ich hilfesuchend nach Rebecca. Wollte sie im Trubel zu mir ziehen. Doch Gabi hängte sich an meinen Hals und führte ein paar akrobatische Tanzschritte aus. Mick schrie etwas Wirres in mein Ohr. Kai Hendricksen und Susanna wirbelten vorbei. Ich musste mich tatsächlich an Gabi klammern, um nicht ganz die Balance zu verlieren.
Vielleicht hatte sich Rebecca ins benachbarte Zimmer oder in die Küche zurückgezogen, wo es weniger turbulent zuging. Ich zweifelte, dass ihr die Party, so wie sie an Brisanz gewann, gefallen konnte. Es fühlte sich wie ein Abgrund an. Komm, raunte Gabi an meinem

Ohr. Was immer sie meinte. Ihre Lippen schimmerten im Schattenmorellenrot. Ihr Haar war nicht mehr ganz so blond wie vor Jahren, als jeder ein paar Wochen lang in sie verliebt gewesen war. Ich spürte ihre Wärme, und vielleicht waren es ihre Lippen, die meine Wange streiften, meinen Mund berührten und ihr Gift verteilten. Ich wusste es nicht. Ich schwebte, taumelte durch alte Welten, vergangene Schrecken und vergessene Zeiten. Hätte ich mich wehren können, wäre ich aus dem Gedränge gestürmt, irgendwohin, auf jeden Fall hinaus. Ins Freie. Vorbei an Maxims Capri. Wären wir doch, dachte ich, auf der Insel geblieben, umflossen von der nebeligen Lippe. Allein für uns. Für wie lange auch immer.

Dead End

Es dauerte einige Sekunden, bis ich begriff, wo ich war. Und als mir aufging, wo ich war, verspürte ich den Wunsch, nicht dort zu sein, wo ich war. Solange mir mein Gedächtnis nichts Verlässliches bot, blieben nur Spekulationen. Dabei schien es nicht klug, sich mit Vorstellungen zu quälen, wie ich auf Micks Couch gelandet war. Dass ich ohne Rebecca dalag, hatte zweifellos Gründe, die mir nicht gefallen konnten. Am Ende musste ich sogar dankbar sein, dass sie nicht Zeugin meiner Misere war.

Es spielte keine Rolle, dass es sich um Micks Verwahrlosung handelte, sie fühlte sich wie die eigene an. Schon im Normalfall war seine Wohnung ein trauriger Ort. Im Verlauf der Party musste ein Blitz eingeschlagen sein und die Unordnung in Verwüstung verwandelt haben. Und inmitten der Unwirtlichkeit lag jemand, zu dem ich mich nur ungern bekannte. Das einzig Wertvolle waren ein paar Sony-Geräte, die mutmaßlich aus einem Lagerschuppen in Bottrop-Boy stammten. Ich spürte, wie mein Magen sich zusammenzog und mich daran hinderte, das Chaos ohne Umwege zu verlassen.

Ich schleppte mich ins Bad und beugte mich über die durch Urinspuren gezeichnete Porzellanschüssel. Auch als mein Magen leer war, hielt der Brechreiz an. Haare klebten auf den Fliesen. Silberfische irrten über den weißen Wannengrund. Wäre ich ein amerikanischer Dichter gewesen, hätte ich eine Ode über ausgequetschte Zahnpastatuben verfassen können. Man konnte nur hoffen, dass das, was aus dem Hahn sprudelte, nicht giftig war. Ich hob mehrere Ladungen Wasser in mein Gesicht. Berührte nichts. Trocknete mich nicht an den Handtüchern ab, die aussahen, als fühlten sich Milben und tödliche Bakterien darin wohl.

Als ich ins Zimmer zurückkehrte, kam aus dem Nachbarraum Mick herein und sagte: Einen wunderschönen guten Morgen!

Ich blickte mich nach meinen Schuhen um und fragte: Hast du was gegen Kopfschmerzen?

Mick riss die Vorhänge auf, und eine blendende Helligkeit flutete das Zimmer. Das grelle Licht ließ den Schmerz in meinem Kopf aufflammen.

Was für ein Tag!, sagte Mick.

Ich muss los, sagte ich.

Du solltest deine Vormittagsverstimmung mit etwas Bacardi bekämpfen, sagte Mick und legte seine Hand auf meine Schulter: Danke übrigens, dass du so viel Nettes über mich geschrieben hast. Das Jugendamt war begeistert. Ich natürlich auch. Dass du mich so siehst! Ich meine, als fantasiebegabten und friedliebenden Menschen. Das mit der Kreativität hat mir besonders gefallen.

Mein Kopf, sagte ich.

Na, ich schau mal, Ralf hat manchmal Migräne und haut sich heftige Sachen rein.

Mick ging hinüber ins Bad, und ich hörte, wie es raschelte und klapperte. Mich überraschte, dass er meine Stellungnahme, die ich als Freundschaftsdienst verstand, für eine realistische Einschätzung hielt. Nicht dass ich grundsätzlich infrage stellte, was ich geschrieben hatte, aber es war wohlwollend subjektiv. Meine Aufgabe hatte nicht darin bestanden, ein sachliches, nichts beschönigendes Charakterbild zu entwerfen. Wer wollte, konnte *fantasiebegabt* auch mit *zur Spinnerei neigend* übersetzen und *Kreativität* als das Gegenteil von *Das-Leben-im-Griff-Haben.*

Mick warf mir eine Tablettenschachtel aus der Badtür zu und sagte: Lass aber was übrig.

Ich frühstücke euer Zeug nicht.

Nee, toll, wie du meinen persönlichen Stil interpretierst, geht mir umgekehrt genauso. Wenn du mal ein Statement brauchst, Anruf genügt.

Schön zu wissen, sagte ich.

Demnächst heißt es für mich übrigens erst mal *Laubharken.* Kannst du dir eine sinnlosere Beschäftigung vorstellen? Dann doch lieber Ausbildung! Obwohl Arbeit generell nicht das ist, was mir vorschwebt. Ich habe mir gedacht, zur Not versuche ich es noch mal mit der Schule. Ist natürlich verschwendete Zeit, aber weniger brutal als acht Stunden Arbeit, oder?

In jedem Fall, sagte ich.

Mick sagte: Siehst du!

Ich staunte etwas über seinen Optimismus, wenn ich ihn dastehen sah, mit seinem verwaschenen T-Shirt in all dem Unrat, der ihn offenbar nicht störte. Wahrscheinlich dachte er gar nicht daran, das durch die Party verwüstete Zimmer aufzuräumen. Ich würde es nicht erfahren, da ich nicht vorhatte, ihn ein weiteres Mal zu besuchen.

Weißt du, sagte er und hob seine Hand, um sich vor der eindringenden Sonne zu schützen, am Ende werde ich doch studieren und nach Amerika gehen. Wie findest du das? Obwohl ich zugeben muss, dass ich jetzt nicht der bin, der viel von Gesetzen versteht. Es geht in den richtigen *Kanzleien*, wie man das nämlich nennt, auch nicht um Falschparker oder zwei Gramm Marihuana, es geht ums Big Business. *Money makes the world go round.*
Verstehe, sagte ich.
Mal ehrlich, sagte Mick, Musik ist ja toll, auch Musikagent wäre eine Riesenchance, aber ich denke, es könnte jemanden wie mich auf Dauer unterfordern. Auch wenn ich es nicht definitiv ausschließen will.
Ich drücke jedenfalls die Daumen, sagte ich. Zwischen den Bierflaschen hatte ich meine Schuhe entdeckt. Mein Ziel war die Abkühlung, die ich mir von der Februarluft versprach. Während ich die Schnürsenkel band, fuhr vor dem Haus Maxims Capri vor. Ein Grund mehr, sich auf den Weg zu machen.
Entspann dich, sagte Mick.
Und Maxim, fragte ich, kommt er mit nach Amerika?
Export-Import heißt für ihn ein Leben lang Duisburg. Denke ich. Wenn das mit Amerika nichts wird, wäre das mein Plan B.
Weißt du, was ich gestern auf Sams Blättchenpackung gelesen habe?, fragte ich. *A ship should not ride on a single anchor, nor life on a single hope.* Ich war froh, dass mein Gedächtnis noch halbwegs funktionierte, und fügte hinzu: Also für alle Fälle.
Bevor ich's vergess, sagte Mick, Rebecca hat mir noch

was aufgeschrieben. Du warst ja nicht mehr so richtig ansprechbar. War jetzt auch nicht einfach für sie. Aber ich verstehe natürlich, dass du lieber mit alten Freunden feierst, als deine Freundin nach Hause zu begleiten. Sie schien mir nicht glücklich. Zumal du ziemlich innig mit Gabi getanzt hast. Was ich auch gut begreife. Gabi ist halt anhänglich. Also, da siehst du's, falls ich ein gutes Wort für dich einlegen soll …

Dein Scheißbordeaux, sagte ich.

Na, mein Scheißbordeaux, der übrigens aus einem Feinkostenladen namens *Chateau-Neuf* stammt – was tut man nicht alles für seine Freunde? –, ist nicht schuld daran, dass du mit Gabi herumknutschst.

Das war kein *Knutschen*.

Was immer es war, es sah nicht so aus, als hätte es deiner Freundin gefallen. Sie hat hier notiert, dass ich dir sagen soll, sie sei bei ihrer *Tante Kettwig* …

Tante *in* Kettwig, sagte ich.

Maxim hat sie übrigens gefahren. Das macht er ja gern. Und sie sagte noch, doch das weißt du ja sicher, dass sie heute nach Berlin zurückkehrt. Wahrscheinlich zu ihrer sagenhaften Klavierschule.

Ich war mir sicher, Mick kein zweites Mal ein positives Zeugnis auszustellen, zumindest so lange nicht, wie er behauptete, dass ich mit Gabi herumgeknutscht hätte. Gut, wir hatten zusammen getanzt. Möglich, sie war mir etwas nähergekommen. Ich hatte ihre Lippen an meiner Wange gespürt. So weit entsann ich mich. Und ich erinnerte mich ziemlich genau, dass ich sie nicht geküsst hatte. Denkbar, dass es im Gedränge anders ausgesehen hatte. Zu alledem war es nie mein Wunsch gewesen, mit Gabi zu tanzen. Was ich mir vorwerfen lassen konnte, war, vor einer Schar alter Freunde mit alten Geschichten in den Rausch geflohen zu sein. Aus der Not heraus. Ich würde es Rebecca erklären müssen. Ich war bereit, ihr jedes Stadium meiner Notlage zu schildern. Sie zu beschwören, nie wieder mit mir meine Lippfelder Freunde zu besuchen.

Mein Magen rebellierte schon wieder. Mick öffnete Maxim die Tür und rief: Du siehst aus, als hättest du was Irres geträumt.

Da könntest du recht haben, sagte Maxim. Er trug den gleichen grauen Rollkragenpullover wie am Abend der Party. Aber in seinem Gesicht hatten sich die rosa bis violetten Fleckchen in einen Herd aufblühender Pickel verwandelt.

Also, sagte ich, Superdank und so weiter. Ich muss los!

Mir war es wichtig, zu verschwinden, ehe Maxim zu Wort kam und mir im Detail schilderte, wie er Rebecca nach Essen-Kettwig gefahren hatte. Und worüber sie sich unterhalten hatten während der nächtlichen Fahrt im grünen Capri. Vor allem wollte ich nicht sehen, wie er mich aus seinem pickligen Gesicht anlächelte und darauf wartete, dass es mich förmlich niederschlug, Rebecca ihrem Schicksal überlassen zu haben.

Die frische Luft half. Ich hob die Faust in den Himmel für den Fall, dass die beiden mich vom Fenster aus beobachteten. Es musste nach einem Aufbruch aussehen, der Optimismus verriet. Vorwärtsdrang. Die Sonne schmerzte. Ich kniff die Augen zusammen und fragte mich, ob ich es schaffte, diesen elend langen

Weg, der an Fabrikhallen und Brachen vorbeiführte, zurückzulegen, ohne umzusinken. Immer noch las man auf einem der Tore in wilder Sprühschrift: *Dead End*. Es fiel mir schwer, es nicht persönlich zu nehmen.

Soldier of Fortune

Ich hätte mich glücklich schätzen können, weil ich die richtige Sorte Ritter Sport dabeihatte – in jedem Fall ein Wunder –, doch schwand meine Zuversicht, wenn ich an mein Gespräch mit Rebecca dachte. Mir war nicht klar, ob eine wortreiche Entschuldigung der passende Einstieg war. Etwas Selbstironie hätte mir gefallen. So bedauerlich die Vorgänge waren, kam ihnen aus meiner Sicht nicht die Bedeutung eines Dramas zu. Ich konnte das Telefonat mit dem Bekenntnis eröffnen – und nichts stimmte mehr als das –, dass ich sie vermisste. Die Entfernung zwischen uns war dafür nicht weniger verantwortlich als die Ungewissheit, die ich seit meinem Erwachen auf Micks Couch empfand.

In meinem Tagebuch gab es mehr Einträge mit *hätte* und *wäre* als je zuvor. Meine Versuche, einen Brief an Rebecca zu schreiben, waren nicht über die ersten Zeilen hinausgekommen. Dass sie mir durch Mick eine Nachricht hatte übermitteln lassen, war ein ermutigendes Zeichen. So ermutigend wie deprimierend. Schlimmer wäre es gewesen, sie wäre ohne Nachricht gefahren. Egal, ob in einem Taxi oder in einem metallicgrünen Capri.

Pater Albert hatte statt des üblichen Kreuzworträtsels ein schmales Gebetbuch vor sich liegen, in dem er mit stummer Lippenbewegung las. Ich schob die Tafel

Sahne-Mocca beiläufig aufs Board und sagte: Einen schönen guten Abend, Pater Albert.
Auch dir einen schönen Abend, sagte Pater Albert.
Mein Anliegen war klar, einmal Sahne-Mocca gegen einmal telefonieren.
Ich bin übrigens froh, sagte Pater Albert, dass ich es in die Kirche geschafft habe, um dein Orgelspiel zu hören. Mein Fuß bereitet mir von Woche zu Woche mehr Sorge. Ich sehe den Tag kommen, an dem mir kein Schritt mehr ohne Schmerzen gelingen wird.
Das tut mir leid, sagte ich.
Pater Albert legte seine Hand kommentarlos über das orangefarbene Ritter-Sport-Quadrat. Es sah nach einem Zaubertrick aus, bei dem es darum ging, Dinge durch eine unscheinbare Geste verschwinden zu lassen.
Quinque minuta, sagte er und neigte seinen Kopf in Richtung Telefon.
Im Grunde war das Leben einfach, wenn man ein Telefon gegen eine Tafel Schokolade tauschen konnte. Drei Gebete gegen einmal Rauchen-auf-dem-Zimmer. Eine Orgeltoccata gegen geistlichen Zuspruch.
Manchmal geschehen auch Wunder, sagte ich und griff das Telefon.
Es wäre zu schön, sagte Pater Albert, ich bin durchaus geneigt, an Wunder zu glauben, aber sie sind selbst an diesem Ort selten. Zu selten.
Ist es nicht so, raunte er und rückte näher, dass mich einige im Haus hinter vorgehaltener Hand *Humpelstilzchen* nennen?
Das wäre mir neu, sagte ich.
Du bist höflich, sagte Pater Albert.

Der Schein trügt.
Und bescheiden.
Ich drehte mich zur Wand, um niemanden zum Mithören einzuladen, und war verblüfft, dass sich nach der letzten Ziffer am anderen Ende eine vernehmliche Stimme meldete. Offensichtlich hatte die Leitung ihre Launen. Ihre guten wie schlechten Tage. Nicht wirklich störend war das leise Summen in der Ferne. Ein verirrter Bienenschwarm. Die Stimme gehörte Rebeccas Mutter. Kein Brahms im Hintergrund. Allemal besser als Maren mit oder ohne Queen. Ich musste nur achtgeben, dass ich nicht schon *gut* ins Telefon rief, ehe Rebeccas Mutter mich fragte, wie es mir gehe. Dass sie es fragte, gehörte dazu. Und dass es auf diese Frage nur *eine* Antwort gab, gehörte genauso dazu. Ich hatte eine halbe Ewigkeit gebraucht, um die Spielregeln zu begreifen. Oder doch einige Begegnungen mit Rebeccas Mutter. Vielleicht glaubte ich inzwischen selbst, dass es ein Zeichen mangelnder Weltläufigkeit sei, auf die Frage, wie es einem gehe, sein Herz auszuschütten, anstatt mit *danke, gut* zu antworten.
Einen Moment, bitte, sagte Rebeccas Mutter. Und wenn ich bedachte, dass Rebecca bis zum heutigen Tag in dieser zwischen Feingefühl und konfliktmeidender Höflichkeit angesiedelten Familie lebte, mussten meine Eskapaden am Partyabend für sie ein Schock gewesen sein. Andererseits durfte ich mich fragen, warum nur ich von ihrer Umgebung lernen sollte und sie nicht von meiner. Gut, es war nichts Beindruckendes an Freunden, die Jägermeister tranken, Bierkästen stemmten oder auf nächtliche Beutezüge gingen.

Hallo, Ben, sagte Rebecca leise.
Ins ferne Summen hinein wagte ich den Auftakt: Ich vermisse dich. Dabei war ich selbst über meinen bekennerhaften Satz erstaunt, von dem ich jedenfalls eine Sekunde vorher noch nicht geglaubt hatte, dass ich ihn sagen würde.
Ich wusste nicht gleich, ob die Stille am anderen Ende nur ein Abwarten war. Es hörte sich einige Atemzüge lang wie Schweigen an. Doch hinter dem Schweigen schien sich eine andere Regung aufzubauen, und ich fürchtete, Rebecca könnte aufschluchzen und auflegen.
Ich fühle mich nicht besonders, sagte sie, vielleicht reden wir ein anderes Mal.
Okay, sagte ich.
Nächste Woche oder so.
Nächste Woche klingt weit weg.
Und wegen der Sache mit dem Finger.
Mein Finger, sagte ich, ist nur mein Finger.
Du großer, großer Held, sagte sie.
Ich lachte unwillkürlich auf, was nur Verzweiflung sein konnte, oder Schlimmeres, *Dead End* ging mir durch den Kopf, so paradox es war, ich lachte und hörte plötzlich auch am anderen Leitungsende ein Lachen, das verzweifelt klang.
Ja, sagte ich, nicht jeder hat das Zeug zum Helden.
Du Scheißheld, sagte sie.
Ja, ich Scheißheld, sagte ich.
Du Scheißheld, sagte sie, was sollte das, bitte schön?
Man hätte sich fragen können, worauf genau sie sich bezog, ob es die Art war, wie ich mich betrunken oder mit Sam geraucht hatte oder wie ich mich von Gabi

hatte becircen lassen. Oder wie ich mich einfach nicht genügend um sie gekümmert hatte, gerade so, als wären wir als Paar gekommen, um im Laufe der Party auf unerklärliche Weise zu Fremden zu werden.
Es war blöd, sagte ich.
Sehr blöd, sagte sie.
Sehr blöd, sagte ich.
Ich hasse dich, sagte sie.
Ich dich auch, sagte ich.
Ich sollte vorsichtiger werden.
Besser nicht.
Ich weiß gar nicht, wo wir uns das nächste Mal sehen sollen.
Ich sagte: Wir sehen uns das nächste Mal auf einem anderen Stern.
Träumer, sagte Rebecca, wer weiß, was mir mit dir auf einem anderen Stern blüht. Am Ende wirst du mich auch dort sitzen lassen.
Nirgendwo, sagte ich, lasse ich dich sitzen!
Die fünf Minuten sind um, rief Pater Albert. Als wäre ich taub, hob er fünf Finger in die Luft und krümmte und strecke sie. Zweimal, dreimal ...
Ich schlage vor ..., sagte Rebecca.
Rasch klemmte ich den Hörer zwischen Schulter und Ohr und bat Pater Albert mit eindringlicher Geste um ein paar Sekunden mehr. Auch wenn ich zweifelte, dass mein Bitten ihn nachsichtig stimmen konnte.
... du kümmerst dich um deinen Finger ...
... ich kümmere mich um meinen Finger ...
... und wir hören wieder zusammen Pink Floyd, beispielsweise.

Toll, sagte ich.
Du dachtest wohl, sagte Rebecca, du müsstest nie wieder mit meinen Eltern am Tisch sitzen?
So ein Pessimist bin ich nicht, sagte ich, aber ich werde nie glücklicher sein als in dem Moment, wo ich mit deinen Eltern wieder am Tisch sitzen werde. Neben dir.
Du redest dich um Kopf und Kragen.
Wenn's für uns ist.
So rasch und innig es ging, flüsterte ich ein Bis-dann in die Sprechmuschel. Im nächsten Moment senkte Pater Albert seinen Zeigefinger auf die Taste, die die weltliche Verbindung kappte. Ob er begriff, dass er mich mit seinem Limit zwang, die wichtigsten Gespräche meines Lebens innerhalb von fünf Minuten zu führen, oder von sechs, wenn er großzügig war?
Was ich als Nächstes brauchte, war eine Zigarette. Leider hatte ich keine dabei, und selbst wenn, hätte ich sie nicht anzünden können. Es sei denn, ich hätte es auf eine Verwarnung und drei Vaterunser abgesehen. Die Sahne-Mocca-Tafel lag zwar nicht mehr auf dem Board, aber noch sichtbar in einem der Fächer, die für Zeitungen und Briefe vorgesehen waren. Ehe Pater Albert begriff, was geschah, langte ich nach der Packung, brach sie unter seinen ungläubigen Blicken auf und biss in den Riegel hinein. Seufzte. Kaute den harten und bitter schmeckenden Schokoladenbrocken klein. Schmatzte. Grinste, während Pater Albert den Kopf schüttelte.
Was ist in dich gefahren?, fragte er.
Ist wirklich nicht mein Geschmack, sagte ich.

Das wird Konsequenzen haben.
Ihr Häuptling ist auf meiner Seite.
Arme Seele!
So oder so, sagte ich, bald kommt der Abrissbagger, und Sie können sehen, wo Sie in Zukunft Kreuzworträtsel lösen.
Was fantasierst du?, fragte Pater Albert.
Ich bin nur offen.
Einfältig!
Der Schein trügt.
Und unhöflich dazu!
Na, dann noch einen schönen Abend, Pater Albert, sagte ich und brach ein weiteres Stück von seiner Sahne-Mocca-Schokolade ab. Schob es in den Mund und kaute wild darauf herum. Womöglich war die Bitternis, die man sich damit antat, auch eine Form von Buße. Es fiel mir leicht, die restliche Tafel für Pater Albert zurückzulassen. Von der Treppe winkte ich ihm. Welcher Art Konsequenzen sollte ich befürchten? Ich passierte den Clubraum, aus dem der Fernseher der Selbstvergessenen flimmerte, bog nicht zum Flur meines Zimmers ein, sondern stieg weiter hinauf. Zum Feurich. Ich kam mir wie nach einem gelungenen Coup vor, glücksritterhaft, wenn ich daran dachte, dass ich bald wieder Brahms zum Abendessen hören würde. Obwohl mich nichts so kaltließ wie Brahms bei Kerzenlicht. Der Flügel wartete. Er wusste, dass er mit einem großen Fortissimo zu rechnen hatte. Sofern mein vierter Finger mitmachte. Ich hatte eine Abmachung, die, wenn alles gutging, meine Rettung war. Die *unsere* Rettung war. Solange Rebecca bereit war, Pink Floyd zu hören, war nichts verloren.

Fürsorglicher Verrat

Professor Dammthal empfing mich anders als sonst. Anstatt mit einladender Geste zum Klavierschemel zu deuten, führte er mich an den Schreibtisch und zog einen Stuhl heran, sodass ich ihm gegenüber Platz nehmen konnte. Ich blickte über die Schreibtischfläche auf seine Finger, die den Bügel seiner Brille hielten und sie in eine leichte Pendelbewegung brachten, als handle es sich um eine Geschicklichkeitsübung.
Ich nahm nicht an, dass es um spieltechnische Fragen ging oder darum, ob wir uns als Nächstes den späten Sonaten Beethovens widmeten. Oder endlich einmal Mozart spielten, was mir, wie ich in einem Anflug seltsamer Verstiegenheit dachte, selbst mit einem lädierten Finger gelingen könnte. Nur nicht so brillant wie Rebecca.
Kein schöner Tag, sagte Professor Dammthal.
Wir blickten beide einen Moment hinaus, wo in einem Meer aus Grautönen, kaum sichtbar, Regenfäden hingen. Es konnte nicht diese winzige Beobachtung sein, deretwegen er mich an den Schreibtisch gebeten hatte. Neben seiner Tasse, in der ein brauner Kaffeerest stand, stapelten sich Briefe, Amtliches oder Persönliches, vielleicht Dankesschreiben ehemaliger Schüler. Wer wusste schon, ob es ein Glücksfall war, täglich Stücke in schülerhafter Interpretation zu hören?
Es tut nichts zur Sache, woher ich meine Informatio-

nen habe, sagte Professor Dammthal, aber ich denke, du hast lange genug die linke Hand gefeiert und die rechte vernachlässigt. Gegen die Spielfertigkeit deiner Linken habe ich nichts. Allerdings habe ich entschieden etwas dagegen, wenn wir uns eine Fahrlässigkeit zuschulden kommen lassen. Sehnen- und Knöchelkomplikationen kommen vor, nun gut, doch dafür gibt es Spezialisten, und wir haben glücklicherweise einen in der Stadt. Ich traue ihm zu, dass er selbst jemanden, der nie eine Taste berührt hat, so operieren könnte, dass er Liszt spielt.

Professor Dammthal lachte, und ich fürchtete, die Brille werde ihm aus den Fingern rutschen. In sein Lachen einzustimmen, gelang mir nicht. Aus der Schublade suchte er eine Visitenkarte hervor und schob sie mir über den Tisch.

Dr. Kallison verbringt die eine Hälfte seines Lebens im OP und die andere auf Kongressen, sagte er, also vorher anrufen.

Vorher anrufen, wiederholte ich und fragte nicht, wie Dr. Kallison bei einer solchen Auslastung Zeit für mich finden sollte.

Es ist ein freundlicher Rat, oder sagen wir, eine ernst gemeinte Bitte an einem regnerischen Tag!

Der Regen ist nicht das Schlimmste, sagte ich und steckte das Kärtchen ein. Sicher hätte man sich fragen können, womit ich zu rechnen hatte, wenn ich seiner Bitte nicht nachkam.

Ich bin mir sicher, sagte Professor Dammthal, bald wird dein Finger uns alle wieder erfreuen. Aber wir sollten nicht darüber scherzen.

Dass es Professor Dammthal zuweilen mit seiner Sorge übertrieb, war bekannt. Von sportlichen Betätigungen riet er grundsätzlich ab. Selbst Radfahren sah er als Risiko. *Karpaltunnelsyndrom* lautete das Schreckenswort. Wenn die Finger an den Lenkergriffen verkrampften, drohe auf Dauer eine Schädigung der Nerven. So seine These. Dass im Hof des Konservatoriums Dutzende Räder von klavierspielenden Schülerinnen und Schülern standen, musste ihn permanent beunruhigen.
Wir sehen uns nächste Woche, sagte Professor Dammthal.
Waren Sie schon mal in Valldemossa?, fragte ich. Das Wetter dort ist im Winter auch zum Verzweifeln. Habe ich gelesen.
Du solltest einmal hinreisen, sagte Professor Dammthal, mit etwas Glück findest du sogar jemanden, der dich begleitet.
Sie denken an wen, sagte ich.
Du kannst dich glücklich schätzen, dass die, an die ich denke, sich mehr Gedanken macht als du, sagte er.
Und Sie sind sich sicher, fragte ich, dass Sie heute nichts von mir am Klavier hören wollen?
Wir haben eine Vereinbarung, sagte Professor Dammthal.
Okay, sagte ich.
Grüße Dr. Kallison von mir, sagte er.
Seine Hand streckte sich herüber, ich drückte sie nur leicht, da von ihr selbst kein großer Impuls ausging, und wandte mich zur Tür. Nickte dem Flügelpaar zum Abschied kurz zu und sagte: Bis zum nächsten Mal.

Ich wusste nicht, wie oft ich die Strecke an verrußten Fassaden vorbei im immer gleichen Bahnbus gefahren war, der vermutlich jedes Mal ein anderer war, so wie die Fahrgäste jedes Mal andere waren, wenn sie auch immer so im Bus saßen, als wäre das ihr Leben: das stoische Dasitzen, das reglose Hinausschauen, das Mit-sich-allein-Sein. Es war, als bildeten wir eine Art Schicksalsgemeinschaft, und wenn ich auch ahnte, dass niemand sich für mich interessierte und wissen wollte, was in mir vorging, so hätte ich gern etwas Wildes und für alle Erlösendes gerufen.

Vermutlich kam Rebecca sich wie meine Retterin vor. Wie immer sie es Professor Dammthal gesteckt hatte. Mein Leben erschien mir wie der Rest von etwas Größerem, das sich zwischen Anforderungen und Ansprüchen verlor. Ich warf ihr nichts vor, doch ich sagte mir, dass wir vorerst quitt seien. Ich hatte sie sitzenlassen und sie hatte mich an Dammthal verraten. Und mich damit einem Dr. Kallison ausgeliefert. Mir aus ihrer Sicht einen Dienst erwiesen. Sie hatte vorsätzlich, ich gedankenlos gehandelt. An einem Tag wie heute, wo das Frühjahr weiter entfernt war denn je, konnte man alles verzeihen. Das Licht war von der Erde verschwunden. Dieses Lichtdefizit war nicht Schwärze, sondern Abwesenheit von Eindeutigkeiten. Sollte sich ein Fachmann meines Fingers annehmen! Mir blieb nur die Wahl, alles richtig zu machen und Rebecca immer und immer in allem recht zu geben.

Hätte nicht Pater Albert in der Portiersloge gewacht, hätte ich ihr rasch am Telefon für ihre Sorge um mich danken können. Oder sie fragen können, ob sie, als

Wiedergutmachung, einmal mit mir die Strecke im Bahnbus fahren würde. Dann würde aus dem kummervollen Dasitzen ein Allgegenwärtigkeitsmoment. Ein gemeinsamer. Ich würde ihr einen Brief schreiben, wenn ich mich mit allem abgefunden hatte. Wenn ich Dr. Kallison besucht hatte. Ich nickte Pater Albert zu, der mich sicher schon beim Eintritt erkannt hatte, doch seinen Blick nicht von seiner Lektüre hob. Ich war gern für ihn unsichtbar.

Entgegen meiner Gewohnheit, den Clubraum zu meiden – vor allem wenn Siggi Kinzel mit seinen Leuten das Wort führte –, zögerte ich vor der Tür. Horchte. Im selben Moment trat Oli Sander heraus und rief: Mir ist das zu riskant! Obwohl wir fast zusammengestoßen wären, entging mir nicht, dass er eine seiner auf Schlag gebügelten Hosen trug. Es war zu spät, um weiterzugehen, als wäre nichts gewesen. Wenn Oli Sander irgendwo ein Risiko sah, war es vermutlich eine Pflicht, seine Bereitschaft zur Beteiligung zu signalisieren. Was immer es war. Felix Schiller winkte auch schon und schloss die Tür hinter mir. Harri Borländer drückte mir einen kopierten Zettel in die Hand, auf dem, in violetten Lettern, zu lesen war: *Kein Abriss. Rettet die Franziskanerkirche.* Und etwas kleiner: *Die Kirche, die mit Hilfe Dorstener Bürger aus Ruinen wiederaufgebaut wurde, soll einem Kaufhaus des Woolworth-Konzerns weichen. Stoppt den Wahnsinn!* Blickfang war ein historisches Foto der Kirche mit angrenzendem Kloster- und Internatsgebäude. Was man auf der Kopie erkannte, sah nicht gerade so aus, als müsste man es um jeden Preis erhalten.

Es ist so gut wie beschlossen, rief Harri Borländer in meine Richtung.
Der Abriss, ergänzte Felix Schiller, als wäre ich begriffsstutzig.
Meine Betroffenheit reichte nur für ein Schulterzucken. Nach dem Gespräch mit Professor Dammthal wäre es besser gewesen, sich aufs Zimmer zurückzuziehen und gegen die Wand mit dem verblassenden Umriss des Kreuzes zu starren.
Harri Borländer rief: Es wird Protest geben.
Alle sind dabei, sagte Felix Schiller.
Na großartig, sagte ich, weil Felix Schiller im Grunde ein sympathischer Mensch war. Ein wenig wunderte es mich dennoch, dass Harri Borländer, der sich gern die *Rote Fahne* von Josef Langhoff lieh, mit solcher Emphase für den Erhalt eines sakralen Bauwerks kämpfte, und das zusammen mit Leuten, die beim Thema Kirche eher an Bevormundung und Moralpredigten dachten.
Felix Schiller erläuterte mir, was die anderen offenbar schon wussten: Die Franziskanergemeinde habe seit langem geplant, ihr Grundstück zu veräußern, und nur darauf gewartet, dass der Stadtrat der Nutzung durch ein Kaufhaus zustimme. Die Information stamme aus erster Hand.
Merkwürdig war, dass während der Unterredung, die alle sehr wichtig nahmen, der Fernseher lief. Vielleicht war es auch nur ein Ablenkungsmanöver für den Fall, dass ein Pater hereinschaute. Allerdings fragte sich, ob uns jemand zutraute, dass wir uns für eine Fernsehshow mit Joachim Fuchsberger und Anneliese Rothenberger interessierten.

Wir könnten auch mal umschalten, schlug Thomas Potthoff vor, der bisher stumm dabeigestanden hatte.
Wenn alles gutgeht, sagte Harri Borländer, wird ein Artikel von Josef Langhoff erscheinen.
Auch die Schülerzeitung bringt was, rief jemand.
Ben könnte mit den Crazy Hearts auftreten, sagte plötzlich Thomas Potthoff, der selbst ein wenig Klavier spielte.
Ich wusste nicht, ob den Crazy Hearts eine solche Einladung passte, denn es war eigentlich nicht unsere Aufgabe, Rock-'n'-Roll-Hymnen zur Rettung von Klöstern zu spielen – und überhaupt, was interessierte es uns, wenn die Franziskaner ihre Kirchen abrissen? Dennoch sagte ich: Wenn ihr euch was davon versprecht.
Unbedingt, versicherte Harri Borländer.
Leute, ich muss weiter, sagte ich und drehte mich zur Tür. Es war genau der richtige Moment, denn als ich sie öffnete, kam mir Siggi Kinzel entgegen und rief: Hoppla! Ich blickte an ihm vorbei – ignorierte auch seine Begleiter – und trat in den Gang. Keine Ahnung, ob auch er sich für den Klostererhalt engagierte. Es wäre seltsam gewesen, hätten wir dasselbe Anliegen unterstützt. In jedem Fall hätte ich es begrüßt, wenn er nach dem Abriss des Internats nach Südamerika gezogen wäre, wo er gegen die Atommeiler seines Vaters demonstrieren konnte.

Anatomie

Das Bücherregal, das hinter Dr. Kallison aufragte, hätte man für eine Attrappe halten können. Selbst beim zweiten Hinsehen. Ich vermisste die mir sympathischen Spuren der Nutzung. Eine weniger perfekte Ordnung hätte mich weder beunruhigt noch an Dr. Kallisons Gewissenhaftigkeit zweifeln lassen. Hin und wieder gab er knappe Erläuterungen am Hörer seines Telefonapparats, dessen schwarze Oberfläche wie Granit glänzte. Für die Unterbrechung entschuldigte er sich jedes Mal bei mir und fragte: Wo waren wir stehen geblieben? Und wusste doch gleich, wo er wieder anzuknüpfen hatte.

Wenn ich nicht zum Bücherregal sah, blickte ich zum anatomischen Modell, das auf dem Schreibtisch stand. Es war die Skulptur einer Hand. Schneeweiß. Sie musste geschaffen worden sein, um die Realität an Detailgenauigkeit zu übertreffen. Während Dr. Kallison sprach, suchte ich am Modell die Stelle, an der das Gelenk meines Fingers lädiert war. Um die filigranen Knochenfinger zu stabilisieren, waren die unteren Glieder mit einem Stahlstift durchbohrt. Ich hoffte, Dr. Kallison ging sensibler bei seinen Eingriffen vor. Seine Skeletthand flößte mir auf jeden Fall Respekt ein. Ich war bereit, ihr den Rang eines Kunstwerks zuzugestehen, auch wenn es keine Virtuosenhand war.

Auf der Rückfahrt schwankte ich zwischen Euphorie und Zweifel. Was mir half, war ein nicht sonderlich schönes Wort, das den Erkrankungszustand meines Fingers benannte: *Synovitis.* Auch wenn Dr. Kallison den Begriff erläutert hatte, erlaubte ich mir, ihn noch einmal nachzuschlagen: *Synovitis ist ein entzündlicher Prozess in der synovialen Hülle des Gelenks. Sie charakterisiert eine Ansammlung der Flüssigkeit in der serosen Höhle. In der Regel ist die Synovitis eine Folge von Verletzungen oder Infektionen.*

Die beschriebenen Symptome waren nicht gravierend – aus medizinischer Sicht. Aber eine Entzündung, die für neunundneunzig Prozent der Menschheit undramatisch war, konnte für jemanden, der Beethoven oder Chopin spielen wollte, ein guter Grund sein, sich am Ende seiner Laufbahn zu wähnen und das Bett nie wieder zu verlassen. Es sei denn, ein Dr. Kallison stellte einen rettenden Eingriff in Aussicht.

Noch immer lag auf meinem Schreibtisch, zwischen Trotzki und Mozart, das Lebkuchenherz, das von Woche zu Woche unansehnlicher wurde. Die Zuckergussschrift war nicht mehr entzifferbar. Schade eigentlich. Dass ich bereit war, Dr. Kallisons Rat zu folgen, konnte Rebecca als ihren Erfolg verbuchen. Was sonst sollte ich tun? Sein Wissen entschied. Seine Kunst oder auch nur die Routine, mit der er das Skalpell führte. Sie wollen doch hundert Prozent, hatte er gesagt, beinahe gerufen. Gelang sein Eingriff, blieb ich der, der ich war. Scheiterte er, war ich von der Bürde befreit, mich mit Pianisten messen zu müssen, die immer schon besser gewesen waren. Dann konnte ich endlich tun und lassen, was ich wollte. Was immer es war. Ich hörte mich sagen: Rocksongs für die Crazy Hearts schreiben.

Rebecca konnte nicht wissen, dass ich das Herz täglich am Schreibtisch im Blick hatte. Es sah nach dem traurigen Rest einer wundervollen Nacht aus. Ein Briefthema war es nicht. So wenig wie Mick und seine Verhandlung ein Briefthema waren. Ich bedauerte ein wenig, ihr nicht schreiben zu können, dass ich seinen Gerichtsauftritt miterlebt hatte. Unter den sieben Zuhörern im Gericht zu sitzen, war mir wie ein Abschiednehmen von ihm vorgekommen. Mick hatte nicht gerade bekümmert ausgesehen, im Gegenteil, es schien, als genieße er es, im Mittelpunkt zu stehen. Niemand hatte ihn daran hindern können, sein gestreiftes Jackett anzuziehen. Vermutlich trug nur der sich schuldig Fühlende dezente Töne. Manchmal nickte er vor sich hin und schien im Stillen eine Melodie zu hören, die ihm gefiel. Alles in allem benahm er sich, als ginge es um eine Unterredung auf Augenhöhe. Die junge Anwältin an seiner Seite argumentierte, dass er nicht als Haupttäter in Betracht komme, da nur widrige Umstände ihn zum Tatbeteiligten hätten werden lassen. Ich verstand, dass sie Micks Bemühen um einen geregelten Alltag lobte und hervorhob, dass er sich entschlossen habe, seine Schullaufbahn wieder aufzunehmen, und anspruchsvolle Freundschaften pflege. Beim Wort *Freundschaften* drehte sich Mick in meine Richtung und hob seinen Daumen. Dass ich den Joint, den er mir nach der Verhandlung reichte, ablehnte, kommentierte er mit einem scherzhaften

Hinweis auf meine Vorbildrolle. Wir sehen uns, sagte ich, was ein bisschen scheinheilig war, da ich ihn vorerst nicht wiederzusehen beabsichtigte. Und ob, rief er und schlug mir auf die Schulter. Und danke noch mal, sagte sein Bruder Ralf.

Ich konzentrierte mich wieder auf meinen Brief an Rebecca und schrieb: Du könntest natürlich meinen Finger nach der Operation persönlich in Augenschein nehmen. Es ist ja *Dein* Erfolg. Ich werde Dir in keinem Fall Deinen fürsorglichen Verrat nachtragen. Dr. Kallison hat mir übrigens zu einer Vollnarkose geraten. Das ist vernünftig, wer will schon im Dämmerzustand das Klappern des chirurgischen Bestecks hören? Die gedämpften Anweisungen des Operateurs? Ich überlasse mich ganz und gar dem Geschick des Chirurgen und will nichts von dem wissen, was er schneidet, tupft oder näht. Beim Wiederaufschlagen der Augen möchte ich nur einen schönen Verband um meinen Finger sehen und mir sagen können, das war's. Im Vorstadium der OP, wenn ich mich aus der Welt denke, könnte ich von der Lippeinsel träumen: Wir hätten in jedem Fall dortbleiben sollen. Versuchsweise. Früher, wenn wir wie legendäre Eroberer zur Insel übersetzten, schwebte uns vor, ganz unabhängig auf diesem Flecken zu leben. Mit Dir hätte ich gern den Rest meines so unabenteuerlichen Lebens zwischen den Flussarmen verbracht. Mir ist bewusst, niemand würde es auf einem trübe umflossenen Unkrauthügel auch nur einen Tag aushalten. Ganz abgesehen davon, dass es dort keinen Zigarettenautomaten, keine Telefonzelle und kein Klavier gibt. Allenfalls ein paar leere Flaschen und rostige Dosen. Wir hätten nachts unter dem Sternenhimmel gesessen und uns nach kurzer Zeit gefragt, wozu das Inseldasein gut sein soll. Im Winter wachsen keine Beeren. Und selbst die Fische sind verschwunden.

Doch es ändert nichts daran, dass die Insel eine Insel ist und zu Vorstellungen verführt. Vermutlich werden wir nie wieder dieses dunkel umflossene Niemandsland betreten. Nie wieder gemeinsam Lippfeld besuchen. Nie wieder werde ich mich über Brahms beschweren. Das ist abgemacht. Und das ist doch allerhand, oder? Ich denke an Dich, jetzt, immer, und wenn es so weit ist, Ben.

Aufwachräume

Ich konnte mich glücklich schätzen, dass mein Leben dort anknüpfte, wo ich in den Schlaf gesunken war. Mein Gedächtnis funktionierte und bestätigte mir beim Erwachen, der zu sein, der aus der Stille zurückkehrte. Der wusste, dass er zehn unversehrte Finger brauchte, um eine Etüde zu spielen. Der davon ausging, dass die Operation für Dr. Kallison ein Routine-Eingriff gewesen war – so alltäglich wie für einen Pianisten eine Tonleiter ohne Vorzeichen.
Während die Nebel im Raum sich lichteten, hörte ich Stimmen von fern, die ich nicht verstand. Es war in jedem Fall eine farblose Welt. Der, der sie erschaffen hatte, war kein farbenfreudiger Expressionist, sondern ein Minimalist, der nichts außer Weiß duldete. Seine Helfer hatten Stahlgestelle hergeschoben. Einen Himmel aus Neonlichtern montiert. Und ihrer Zwischenwelt den Namen *Aufwachraum* gegeben.Meine rechte Hand wirkte doppelt so groß wie meine linke. Zu verdanken hatte sie ihr voluminöses Aussehen einem Verband. Ich konzentrierte mich darauf, keinen Bewegungsreflex auszulösen. An keine Klavierpassage zu denken, die meinen ruhiggestellten Finger in spielerische Bereitschaft versetzt hätte. Ein grüner Kittel wehte heran. Ein wenig Farbe im Neonbezirk. Zu ihm gehörten zwei Hände und eine schwarze Brille. Ich hatte es nicht sehr eilig mit dem endgültigen Er-

wachen und wollte die Augen wieder schließen, nur für einen Moment, als sich das Kittelwesen zu mir beugte und meine Schulter berührte.

Wie geht es dir?, fragte Dr. Kallison. Ich war mir nicht sicher, wie es mir ging, eigentlich hätte es mir Dr. Kallison sagen müssen. Mir fiel auf, dass er zum Du übergegangen war, als sei durch den Eingriff unser Verhältnis vertrauter geworden. Zumindest aus seiner Sicht, während ich ohne Empfinden dagelegen hatte.

Es war nicht ganz unkompliziert, sagte Dr. Kallison, aber ich glaube, wir dürfen zuversichtlich sei. Natürlich müssen wir die nächsten Tage abwarten. Die Schwester wird dich aufs Zimmer bringen.

Wissen Sie überhaupt, wollte ich fragen, dass der *Minutenwalzer* gar nicht *Minutenwalzer* heißt, sondern *La Valse du petit chien*? Niemand schafft das Stück in einer Minute. Mal abgesehen von mir, der ich dank Ihrer chirurgischen Kunstfertigkeit auf magische Finger hoffen darf – sofern nichts schiefgelaufen ist.

Mit einem Klacken kam das Bett ins Rollen. Die Fahrt fühlte sich wie ein Schweben in ein anderes Leben an. Ich kam mir auf wohltuende Weise ausgeliefert vor. Mir hätte in jedem Fall die Kraft gefehlt, das rollende Gestell zu verlassen. Vorerst glitten Neonlichter über mich hin. Dass die Krankenschwester einen Stopp einlegte, um einige Worte mit einer anderen Schwester zu wechseln, war in Ordnung. Nicht alles musste sich um meinen frisch operierten Finger drehen. Es gab tausend interessantere Dinge. Die metallenen Türen des Aufzugs schoben sich auf. Ein Licht sprang von Knopf zu Knopf. Hätte man mein Dasein filmen wol-

len, wäre das Aufwärtsschweben im stählernen Aufzug im Zustand der Unbeweglichkeit ideal gewesen. Ich wollte fragen: Wann erreichen wir den Jupiter?
Der Aufzug entließ uns in ein Geschoss mit angenehmerer Temperatur. Durch hohe Fenster zogen Wolken. Wir sind gleich da, sagte das freundliche Gesicht der Schwester. Sicher meinte sie keinen anderen Planeten. Sie konnte nichts dazu, dass sie mich an meine Cousine Heike erinnerte. Schon wegen ihres tief in die Stirn reichenden Ponys. Wie sie mein Bett manövrierte, verdiente Bewunderung. Mir kam es wie Zauberei vor. Mühelos passierten wir die Türöffnung, obwohl sie nur halb so breit schien wie das Gestell.
Ich dankte im Stillen. Dass ich im richtigen Zimmer war, erkannte ich an den von gelb über rosa bis violett blühenden Anemonen, die auf dem Tisch meines Zimmernachbarn standen. Ich zweifelte, dass die weingummifarbenen Schnittblumen etwas mit den Buschwindröschen gemein hatten, die im Frühling eher zartgelb bis reinweiß zwischen hohen Wildgräsern wuchsen.
Der Pony der Schwester wippte vor meinem Gesicht, während sie über mir einen Tropf befestigte.
Sollte etwas sein, bitte den roten Knopf drücken, sagte sie und hängte die Klingel ans Bettgeländer, aber Ihr Bruder ist ja da.
Ich hatte Paul bis zu diesem Moment nicht bemerkt.
Mit einiger Mühe sagte ich: Du hier?
Wie geht es dir?, fragte er.
Ich weiß nicht, sagte ich.
Schätze mal, da hilft nur Geduld, sagte er und blickte zum Verband.

Wahrscheinlich hätte ich klarer zum Ausdruck bringen sollen, dass ich mich über seinen Besuch freute, immerhin war er zwei- oder dreihundert Kilometer gefahren. Und das, obwohl er zu unterrichten, zu recherchieren und an seiner Dissertation zu schreiben hatte, deren Titel mir entfallen war. Zumindest war ich mir nicht mehr sicher, ob darin die Begriffe *Kapitalismus* und *Schizophrenie* vorkamen, was mir so einleuchtend schien wie *Spätrokoko* und *Depression.* Er musste von mir nicht erfahren, dass in der *WAZ* ein Artikel über die Berufsperspektive von Geisteswissenschaftlern erschienen war: *Erst Doktorat in Sozialwissenschaften – dann Taxichauffeur!* Sicher strebte er nicht über den Umweg eines Doktorats den Einstieg ins Taxigeschäft an, was auch meinem Vater entschieden missfallen hätte. Es wäre tragisch gewesen. Selbst meine Mutter hätte es als Fehlschlag empfunden.

Dass in meinem Kopf noch Konfusion herrschte, merkte ich daran, dass es mir nicht gelang, mich auf den Wochentag zu besinnen. Vielleicht war es Freitag, weil Dr. Kallison immer freitags Fingergelenke operierte, oder doch Samstag, weil Dr. Kallison immer samstags Pianisten rettete, was den Vorteil hätte, dass mein Bruder sich nicht von seinem Assistenzjob hätte beurlauben lassen müssen. Es durchzuckte mich wie ein Blitz, als ich an Rebecca dachte. Als mir einfiel – wenn es keine Finte meines Denkens war –, dass sie wusste, um welchen Tag es sich handelte. Hatte sie nicht in Aussicht gestellt, sich von meiner Rettung überzeugen zu wollen?

Wolltest du etwas sagen?, fragte Paul.

Ich dachte an einen Zweikampf, der zwar nicht verloren war, aber zu viel Kraft gekostet hatte, um Triumphgefühle aufkommen zu lassen. Mit einer matten Bewegung deutete ich an, dass mir einstweilen nichts lieber sei als Ruhe. Dann schloss ich die Augen.
Sicher möchtest du etwas Ruhe, sagte mein Bruder.
Die Schwärze tat gut. Bis auf Weiteres war ich den Reizen meiner Umgebung nicht gewachsen. Es musste an den Medikamenten oder der Nachwirkung der Narkose liegen, dass die Eindrücke mich überforderten. Die Buntheit der Anemonen. Ich schlief. Krümmte mich im Schlaf. Mein Magen zog sich zusammen. Ein Schwall braungrüner Flüssigkeit löste sich. Die Schwärze kehrte zurück. Stimmen sprachen über mir. Ich wusste, dass ich nicht antworten musste. Als ich die Augen wieder öffnete, ließ der Schein der Deckenleuchte mich blinzeln. Der Anemonenstrauß war vom Tisch verschwunden. Die Vorhänge geschlossen.
Auf meinem linken Unterarm lag eine Hand, die nicht meinem Bruder gehörte. Die schmaler war. Feingliedriger. Ich fühlte mich wie ein zweites Mal aus der Stille erwacht. Doch diesmal empfand ich es uneingeschränkt als Glück, ins Licht zurückzukehren. Von schräg oben beugte sich Rebeccas Gesicht zu mir. Ihr Haar war eigenartig wirr, als käme sie aus einem Unwetter. Im selben Moment hörte ich den Regen gegen die Scheiben schlagen. Ihre Finger strichen eine Strähne hinter ihr Ohr, das mir durchscheinend vorkam. Dabei unglaublich fragil. Offenbar war der halluzinatorische Rausch noch nicht abgeklungen.
He, sagte sie.

Es scheint, die Welt hat mich wieder, sagte ich.
Du hast im Schlaf gesprochen.
Seltsam, sagte ich und betrachtete ihr vom Licht durchschienenes Ohr.
Der Regen hat mich überrascht.
Du überraschst *mich.*
Rebecca schaute zu meinem Verband, der das Volumen eines Boxhandschuhs hatte, und sagte: Sieht eindrucksvoll aus.
Ich fand es verblüffend, dass auf dem benachbarten Besucherstuhl ihre Notentasche lehnte. Andererseits aber auch beruhigend. Nur weil ich in einem Klinikbett lag, musste sie nicht aufhören, an Musik zu denken. Genauso schlicht wie ihre Notentasche war ihr Shirt, samtschwarz, mit engem Kragen, aus dem ihr Gesicht im Krankenzimmerlicht etwas blass hervorsah.
Mit minimalem Aufwand zog sie die Tasche auf die Knie, ließ das Metallschloss aufschnappen und brachte mehrere Blätter zum Vorschein.
Ich sagte: Aha.
Nie wäre ich auf die Idee gekommen, Klaviernoten mit ins Krankenhaus zu nehmen.
Rebecca sagte: Solange die Rechte im Verband steckt.
Géza Zichy, las ich. Nickte.
Chopin-Arrangements, sagte sie, für die Linke.
Woran du alles denkst, sagte ich. Bei meinen Recherchen war ich selbst einmal auf Géza Zichy gestoßen.
Und in wenigen Wochen spielst du alles wieder beidhändig, sagte sie.
Klar, sagte ich und versuchte zu lächeln.

Es hätte mich gewundert und wäre sicher am Ende enttäuschend gewesen, wenn sie mir, statt Noten, einen der üblichen Krankenhaussträuße mitgebracht hätte. Blumen wären ein Alarmzeichen gewesen. Beinahe so schlimm wie Traubensäfte. Erst als sie die Tasche wieder abstellte, fiel mir der Apfel auf dem Nachttischchen auf. Angebissen. Hatte mein Erwachen sie daran gehindert, ihn zu essen? Ich hoffte, dass der rotwangige Apfel nicht alles war, was sie an Proviant auf dem Weg von Berlin ins Essener Krankenhaus mitgenommen hatte. Im Grunde war sie, wenn auch auf andere Weise, mindestens so lange unterwegs gewesen wie ich. Durch eine andere Eintönigkeit, die sich als Märzlandschaft zwischen Spree und Ruhr erstreckte.
Noch fühlt sich alles etwas unwirklich an, sagte ich. Andererseits bestätigte mir der Blick zum Nachbarbett zweifelsfrei, dass ich in der Realität angekommen war. Was war glaubhafter als Wirklichkeitsbeweis als ein Fernseher, der einige Meter entfernt flimmerte? Ich gönnte meinem Zimmernachbarn die Ablenkung von der Kliniktristesse. Wenn die Alternative auch nur die einschläfernde Wirkung des Ersten oder Zweiten Deutschen Fernsehens war. Dass er hin und wieder fluchte und mit der flachen Hand auf das Gerät schlug, war okay. Solange er mit seinem Fernsehgerät beschäftigt war, kam er mir jedenfalls nicht wie ein Zeuge unseres Gesprächs vor.
Dummerweise, sagte Rebecca, war die Besuchszeit schon vorbei, als ich kam. Sie werden mich gleich rauswerfen.
Du kannst für den Rest deines Lebens bleiben, sagte ich.

Großzügig.
In deiner Gegenwart leide ich gern.
Dafür gibt's schönere Orte.
Möchtest du nicht deinen Apfel essen?
Später!
Weißt du, sagte ich, sobald ich wieder auf den Beinen bin – was nicht lang dauern wird –, können wir zum Baldeneysee gehen. Uns eine der Yachten leihen, du erinnerst dich, und über den Atlantik segeln.
Im Sommer, sagte Rebecca.
Ihre Hand schwebte über meinem Gesicht. Warf einen Schatten. Es war nicht die anatomische Hand des Dr. Kallison. Ein Glück. Als ihre Finger sacht über meine Wange strichen, durchlief mich ein Schauer. Es war nur die Ahnung eines Kitzelns, eine zarte Fährte, die ihre Fingerkuppen zeichneten. Ich wollte sagen, dass ich bis zum Sommer nicht warten könne, war aber plötzlich zu erschöpft, um überhaupt ein Wort herauszubringen, und dachte, dass jeder Tag, an dem man erwachte, nicht nur ein guter Tag war, sondern zu Überschwang berechtigte, wenn man wusste, dass jemand bereit war, mit einem das Unmögliche zu versuchen.

Trümmerwelt

Aus der Ferne sah es aus, als steige Rauch über der Stadt auf, aber es war nur Staub, der im Sonnenlicht wirbelte. Keine Sirenen heulten durch die Straßen. Kein Blaulicht spiegelte sich in den Glasfronten. Aus dem quellenden Grau lösten sich schwebende und zirkulierende Partikel. Hoch am Himmel hing ein zarter Schleier, den die Nachmittagssonne rosa färbte. Tief unten sah man den fortschreitenden Zerfall. Was der Staub freigab, war die zerklüftete Kulisse einer Ruine, die gleichermaßen bizarr wie erhaben wirkte.

Noch gehörte die Bühne am Markt den Rednern. Erst wenn alles gesagt war, durften die Crazy Hearts die ausharrenden Zuhörer mit ein paar Rocknummern unterhalten. Während wir vor den Absperrgittern den Abriss verfolgten, spürten wir unter unseren Füßen das Vibrieren und Beben, sobald Gewölbeteile herabstürzten. Eisengestänge ragten wie gebrochene Rippen aus den Fundamenten. Der gegen die Kirchenruine anfahrende Abrissbagger leuchtete orange und erinnerte mit seinen ausgreifenden Gelenkarmen an ein monströses Insekt.

Wenn ich in die offene Kirche blickte, konnte ich gedanklich die Patres im Gestühl versammeln. Es hätte gepasst, wäre von der Empore Bachs d-Moll-Toccata erklungen. Was wertvoll war, hatte man geborgen, vom Altar bis zur Auferstehungsgruppe. Als müsse er mich von seinem guten Willen überzeugen, hatte Pater Heribert mich beiseitegenommen, um mir mitzuteilen, dass er die Orgel habe retten können. In einer nahen Kirche warte die Neueinrichtung. So wie er alles, was beweglich war, in Sicherheit gebracht hatte. Dass er den Feurich gern jemandem überlassen hätte, der ihn zu spielen wisse, glaubte ich ihm, gab allerdings durch nichts zu erkennen, dass ich mich angesprochen fühlte. Wenn Teile der Fassade herabdonnerten, tat Nico begeistert, als handle es sich um ein für uns inszeniertes Spektakel. Ich verstand, dass es wie Parodie klingen sollte, doch die wenigsten fanden es komisch. Tim beschränkte sich darauf, tiefe Züge von seiner Zigarette zu nehmen und den Rauch dorthin auszublasen, wo Staub von den Trümmern aufstieg.

Ein älterer Herr rief ein ums andere Mal *Barbarei!* Zum Glück war er so sehr im Protesteifer, dass ihm Nicos Abrissbegeisterung entging. Denkbar, dass er zu denen gehörte, die persönlich am Aufbau der Kirche beteiligt gewesen waren. Man konnte sich vorstellen, wie er als Helfer ein paar Jahrzehnte früher Steine herangetragen oder Ziegel gestapelt hatte. Wo sich jetzt Schutt häufte. Mir war nicht ganz klar, wem sein Ärger galt, den Patres, dem Woolworth-Konzern oder der Stadtverwaltung, die den Abriss gebilligt hatte.

Zu seiner Empörung trug offensichtlich bei, dass es eine solche *Barbarei* schon einmal gegeben habe. Allen, die es wissen wollten, und allen, die es nicht interessierte, erklärte er es. Die etwa gleichaltrige Dame neben ihm zog Bilder und Zeitungsartikel aus einer Mappe. Es handle sich, so der Herr, um einen Akt der Unkultur. Jeder erinnere sich an den Satz: *Das Ding muss weg. Das Ding* sei die berühmte Paulinerkirche in Leipzig gewesen. Derjenige, der die Zerstörung zu verantworten habe: Walter Ulbricht. Egal, um welches Bauwerk es gehe, in Gottes Augen sei jede Kirche gleich schützenswert.

Wenn der Herr, den man für einen Pensionär halten konnte, einmal schwieg, sah er zu den Baggern und schüttelte den Kopf. Es sah nach der Resignation eines seiner Autorität beraubten Lehrers aus. Vor einer Schulklasse hätte er mit Nachsitzen oder schlechten Noten drohen können, doch hier blieb ihm nur das Kopfschütteln.

Auf der Bühne redete immer noch Josef Langhoff. Sprach von *Demontage*. Richtete seine Worte gegen die, die mit einem amerikanischen Kaufhauskonzern *dealten*. Dabei, so Josef Langhoff, sei ihnen der Boden, auf dem die Kirche stehe oder *gestanden habe*, vor Jahrhunderten von den Bürgern überlassen worden. Man verhandle keine Frage des Glaubens, sondern eine der Zukunft. Eine Frage danach, was die Stadt sei: Konsumzone oder demokratischer Marktplatz. Hort des Kommerzes oder Stätte des Austausches. Es bestehe kein Zweifel: Der Abriss sei ein Akt kultureller Selbstzerstörung.

Der Hall seiner Worte drohte vom Abrissdonner übertönt zu werden. Stoßweise stiegen neue Staubwolken auf. Ich war überzeugt, dass Josef Langhoff – vorausgesetzt, er schlösse sich einer gemäßigteren Partei an – großen Erfolg als Politiker haben würde. Dass er den Kirchenabbruch auch für seine politischen Zwecke nutzte – was

mir legitim schien –, sah man daran, dass er am Rande des Demonstrationszugs die *Rote Fahne* verteilt hatte. Als seien jene, die für den Erhalt eines kirchlichen Bauwerks eintraten, im Herzen Maoisten.
Auch Harri Borländer durfte auf die Bühne, um einige Worte als Bewohner zu sagen. Als unmittelbar Betroffener. Was er berichtete, war vermutlich richtig, aber es klang, als seien wir von den Patres verraten worden. Dabei stand Harri Borländer kurz vor dem Abitur und gehörte zu denen, die ohnehin das Internat verließen.
Eine kleine Gruppe skandierte: Kein Abriss, kein Abriss. Aus der Mitte wurde ein Plakat in die Höhe gestreckt, auf dem zu lesen war: *Kampf dem Ramsch!* Wahrscheinlich war den meisten klar, dass es absurd klang, wenn sie im Chor *kein Abriss!* riefen, während hinter ihnen die Kirche schon einem Trümmerberg glich. Von der provisorischen Bühne hätte man noch am Morgen zum kleinen Kirchturm in der Lippestraße schauen können. Pater Heribert hatte einmal erklärt, der Klosterkirchturm sei naturgemäß bescheiden, weil die Franziskaner jede Form von Prunk ablehnten, und so diene die schlichte Konstruktion lediglich der Unterbringung der Glocke.
Der Auftritt vor einem Publikum, das nicht unseretwegen gekommen war, musste kein Handicap sein. Im Gegenteil. Wir waren diejenigen, die dafür sorgten, dass niemand nach dem erfolglosen Protest schlecht gelaunt nach Hause ging. Wir waren die Anti-Migräne-Garanten. Probierten es mit populären Songs, ohne es mit Solos und Improvisationen zu übertreiben. Technisch war alles, was ich beitrug, ein Zehntel dessen,

was eine Chopin-Etüde verlangte. Selbst mit Verband hätte ich meinen Part geschafft. Doch mein vierter Finger atmete wieder. Fühlte sich schlanker an als vorher. Dr. Kallison hatte mir eine dauerhafte Anstrengung noch nicht erlaubt. Aber es schien vertretbar, den Finger einzusetzen, solange er nicht schmerzte. Und er schmerzte nicht. Als ich beim dritten Song nach ein paar Arpeggien immer noch nichts als Leichtigkeit und Geschmeidigkeit spürte, fühlte ich mich glücklicher, als ich es eigentlich hätte sein dürfen angesichts dessen, dass vor uns Menschen gegen den Abbruch des Franziskanerklosters protestierten.

Josef Langhoff, der als Organisator überall dort war, wo man gerade hinschaute, gab das vereinbarte Schlusszeichen. Etwas früh, wie ich fand, als müsse er verhindern, dass wir zu den Stars des Nachmittags wurden. *Er* war der Star des Nachmittags. Oder eigentlich war die Kirche der Star des Nachmittags, auch wenn von ihr nur zerbrochene Ziegel und Staubschwaden übrig blieben. Es war so ungerecht wie nachvollziehbar, dass eine Band, die Janis Joplin spielte, mehr Resonanz fand als ein Redner, der das politische Anliegen auf den Punkt brachte. Sven und ich wehrten ab, während die Leute applaudierten. Patrick zeigte mit seinen Drumsticks Richtung Kirchengelände. Es war keine Bescheidenheit, wir wollten tatsächlich nicht an einem Tag gefeiert werden, an dem es um etwas anderes ging. Eine Zugabe kam nicht in Frage. Wir waren uns einig. Ich sprang vom Podest und stieß mit Oli Sander zusammen, den ich nicht auf dem Markt unter den Protestierenden erwartet hatte.

Sorry, sagte ich.
Nichts wird bleiben, sagte er.
Ich kannte ihn nicht so pathetisch. Gleichsam als Prophet in grauer Hose. Sicher beeindruckten ihn die schweren Bagger, die sich bis zum Internatstrakt vorgearbeitet hatten. Ich fragte mich, ob der ramponierte Kickerautomat und der alte Fernseher noch im Clubraum standen. In einer generösen Abschiedsaktion hatte Pater Heribert allen gestattet, sich Lesestoff aus der Bibliothek auszusuchen, doch ich hatte mich gehütet, sein Angebot anzunehmen, denn es hätte für mich bedeutet, vom Klosterabriss zu profitieren. Von Wolf Kanne hieß es, er habe den Clubraum mit zwei Kartons voller Bücher verlassen, die er an einen Antiquar zu verkaufen dachte.
Im Näherkommen sahen wir, dass schon Teile des Internatsdachs eingebrochen waren. Darunter öffneten sich die Zimmer, Pfeiler, die ins Leere ragen, Wände, an denen noch Bilder hingen. Poster oder was auch immer. Die Entfernung war zu groß. Der Staub zu dicht. Ich nahm nicht an, dass sich jemand die Mühe gemacht hatte, Zimmer für Zimmer leerzuräumen. Oder gar einen Zettel zu entfernen, auf dem es hieß: *Nehmt nichts mit auf den Weg, keinen Wanderstab und keine Vorratstasche, kein Brot, kein Geld und kein zweites Hemd!*
Der Satz gefiel mir immer noch. Und er gefiel mir immer besser, wenn ich daran dachte, dass dort, wo der heilige Franziskus als Porträt hing, bald ein glitzernder Woolworthpalast himmelwärts wuchs, dessen einziger Zweck darin bestand, Waren feilzubieten. Gio-

vanni Battista Bernardone hatte es sicher gut gemeint, wenn er sich gegen jede Form von Besitz aussprach. Mir fehlte allerdings die eine oder andere Ausnahme. Ich hätte ohne Vorbehalt einen Feurich oder Steinway akzeptiert, eine Schachtel Zigaretten, um, Camel rauchend, Songs zu schreiben, anstatt barfuß durch die Welt zu laufen.
Weißt du, sagte Oli Sander, jetzt kann ich auch eine Zigarette gebrauchen.
Einige Zuschauer neben uns buhten, als ein riesiges Fassadenteil herabstürzte und zerbrach.
Auf deine Verantwortung, sagte ich.
Mit einer Camel in der Hand kam Oli Sander mir fast so spektakulär vor wie der Einsturz einer Zimmerwand, an der ein Franziskus-Porträt hing. Vor uns winkte Felix Schiller, der mit seinem Fotoapparat über die Abgrenzung gestiegen war. Man konnte davon ausgehen, dass die Patres sich nicht unter die Menge gemischt hatten, gar unter jene Gruppe, die gegen den Abriss demonstrierte. Andererseits wäre es ein mutiges Zeichen gewesen, sich den Fragen der Protestierenden zu stellen. Sich auf dem Podium zu rechtfertigen. Ich konnte nur hoffen, dass die Verehrer des heiligen Franziskus für den Rest ihrer Ordenszeit schlecht schliefen.
Pater Heribert hätte ich zugetraut, den Klosterabbruch als unglückselige Gestalt von fern zu beobachten. In seinem tadellosen Habit samt weißem Zingulum. Jeder wusste, die Abrissentscheidung war nicht von ihm, sondern von der Provinzleitung getroffen worden. Josef Langhoff hatte die Erklärung der Franziskaner – zu große Räumlichkeiten für immer weniger Schüler

und Ordensmitglieder – eine Irreführung genannt. Das wahre Motiv sei Begehrlichkeit. Gier! Der Woolworth-Deal erweise sich als schlimmster Auswuchs der Spekulation. Mit einer gewissen Häme hatte er aus den Ordensleitlinien jene Sätze zitiert, die als wichtiges Anliegen die Beherbergung von Bedürftigen beschrieben. Niemand habe verkündet: Macht Platz im Herzen der Stadt für einen glitzernden Tempel der Begierden!

Vielleicht entsandte Franziskus seine Vögel, deren Zwitschern sich in den Ohren der Verführten festsetzte und dort zu einem dauernden Lärmen anschwoll. Auch wenn die Patres flohen, es gab kein Entrinnen, das Vogelgezwitscher hauste in ihren Köpfen. Sollten sie auf freiem Feld, unter Brücken oder auf Marktplätzen um Vergebung flehen.

Als die Front des zweiten Stockwerks herabbrach, schlug ich Oli Sander auf die Schulter. Er zog etwas zu hastig an seiner Zigarette und begann zu husten. Felix Schiller hatte sich trotz der herabprasselnden Mauerteile noch näher an den Abrissort gewagt und streckte seinen Apparat den Trümmern entgegen. Ich sah ein Glitzern im Staub. Ein zerbrochenes Metall oder ein Blech. Oder die bronzene Figur eines Kreuzes.

Als Felix Schiller sich zur Menge umsah, drängte ich mich bis zur Absperrung vor und deutete dorthin, wo ich das Glitzern im Trümmerfeld sah. Tatsächlich richtete er seine Kamera auf den Punkt. Später würde man mit etwas Glück erkennen können, was dort glänzte.

Ich sah keinen Grund, mich für alle Zeiten elend zu fühlen. Was kümmerte es mich, dass bald keine Wand des Konvikts mehr stand? Was konnte mir Besseres widerfahren, als dass es kein von Pater Albert gehütetes Telefon mehr gab? Dass kein Clubraum mehr existierte, vor dem Siggi Kinzel mich abfing? Dass alle strafsühnenden Gebete hinfällig waren? Egal, wo ich den Rest meines Lebens verbrachte, mir lag nichts daran, Hoffnungen zu hegen, abgesehen von der, dass mir von Zeit zu Zeit ein neuer Song gelang, der allen und niemandem gehörte.

Inhalt

Frankfurter Verlagsanstalt GmbH,
Frankfurt am Main 2024
Lektorat: © Frankfurter Verlagsanstalt

Herstellung und Umschlaggestaltung: Laura J Gerlach
unter Verwendung eines Motivs von thenatchdl/iStockphoto.com
Satz: psb, Berlin
Druck und Bindung: GGP Media GmbH, Pößneck
Printed in Germany
ISBN 978-3-627-00322-7